T[...]
sui[...]

François Mauriac est né e[...]
les marianistes et à la facu[...] [...]cole
des Chartes pour faire ses [...] [...]res en 1909 avec des
poèmes. La notoriété lui vient par ses romans publiés après la
guerre de 1914-1918 : *Le Baiser au lépreux, Le Nœud de
vipères, Genitrix, Thérèse Desqueyroux, Le Désert de l'amour,*
etc.
Ce romancier et poète est aussi dramaturge *(Asmodée, Les
Mal-Aimés)*, essayiste et polémiste *(Le Bloc-notes, Mémoires
intérieurs, Ce que je crois, De Gaulle, Mémoires politiques)*.
Son dernier roman, *Un adolescent d'autrefois*, a paru en 1969.
Elu à l'Académie française en 1933, lauréat du prix Nobel
de littérature en 1952, François Mauriac est mort à Paris le
1er septembre 1970.

Paru dans Le Livre de Poche :

FRANÇOIS MAURIAC

Trois Récits

suivi de
Plongées

GRASSET

Trois récits

PRÉFACE

A peine avons-nous fini d'écrire le dernier chapitre d'un roman, que l'ouvrage paraît, tiède encore de notre chaleur, chargé de nos goûts, de nos inclinations du moment, — si mal dégagé de nous-même qu'il ne faut pas confondre avec la vanité notre impatience à souffrir les critiques ; car c'est un peu de notre chair vivante que nous avons livrée.

Aussi un auteur curieux de lui-même trouve-t-il plus de profit à réunir en volume des nouvelles écrites depuis assez de temps et publiées déjà par divers magazines. D'une lave qui fut brûlante, il détache ces blocs durcis, les mesure, les soupèse et les juge. Sans doute il s'y retrouve : même après beaucoup d'années, nous reconnaissons toujours la moindre phrase sortie de nous, fût-elle extraite d'un ouvrage ou d'un article dont nous avons perdu le souvenir. Aucune ligne qui ne soit frappée à l'effigie de son auteur, — mais aussi qui ne porte un millésime : nous y reconnaissons notre visage, mais notre visage d'une certaine année, notre cœur à un moment précis de son drame.

Pour l'histoire de notre vie intérieure, le roman que parfois nous donnons à une revue avant même qu'il soit achevé, ne constitue donc pas un témoignage plus exact que telle nouvelle depuis longtemps écrite ; et que nous avons peine à le juger, de sang-froid ! Son unique avantage sur la nouvelle est de fixer la limite de la plus récente marée (j'aime cette image du flux et du reflux autour d'un roc central — passion ou croyance — qui exprime à la fois l'unité de la personne humaine, ses changements, ses retours et ses remous).

Il est rare que les grandes lignes de notre univers intérieur se révèlent à nous dès la jeunesse, et c'est la joie du milieu de la vie que de voir se dégager notre personne enfin achevée, ce monde dont chacun de nous est le créateur ; ou plus exactement l'organisateur. Car nous nous sommes servis d'éléments divers : les uns furent imposés par l'hérédité, par l'éducation, par le milieu, mais les autres sont nés du vouloir et du désir. Et sans doute il arrive que ce monde achevé se modifie encore. Des tempêtes, des raz-de-marée parfois en altèrent l'aspect. La passion humaine, la grâce divine interviennent : des incendies qui dévastent, des cendres qui fécondent. Mais après l'apaisement, les contours des montagnes réapparaissent, les mêmes vallées s'emplissent d'ombre, et les mers ne franchissent plus les bornes assignées.

Pour cette auto-création, tout sert à l'homme, qu'il travaille en union avec la Grâce ou dans l'ignorance de la Grâce. Nous ne croyons pas que dans son remarquable ouvrage De la Personnalité, M. Ramon Fernandez, qui se souvient de Nietzsche, ait raison d'écrire que le défaut du Christianisme est de distinguer le bien du mal : « Distinction, dit-il, qui a « empêché beaucoup d'hommes de bonne volonté « d'augmenter le bien en transformant le mal... » Au vrai, la Grâce détruit bien moins qu'elle n'utilise les obstacles qu'elle rencontre dans une âme. La vie des saints abonde en exemples singuliers de ces transmutations : on trouve parfois, à la source d'une vie chrétienne merveilleusement pure et féconde, un vice jugulé. Une conversion ressemble au miracle de Cana : l'eau est changée en vin, mais il fallait l'eau naturelle pour qu'apparût le vin précieux. Dans l'acte de se créer, ou plutôt de s'harmoniser soi-même, l'opposition entre chrétiens et non-croyants ne porte donc pas sur le pouvoir d'utiliser ce qui est donné, mais sur la présence ou l'absence d'un modèle : M. Ramon Fernandez se glorifie de n'obéir à aucun modèle : « mais par des actes successifs, il « compose une vie qui peut-être un jour et pour les « autres fera "tableau". » Le chrétien, lui, sait d'avance quels traits adorables il souhaite que le tableau rappelle. La vie de Néron qui « fait tableau », est-elle, selon M. Ramon Fernandez, réussie ?

Le « bien » n'est pas une notion, un concept, il fait partie de nous-mêmes, il entre dans la composition de ce monde intérieur que nous voulons organiser et que M. Ramon Fernandez nous invite à soumettre aux risques de l'expérience. Proust, entre tous les écrivains de ce temps, le moins soucieux de morale, l'a reconnu dans un passage fameux de La Prisonnière : « Tout se passe dans notre vie, dit-il, comme « si nous y entrions avec le faix d'obligations contrac- « tées dans une vie antérieure ; il n'y a aucune raison « dans nos conditions de vie sur cette terre pour que « nous nous croyions obligés à faire le bien, à être « délicats... Toutes ces obligations qui n'ont pas leur

« sanction dans la vie présente semblent appartenir
« à un monde différent, fondé sur la bonté, le scru-
« pule, le sacrifice, un monde entièrement différent
« de celui-ci, et dont nous sortons pour naître à cette
« terre, avant peut-être d'y retourner revivre sous
« l'empire de ces lois inconnues auxquelles nous
« avons obéi parce que nous en portions l'enseigne-
« ment en nous, sans savoir qui les y avait tracées... »
Ces lois, Proust va jusqu'à dire qu'elles ne sont
invisibles que pour les sots. Nous appartient-il de
n'en pas tenir compte dans l'œuvre de notre personnalité ? Du seul point de vue humain, cette mécon-
naissance n'est-elle plus périlleuse que la distinction
du bien et du mal que M. Fernandez déteste dans le
Christianisme ? Si chaque destinée, selon le pressen-
timent de Proust, a une direction, un but, n'est-ce
donc un terrible jeu que de l'en détourner sans plus
d'examen ? « Y va-t-il de l'honneur ? Y va-t-il de la
« vie ? — il y va de bien plus ! »

Or, des brèves histoires réunies dans ce volume,
les deux premières ne révèlent à première vue aucune
préoccupation morale. Sans doute furent-elles écrites
alors que jugé sans indulgence par la critique catholique, je crus résoudre les difficultés de mon état en
m'appliquant à peindre la vie telle que je la voyais,
et à inventer les créatures qui spontanément nais-
saient de mon expérience. Rien ne m'était plus que
les êtres suscités en moi par l'observation des autres
hommes et par la connaissance de mes propres
passions. Ainsi me flattais-je de peindre un monde
en révolte contre le Tribunal de la conscience, un
monde misérable, vidé de la Grâce, et, sans rien
aliéner de ma liberté d'écrivain, d'atteindre à une
apologie indirecte du Christianisme. Impossible, me

disais-je, de reproduire le monde moderne tel qu'il existe, sans qu'apparaisse une sainte loi violée.

Et de fait, la première de ces nouvelles, Coups de couteau, que j'ai cru écrire, voici trois années, sans aucun souci immédiat de religion, à la relire de plus près aujourd'hui, me semble toute pénétrée de métaphysique. Au mari qui torture sa femme par le récit des souffrances qu'une autre femme lui fait subir, ai-je à mon insu communiqué une inquiétude religieuse ? Ou bien le sentiment amoureux est-il, par nature, excessif, démesuré, sans proportion avec son objet ? La passion de mon héros participe-t-elle de cette avidité chrétienne que développent dans l'être humain la recherche, la poursuite du divin, enfin l'état d'union avec Dieu ? Doit-il à mon hérédité cette fringale d'absolu ? Ou bien la souffrance est-elle inhérente à tout amour, — que celui qui l'éprouve soit ou non métaphysicien ?

La lecture quotidienne des faits-divers met en lumière, chez les plus simples créatures, cette recherche, cette exigence infinie. Il n'est guère de drame passionnel, suicide ou crime, dont les causes apparentes ne semblent bien légères ; et sans doute leurs humbles héros ne sauraient rien exprimer de la déception totale qui les pousse et dont ils ne prennent même pas conscience. Voilà par où ils sont différents du personnage que je montre dans Coups de couteau : celui-là est lucide, et cette lucidité d'abord le protège contre l'instinct de détruire l'être qui le torture.

Il souffre et il sait pourquoi il souffre : la disproportion entre sa frénésie et la créature qui la déchaîne, il la mesure et elle le stupéfie. Ce n'est pas l'orgueil qui saigne en lui ; il ne se croit pas supérieur à ce qu'il aime, il ne méprise pas ce qu'il aime. Cette idée que notre amour crée son objet de rien, et qu'il suffit que nous nous interrompions de chérir une femme pour qu'elle retourne au néant, cette idée est étrangère à l'homme de Coups de couteau. Il ne refuse pas à son amie une valeur indépendante du désir dont il la couve. Simplement elle reste impuissante à lui accorder ce qu'il souhaite d'elle. Ce fou voudrait qu'elle lui demeurât extérieure et que pourtant il la pût rejoindre au plus intime de son être : à la fois une autre que lui-même et confondue avec lui dans une possession ininterrompue. A la moindre pensée que l'être aimé détourne d'eux, sa jalousie crie. Jusqu'où ne porte-t-il pas la folie de sa contradiction ? Chaque seconde d'absence lui donne la certitude d'être trahi, ce qui ne le défend pas de souffrir en présence de ce qu'il aime, car la solitude est aussi nécessaire à son amour. Il faudrait que son amour fût là, sans que sa solitude fût diminuée. L'union charnelle satisfait un instant ce vœu contradictoire de solitude et de présence, de dualité et d'unité ; mais l'antique tristesse de l'homme et de la femme lorsqu'ils se séparent, aussi loin qu'ils soient descendus dans le plaisir, témoigne d'une déception, d'un désaccord tels que chacun se réfugie et s'abîme dans son propre épuisement.

Ces traits donneront à penser que Coups de couteau est l'étude d'un cas morbide ; or je doute d'avoir jamais inventé de personnages plus humains, plus ordinaires. Je ne crois pas qu'ils disent et fassent rien qui ne ressemble à ce que disent et font la plupart des êtres en proie à l'amour. Ne me suis-je amusé, ici, à réduire en formules simplifiées et forcées à dessein le mal dont souffre mon héros, qui peut-être n'y souscrirait pas ? Mais ces formules, je demeure assuré qu'elles ne paraîtraient en rien excessives aux « êtres aimés » (ce sont toujours les mêmes) obsédés par les supplications contradictoires de la créature qu'ils font souffrir. Leur prétendue cruauté se ramène presque toujours au sentiment de leur impuissance pour assouvir toutes ces faims, pour étancher toutes ces soifs d'un seul être tourné vers eux. Ils savent que leur absence fait mal, mais ils savent aussi que leur présence est une torture. S'ils négligent d'écrire la lettre après laquelle soupire leur victime, c'est que leur expérience les avertit que quoi qu'ils fassent, cette lettre ne sera pas celle qui était attendue et que la créature qu'ils martyrisent a déjà composée dans son esprit. Comment les êtres aimés échapperaient-ils à leur métier de bourreau ? Ils ne sont pas des dieux. Ils ne sont pas Dieu.

Que le héros de Coups de couteau ne sache se retenir de confier à sa femme la souffrance qui lui vient d'une autre, il ne m'appartient pas de juger si j'ai rendu acceptable une telle muflerie. Ici, j'aborde le « drame du couple » qui préoccupe singulièrement nos contemporains. Coups de couteau n'est qu'un chapitre de ce roman du mariage dont l'Épithalame de Jacques Chardonne demeure le type de plus achevé et que vient de réussir, cette année encore, l'auteur de Climats. Les qualités ou, pour mieux dire, la qualité de ce dernier ouvrage n'explique nullement et même ne laisse pas d'abord de nous rendre assez mystérieux l'immense succès qu'il a connu, bien au-delà de la zone littéraire. Nul doute que Climats n'enchante des hommes et des femmes qui d'habitude ne lisent guère les bons auteurs et que devrait rebuter plutôt l'art de Maurois. Mais il a touché ici au drame essentiel de notre époque, au conflit secret de chaque foyer, à l'insoluble débat de l'homme et de la femme que le hasard attelle ensemble et courbe sous le même joug « jusqu'à la mort d'un des conjoints ».

Certes, depuis qu'il y a des hommes mariés et qui écrivent, cette lutte du mâle et de la femelle enchaînés ensemble les a retenus. Mais du temps que le mariage gardait le caractère de l'indissolubilité, et qu'il n'était pas encore admis que l'homme pût séparer ce que Dieu avait uni, le drame tenait dans la révolte de l'individu contre la règle divine du sacrement, et contre un code hostile au divorce. Emma Bovary, Anna Karénine meurent d'avoir voulu briser les brancards, rompre le harnais, s'arracher au collier qui les déchire et les étrangle. Mille romans, mille pièces de théâtre ont repris ce thème éternel.

Qui ne voit combien ce thème est renouvelé, aujourd'hui que le divorce, dans toutes les classes, devient d'un usage courant et que chacun des époux peut à volonté sortir des brancards, essayer d'une autre alliance ? A première vue, il semble que le roman du mariage aurait dû disparaître avec le mariage indissoluble. Mais au contraire un débat plus humain s'est imposé à l'observation du romancier : le conflit de deux êtres qui souffrent l'un par l'autre, qui pourraient se séparer, qui souvent d'ailleurs atteindront à se séparer (comme dans la première partie de Climats) mais après des luttes, des déchirements qu'aucune obligation sociale ne suscite, qui naissent d'une loi obscure, au plus secret de la chair. A peine contractée, la seconde union déjà réveille le drame. Le roman du mariage est devenu le roman du couple.

Même dans l'horreur d'une mutuelle torture, qu'il est difficile à deux êtres de se séparer ! Certes, en dépit du divorce, de l'indifférence en matière de religion, des liens demeurent : les enfants, l'attachement de la femme à sa position, ou de l'homme à

12

son confort (lorsque c'est elle qui a la fortune, comme on dit), la crainte de l'aventure, un commencement d'impuissance ou d'indifférence à l'amour. Mais même ces obstacles écartés, souvent l'union misérable survit à toutes les haines : tel est le mystère de l'unité dans une seule chair. Tout provoque l'homme et la femme d'aujourd'hui à la libre chasse amoureuse ; rien, semble-t-il, ne les oblige désormais à se fixer, à s'en tenir aux caresses d'une seule créature dont ils n'attendent plus de surprise, où il ne leur reste rien à découvrir. L'irritation compose l'atmosphère de toute vie commune où Dieu n'est pas (irréparable dépense nerveuse au préjudice de l'œuvre, si l'époux a le malheur d'être un artiste). Quelle est cette force dans l'homme qui l'emporte sur toutes les raisons de se délivrer ? La liberté dans l'amour n'est donc pas notre plus profond désir. L'instinct de la créature est de s'attacher à un seul être, de se confondre dans un seul être. La contemplation d'un seul, l'union avec un seul, chez les plus charnels nous discernons cette exigence latente que le mariage déçoit presque toujours ; mais l'autre, l'adversaire auquel nous sommes uni, en garde pourtant le bénéfice. Nous nous attachons désespérément à ce simulacre d'amour unique, parce que nous sommes créés pour l'unique amour.

Le héros de Coups de couteau, étant un artiste, considère que rien ne l'oblige et que tout lui est dû. Le second récit de ce recueil limite à l'homme de lettres le problème : N'a-t-il aucune autre obligation que l'achèvement de son ouvrage ? L'œuvre est-elle une idole qui vaut le sacrifice d'une femme ? La pauvre épouse de mon Homme de Lettres en est plus persuadée encore que lui-même. Abandonnée,

trahie, elle ne laisse pas de croire qu'un « créateur »
ne peut se soumettre à aucune autre loi que celle de
sa création. Son mari, s'il abuse de cette indulgence
et s'il s'en donne à cœur joie de torturer et de trahir,
doute au fond de sa divinité : une femme en adoration devant sa personne sacrée, devant ses manus-
crits et devant son stylo, l'irrite à force de ferveur.

Il existe aujourd'hui deux méthodes pour déifier
l'homme de lettres. La plus répandue s'attache à le
mettre au-dessus des lois communes : pas d'enfants,
pas de responsabilités, une vie ornée, des voyages
(musées ou pays chauds selon le genre que cultive
le dieu), des expériences : sexualité, paradis artificiels
(il faut tout connaître). Tout connaître, sauf précisément la vie ordinaire. Cette élite se nourrit de tout,
sauf de pain quotidien. La miraculeuse stérilité de
quelques-uns, peut-être la doivent-ils en partie à leur
destin préservé, sans contact avec le réel, tous ponts
coupés avec l'humble vie. Un Balzac, un Dostoïewski
ont poussé leurs profondes racines dans une terre
aride. Rien n'éclaire mieux le destin de Balzac que
sa brusque mort, à peine la comtesse Hanska lui eut-
elle assuré le repos dans le luxe. Non qu'un artiste
n'ait besoin de sécurité, mais il est bon que des
soucis de famille, d'enfants, de propriétés, l'obligent
à passer par où passe le gros du troupeau humain.

L'autre méthode pour la déification des « créateurs », consiste à exiger d'eux une sagesse, une
impassibilité quasi divine. Alors ils sont dénommés
« clercs », mis au rang des prêtres et des grands
philosophes et dès qu'ils cèdent aux passions des
autres hommes, les voilà accusés de trahir. S'ils
jouissent d'immunités spéciales pour les désordres
du sentiment et pour les fantaisies sexuelles, ils ne
doivent avoir part, sur le plan social, à aucun des
entraînements de la foule. Ils siègent, dans une

ataraxie bienheureuse, au-dessus de toutes les mêlées. Mais c'est un fait contre lequel nul ne peut rien, qu'une œuvre naît toujours de passions ou déchaînées ou combattues, mais enfin d'un état de violence. Passions collectives (nationalisme, socialisme) ou passions individuelles, elles sont à la source de tout ce qui est inspiré. Il ne s'agit pas ici de louer ni de blâmer, mais de voir que cela est ainsi.

Au vrai, les grands « clercs » n'ont jamais déchaîné les passions de leurs contemporains qu'en les exprimant. Ils n'inventent rien, ou alors inventer signifie découvrir, mettre en lumière ce qui travaille obscurément leur époque. Les grands hommes sont ceux en qui leur époque se reconnaît. Ils trahissent les désirs des autres en leur donnant une forme. Le génie d'un homme se mesure à l'amplitude même de cette « trahison ». Tirons des noms au hasard (chez les morts) : Jean-Jacques Rousseau, Tolstoï, Barrès. Leur pouvoir sur les contemporains est en raison directe d'une logique passionnée qui hait la modération, l'entre-deux. Un Jean-Jacques, un Tolstoï, un Barrès insensibles aux excitations du dehors, autant parler d'arbres que les vents n'émeuvent pas. Encore une fois, il ne s'agit ici d'approuver ni de condamner les trahisons de l'esprit en faveur d'une secte sociale ou d'une patrie. Loin de nous d'accorder aux « clercs » des permissions spéciales, ni de consentir pour eux à tous les excès. Seulement, il faut se souvenir de la prière du Christ : « Je vous bénis, Père, Seigneur du « ciel et de la terre, de ce que vous avez caché ces « choses aux sages et aux prudents, et les avez « révélées aux petits. Oui, Père, je vous bénis de ce « qu'il vous a plu ainsi. » La vérité, c'est que les sages selon le monde ne sont pas sages ; c'est qu'il n'est personne de moins sage que les sages. L'étrange erreur que d'exiger une sagesse singulière de ceux dont l'état en comporte justement le moins ! Hors les artistes qui ont marché dans la lumière du Christ, et qui ont retrouvé leur équilibre dans le Christ, la plupart ressemblent bien moins à des mages qui guident le troupeau humain, qu'aux boucs émissaires chargés de toutes les tares d'une génération. De Rousseau à Nietzsche, et aux enfants dégénérés de Nietzsche (dont nous faisons présentement nos délices) il n'en est guère qui ne se singularisent par une aberration, par une folie ; c'est un fait dont il serait facile, mais bien délicat, d'apporter ici la preuve. A travers quelles lunettes, M. Julien Benda peut-il découvrir dans Jérôme Coignard « un pontife de la justice abstraite » ? Non certes des guides, mais des créatures qui ont plus besoin qu'aucune autre d'être guidées. Dieu merci, quelques-unes en ont l'instinct et Nietzsche déjà s'exaspérait de voir tant de ses frères du XIXᵉ siècle « s'écrouler au pied de la croix du Christ ».

La dernière nouvelle de ce recueil, Le Démon de la connaissance, aurait dû montrer la victoire de la Grâce sur un être pareil à ceux que je décris dans Coups de couteau et dans Un homme de lettres. Mais je n'ai su dépeindre que les échecs d'une âme visiblement appelée, qui résiste, se reprend, se refuse pour céder encore. Un jeune être aspire à Dieu, mais il prétend y atteindre sans se renoncer. Il tient à ses habitudes d'esprit, à ses formules ; il a des maîtres préférés qui ne sont pas ceux que préfère l'Église. Surtout il n'ose regarder en face une bête forcenée en lui ; il ménage, il flatte en secret cette chair malade qui communique de sa frénésie aux passions intellectuelles de l'adolescent.

Des critiques m'ont reproché d'avoir peint ce qui

était justement l'objet de ma peinture. Ce n'est pas là, disent-ils, un pur intellectuel ; et nous nions que ce sexuel sache vraiment ce qu'est la passion de connaître. Il est vrai ; aussi ai-je appelé ce récit Le Démon de la connaissance : un esprit envahi, troublé, aveuglé par les vapeurs du sang, c'est cela qu'il faut chercher dans mon triste héros. S'il échoue au seuil même de la vie spirituelle, c'est qu'il refuse la nuit où saint Jean de la Croix nous entraîne à sa suite : asservissement total de la chair à l'esprit ; soumission de l'esprit lui-même à l'amour infini. Il attend de comprendre là où il faudrait attendre d'être illuminé.

« S'offrir par les humiliations aux inspirations », le plus beau récit de ce recueil et qui devrait porter en exergue cette pensée de Pascal, c'est le quatrième, celui que l'auteur n'a pas écrit, qu'il n'a pas encore mérité d'écrire.

COUPS DE COUTEAU

I

Au bruit du verrou et de la porte refermée, Élisabeth soupira d'aise : Maria était rentrée enfin, les petits n'étaient plus seuls ; inutile de demeurer les yeux ouverts, aux écoutes d'une toux, d'un soupir, et de ces paroles confuses que balbutient les enfants endormis. Le sommeil pouvait venir. Élisabeth chercha l'endroit le plus frais du lit : l'extrême bord opposé à la ruelle, du côté de la fenêtre ouverte qui éclairait le plancher et ce vêtement blanc sur un dossier de chaise.

Mais trop de chaleur émanait du corps étendu près du sien : Élisabeth n'entendait pas Louis respirer ; sans ce foyer vivant qui la brûlait, elle se fût même inquiétée d'un tel silence ; car Louis, dans le sommeil, avait coutume de respirer à larges intervalles et puissamment. Peut-être ne dormait-il pas ? Elle interrogea à voix basse : « Dors-tu ? » Nulle réponse ; il faudrait le décider à voir un médecin. Élisabeth n'aurait su donner les raisons de son inquiétude : sans doute Louis n'aimait-il plus son atelier comme autrefois ; ce matin, il avait renvoyé le modèle ; jamais il ne parut si détaché de son travail que cette année, où les marchands de tableaux, pourtant, l'avaient harcelé. Ses enfants le fatiguaient et, plus encore, ses camarades. « Avec moi, songe Élisabeth, il est toujours le même... N'est-il pas toujours le même ? Sans doute, un peu d'accoutumance... » Comme pour chasser une mouche, elle secoua la tête, bannit une pensée importune : « Minuit et demi, déjà ! Et il faut que je sois levée demain à sept heures, pour la gymnastique de Jean. Dormons. »

Une rumeur de trompes d'autos ne l'empêchait pas d'entendre sa montre, comme lorsqu'elle comptait les pulsations d'un enfant malade. Louis se retourna sans un soupir, s'étendit sur le dos. Le drap moulait ce grand corps immobile, tel qu'il reposerait un jour. Élisabeth songe que l'insomnie ne serait rien, si elle ne nous livrait sans défense à la pensée de la mort ; — non de sa mort à elle, pauvre femme inutile à tous (sauf aux enfants ; encore étaient-ils près de devenir des hommes) ; mais que Louis pût n'être plus rien, ce jour entre les jours futurs, qu'une forme rigide et froide, cette vision l'oblige de serrer les dents : quelle terreur de ne pas mourir avant lui ! Pourtant, si elle s'en allait la première, une autre femme sans doute... Élisabeth secoua encore la tête, répéta à mi-voix : « Dormons ; dormons... » Et comme pour conjurer une pensée funèbre, elle prit doucement dans sa main la main gisante de son mari. Ce n'était pas la main morte d'un homme qui dort : Élisabeth la sentit se refermer sur la sienne avec force, et, en même temps, cette poitrine qui avait paru immobile se gonfla, s'abaissa, se souleva, lentement d'abord, puis sur un rythme précipité, et tout ce grand corps, soudain, frémit.

— Louis ! qu'as-tu ?

Élisabeth imagina d'abord le pire, crut à une attaque. Elle chercha la lampe, sans pouvoir atteindre la prise de courant. Enfin, l'abat-jour d'étoffe concentra la lumière sur un verre d'eau à demi plein. Mais le corps, en proie au mal inconnu, demeurait dans l'ombre. Élisabeth se pencha sur lui, posa d'un geste peureux la main sur ce visage tourné vers le mur et la retira mouillée :

— Tu pleures, Louis ?

A genoux sur le lit, stupéfaite, elle regardait cette poitrine haletante. Depuis quinze ans qu'elle était sa femme, avait-elle jamais vu Louis pleurer ? Pas même pendant la guerre lorsqu'à la fin d'une permission, il s'arrachait d'elle. Louis si pudique, si secret qu'il passait pour insensible ! Elle-même s'en plaignait parfois... Élisabeth glissa son bras sous la tête pesante, la reçut au creux de son épaule, comme elle eût fait pour un de ses enfants malheureux, jusqu'à ce que, enfin, cet homme, dans sa quarante-neuvième année, s'abandonnât tout entier aux larmes. Élisabeth répétait : « Qu'y a-t-il, mon petit ? » vaguement apaisée, parce qu'il ne s'agissait pas d'une maladie, mais d'un chagrin. Nul ne peut rien contre une maladie mortelle, mais il n'était pas un seul chagrin contre lequel Élisabeth se sentît démunie. Avec une angoisse attentive, elle observait le visage inconnu que les larmes prêtaient à cet homme : un visage d'enfant, le visage d'un de ses enfants ; d'instinct, les mots lui revenaient qu'elle eût trouvés pour Jean ou pour Raymond : « Pleure, pleure ; tu parleras après. » Il put enfin balbutier : « Je suis idiot, chérie ; ce n'est rien. J'ai honte, si tu savais ! Je ne me méfiais pas : c'est la pression de ta main dans l'ombre... »

Comme un plongeur qui revient à la surface, il aspira l'air :

— Ça va mieux, il faut dormir, Babeth ; il faut que tu oublies ; rien de grave, je te jure.

Elle protesta, tenant toujours cette tête contre son épaule : croyait-il qu'elle pourrait dormir dans une telle incertitude ?

— Je te le répète : rien de grave. A toi surtout, je ne peux rien dire.

Élisabeth savait que Louis désirait ardemment de se confier, qu'il retenait avec peine son secret au bord des lèvres. Elle ne doutait pas non plus que cette confidence fût redoutable, déjà tournée du côté d'où lui devait venir le coup, et répétant ce qu'elle avait coutume de dire à ces moments-là : « Tu sais bien qu'on peut tout me dire, à moi. »

Il se défendait faiblement ; elle l'avait surpris, disait-il, alors qu'il était sans armes, proie inerte de sa douleur. Mais déjà ses paroles étaient un aveu.

— Ce n'est rien, Babeth ; c'est trop violent pour durer. Tant de souffrance me rassure ; il n'y a qu'à serrer les poings, à attendre que ce soit fini.

— Écoute, Louis...

Elle aurait voulu demander : « Est-ce une femme que je connais ? » Mais elle se retint, et elle le berçait. Il disait :

— Je me sens déjà mieux. Je n'aurais jamais pensé que la douleur qui nous vient d'une créature pût être, à ce degré, physique. Je saurais dire où cela me fait mal ; tiens : ici...

Il prit la main d'Élisabeth, la pressa contre sa poitrine :

— C'est là que j'ai mal.

Elle pouvait être tranquille, maintenant : il parlerait, il s'abandonnerait à un flux de paroles, susciterait la présence spirituelle de l'être bien-aimé. Comment se fût-il retenu de céder à cette consolation ? D'ailleurs, c'était vrai qu'on pouvait tout dire à Élisabeth : « On peut tout lui dire ; elle est étonnante ; elle comprend tout. »

Comme il fallait pourtant qu'elle jetât le pont où Louis souhaitait de s'engager, elle s'étonna qu'une médiocre coquette pût abattre un homme de sa trempe. Il protesta que nulle coquetterie n'inspirait celle qui le faisait souffrir, et qui ne souhaitait rien que de le rendre heureux.

— Ce qu'il y a de plus rare, Élisabeth : une femme simple, aussi simple que tu l'es toi-même ; si effacée que j'ai vécu plusieurs années, lui parlant presque tous les jours, sans la voir. Le plus souvent, un visage nous frappe à la première rencontre, nous pénètre d'un seul coup ; mais que c'est étrange de n'avoir attaché aucune importance, pendant des années, à un être dont soudain la valeur se découvre à nous, jusqu'à nous paraître infinie, jusqu'à reléguer tout le reste, à rejeter au néant tout ce qui emplissait notre vie !... Qu'as-tu, Babeth ?

— Rien, un frisson.

— Durant tout ce temps où je ne l'aimais pas, où je la regardais à peine, était-ce le même être qui me torture aujourd'hui ?

— Je vois qui c'est...

— Tu as deviné ?

— Je ne veux pas dire son nom.

— Sans doute m'a-t-elle, à mon insu, longuement investi : c'était de l'admiration, une ferveur à quoi d'abord je n'ai pas pris garde ; puis je l'ai trouvée douce ; mais j'étais si tranquille ! Je ne pensais même pas que je dusse être prudent : moi cinquante ans bientôt, et elle vingt-quatre ! Que d'elle à moi il pût rien y avoir de tendre, comment l'eussé-je imaginé ? Ce simple baiser qu'elle m'a donné, un soir, m'a frappé comme la foudre... A cet endroit des Champs-Élysées, derrière Marigny... Oui, comme la foudre. Joie ou douleur ? Joie et douleur ; joie désespérée. Il va falloir aimer encore, avec ce visage ravagé, avec ce front chauve... Mais que vais-je te raconter là, ma chérie ? Dieu merci, tu as trop de raison pour prendre cette histoire au tragique.

Elle dit : « Oui... oui... » à voix basse. Puis, après un silence :

— Tu sais bien qu'on peut tout me dire, à moi. A qui donc te confierais-tu, sinon à Babeth ? d'ailleurs, me voilà rassurée maintenant : impossible que cette personne te domine longtemps encore...

Certes, Élisabeth avait de prime abord percé à jour cette petite Andrée (« car il s'agit bien d'Andrée, n'est-ce pas ? ») une femme qui, à chaque instant, quitte sa maison de Bordeaux, un jeune mari occupé, un enfant de trois ans, pour se pousser à Paris...

— Et toi-même, Louis, tu disais que sa peinture ne vaut rien.

Il assura qu'Andrée, ces derniers mois, avait réalisé des progrès étonnants ; elle aimait son art plus que tout. Élisabeth ne le nia pas :

— Que ne ferait-elle pour son art ? Voilà des années qu'elle use de toi.

— Je ne pense pas lui avoir rendu de tels services...

— Allons donc !

Élisabeth ayant levé les épaules, il s'éloigna d'elle, chercha la fraîcheur du traversin, n'interrompit plus sa femme, soudain volubile. N'était-ce pas grâce à Louis qu'Andrée avait pu exposer au Salon des Tuileries ? Et son exposition chez Druet, à qui la devait-elle ? Et les ouvrages de luxe qu'elle illustrait ? Ce décor qu'elle avait peint pour les ballets russes ?

— A-t-elle jamais vendu une seule toile sans ton entremise ? Tu sais bien qu'elle n'existe que par toi.

Élisabeth parlait très haut, comme si ce n'eût pas été une heure avancée de la nuit ; le bruit de ses paroles l'empêchait d'entendre, à côté d'elle, un halètement. Il fallut que Louis l'interrompît d'une longue plainte :

— Assez, Babeth, arrête-toi ; tu me fais du mal.

Elle comprit qu'elle avait appuyé de toutes ses forces sur une plaie, — et inquiète, pressa de nouveau contre son sein, contre ses lèvres, un visage mouillé et amer.

— Je mentais ; je cédais à un sentiment bas... Comme si je ne savais pas qu'on peut t'aimer !

— Non : tu disais vrai ; je fais partie de sa carrière ; elle ne se l'avoue pas, bien sûr ! Elle se persuade qu'elle m'aime. Il y a des êtres qui n'ont que des passions utiles. Andrée est sincère, parbleu ! C'est inimaginable ce qu'il entre de volonté dans l'amour, — dans un certain amour du moins (car celui qui me possède, j'en suis pénétré comme les branches épaisses le sont du vent ; rien à faire qu'être creusé, tordu et que gémir). Mais Andrée, elle, a voulu m'aimer ; sa tendresse pour moi entre dans la bonne organisation de sa vie. Je lui répète que toute ma joie est de la servir... Quel mensonge ! C'est parce que je suis à son service que je ne pourrai jamais croire qu'elle m'aime.

Élisabeth le serra de nouveau contre elle, répéta :

— Je le sais bien, moi, que l'on peut t'adorer.

— Toi, chérie, ça ne compte pas.

Elle desserra un peu son étreinte, et comme elle murmurait : « C'est affreux, ce que tu dis... », il voulut expliquer sa pensée : les époux sont si mêlés l'un à l'autre, si confondus, que les lois ordinaires de l'amour ne les concernent pas.

— Toi et moi, c'est sur un autre plan.

— Des mots ! des mots ! gémit-elle.

Il soupira qu'il n'avait plus la force d'essayer de lui faire comprendre...

— D'ailleurs, il est trop vrai que la souffrance amoureuse nous sépare de tout le reste du monde ; qu'y pouvons-nous ?

Ils restèrent quelque temps sans rien dire ; lui, étendu ; elle, un coude appuyé au traversin, et elle essuyait avec un mouchoir le front suant, les joues de l'homme. Elle souffrait de ne rien pouvoir pour lui, jusqu'à ce qu'elle crût avoir découvert les paroles qu'il fallait :

— La preuve qu'elle t'aime, c'est la jalousie que de tous temps elle a éveillée en moi ; la jalousie est le plus sûr instinct : avant que tu t'en fusses même aperçu, je savais qu'elle t'aimait. Que de fois ai-je empêché que tu la retiennes à déjeuner, ou que tu la raccompagnes, le soir, jusqu'au métro !

— Tu as donc un peu souffert, ma pauvre Babeth ?

Il répétait : « Tu as souffert » avec un vague plaisir. Puis :

— Andrée, elle, ne souffre pas ; je n'ai jamais eu ce bonheur de la voir souffrir à cause de moi. Pourtant, rien ne nous rassure que les larmes de l'autre.

— Elle pleurait dans un temps où tu ne voyais pas ses larmes, parce que tu ne la regardais jamais. Aujourd'hui, pourquoi pleurerait-elle, mon Dieu ? Elle tient son bonheur : tu l'aimes. Elle a ce bonheur... Écoute, Louis, réponds-moi sans mentir : tu sais que je peux tout entendre ; y a-t-il eu un moment de notre vie où tu m'as aimée : je veux dire de ce même amour qui te tourmente ? T'ai-je jamais fait souffrir ? Je ne dis pas maintenant, bien sûr, mais lorsque nous nous sommes connus...

Il lui caressa le front, les cheveux. Comment eût-il souffert, la sentant toute à lui ?

— Et puis, jamais tu ne m'as quitté, toi ; mais vivre séparé de l'être qui pour nous compte seul, à mon âge surtout ! Chaque minute loin de ce que j'aime, j'en souffre comme d'une vie perdue.

Alors Élisabeth, d'une voix étouffée :

— S'il n'y avait que moi, je m'effacerais, Louis ; mais les enfants...

Il protesta avec la plus sincère véhémence. N'était-ce pas, disait-il, le meilleur témoignage de sa tendresse pour Élisabeth : cette impuissance à imaginer la vie sans elle et sans les petits ? Elle l'embrassa dans un élan de gratitude ; mais sans doute eût-elle éprouvé, à l'entendre, plus de consolation, si elle ne se fût souvenue du plaisir de Louis lorsqu'elle amenait les enfants aux eaux de la Bourboule, et qu'il demeurait seul à Paris ; chaque année, sa cure à Vichy lui était une fête ; il trouvait son repos et sa joie dans ces mêmes séparations dont Élisabeth s'attristait plusieurs semaines d'avance. Non, non : il n'avait pas besoin d'elle. « Je ne lui sers qu'à mieux connaître que la solitude est un bonheur. »

Aucune lueur ne révélait que ce fût l'aube, mais seulement ce trille interrompu de merle, une roulade encore endormie. Depuis quelques instants, Élisabeth n'écoutait plus Louis, elle prêta l'oreille. Ah ! c'était de l'autre encore qu'il parlait avec une abondance horrible.

— Tu dis que je ne peux douter sérieusement de son amour ? Mais comment exprimer cette idée qui me torture ? Ce n'est pas moi qu'elle aime, c'est l'être que je suis devenu à quarante-neuf ans : ce peintre qui fait école, et dont on répète les formules, les mots... Être quelqu'un, devenir quelqu'un, aujourd'hui je comprends ce que cela signifie ; quelqu'un : un autre que soi-même. Ce quelqu'un qui n'est pas moi, c'est cela qu'Andrée adore. Je déteste mon métier maintenant, comme je hais ce que les années ont peu à peu déposé sur mon être : cette couche épaisse et dure de ce que le monde appelle réputation, célébrité. Ceux auxquels nous élevons, après leur mort, des statues, nous ne songeons jamais qu'ils connurent, durant leur vie, ce martyre d'être des statues vivantes et que, dans cette gangue, leur être véritable périssait de solitude, d'étouffement. Oh ! je sais bien ! j'ai eu hier une lettre délicieuse d'Andrée...

— Elle t'écrit ?

— Oui, les jours où nous ne nous voyons pas. Elle me dit que jeune et inconnu, elle eût aimé en moi l'artiste que j'étais déjà. Elle ajoute, avec une finesse étonnante, qu'à cette époque j'eusse pu craindre à bon droit d'être préféré pour ma jeunesse, pour un charme tout physique et qui ne dure pas. « C'est à ton âge seulement, m'écrit-elle... à votre âge (veux-je dire), c'est à votre âge seulement que l'on est aimé pour soi-même. »

— Eh bien ! que te faut-il de plus ?

— Comprends-moi : je hais l'admiration qu'elle me voue.

La pensée d'Élisabeth fuit encore. Il fait étouffant dans la chambre. Elle s'écarte un peu de ce corps qui brûle, se tourne à demi vers la fenêtre, pour ressasser à loisir cette phrase de la lettre d'Andrée : « C'est à ton âge que l'on est aimé pour soi-même ». Élisabeth retient une question qu'il faut pourtant qu'elle pose ; impossible d'y résister :

— Louis, tu ne dors pas ?

— Dormir ? Je ne sais plus.

— Mon petit, tu vois que je t'écoute paisiblement, comme une amie. Tout m'est égal, sauf de perdre ta confiance. Dis-moi — tu me promets de ne pas mentir ? — est-elle ta maîtresse ? Oui, n'est-ce pas ? Je te jure que je n'y attache aucune importance...

A genoux maintenant, et penchée sur lui, elle s'efforce de déchiffrer son secret ; mais à peine discerne-t-elle, dans l'ombre, ce visage mort.

— Si elle l'était, ma chérie, je t'en ferais l'aveu maintenant : non, elle ne l'est pas.

Élisabeth poussa un soupir profond, dit à mi-voix : « Elle se refuse : elle veut se donner du prix... » Ce fut sans doute la plus basse vanité qui poussa Louis à répondre que « s'il avait voulu, il y aurait long-temps qu'elle serait à lui. »

Il cacha, de son avant-bras replié, ses yeux ; Élisabeth, attentive, voyait la douleur remonter à la surface de cette chair, comme l'eau brûlante déjà se soulève.

— Non, elle ne se refuse pas : pourquoi te le cacher ? Nous sommes allés souvent à l'extrême bord de l'abandon ; il n'eût tenu qu'à moi... Mais une parole d'elle, à ces minutes-là, une parole pourtant bien tendre, toujours me glace, me rejette au désespoir : « Vous ai-je au moins donné du bonheur ? » Comprends-tu ? Elle consent à se livrer toute pour que je sois heureux ; mais jamais un mot ne témoigne qu'elle puisse rien recevoir de moi... Pourquoi ris-tu ?

— Parce que si souvent tu me l'as adressée, cette question : « T'ai-je rendue heureuse ? »

Il protesta que cela n'avait jamais signifié entre eux qu'il fût insensible ; chez son amie, ces paroles avaient une autre portée. Il se tut, crispé et son-geant : « Babeth ramène toujours tout à elle. »

II

Le petit jour décelait la forme des meubles ; au-delà des jardins, le premier tramway fit retentir la rue vide. Leurs deux corps étaient séparés maintenant. « T'ai-je au moins donné du bonheur ? » Cette question obsédait Élisabeth dont l'esprit, d'habitude si chaste, enfantait des monstres qu'elle n'arrivait pas à chasser. Elle se taisait, retenait son souffle, ravalait ses larmes. Et lui, la face contre le mur, feignait aussi de dormir comme au commencement de cette nuit, ne bougeait pas. Tapis aussi loin que possible l'un de l'autre, ils reprenaient haleine ; jusqu'à ce qu'enfin Louis, s'étant à demi soulevé, regarda la fenêtre blanchissante : « Un jour encore ! soupira-t-il, un jour à vivre encore ! » Si désespéré fut ce cri de lassitude, qu'Élisabeth glissa de nouveau un bras sous les épaules de l'homme, le berça : il n'avait aucune raison de tant souffrir, assurait-elle ; lui-même ne niait pas qu'il fût aimé avec tendresse...

— Oui, oui, c'est bien cela : avec tendresse. La tendresse, c'est un des noms de la pitié. Tu ne peux pas savoir...

— Je ne peux pas savoir ?

Il n'entendait pas qu'elle riait.

— Ainsi, hier soir encore (car tu imagines que ce n'est pas pour rien que je suis dans ce désespoir !), avant le dîner, elle est venue à mon atelier, errant de tableau en tableau, indifférente à mes paroles ; entre elle et moi, soudain, ce désert où tout retombait, venait mourir. Souvent je l'avais vue ainsi déprise de son travail, de la vie même, flottant à la dérive, avec ses yeux pleins de néant. Mais à aucun moment, elle ne m'était apparue si détachée. Comme je me plaignais de ne rien pouvoir pour elle, sans oser l'interroger sur son tourment, soudain elle me dit : "C'est beaucoup pour moi de pouvoir souffrir auprès de vous." Je tremblais de provoquer un mot de plus, je savais à l'avance qu'il allait me précipiter à l'abîme : et soudain je l'entendis : « Il reste la peinture, disait-elle ; mais un être qui m'occupe peut détruire, en moi, même ce goût-là. » Je profitai de ce que, le coup reçu, je ne le sentais pas encore (la souffrance chez moi retarde toujours sur le coup) et la suppliai de ne point me refuser la joie d'être son confident ; sans doute la pâleur de mon visage la mit-elle en défiance, car elle se reprit, m'assura qu'il s'agissait de fantômes, que son imagination seule était malade. J'insistai encore : "Croyez-vous, lui dis-je, Andrée, que j'aie jamais espéré d'emplir seul tout l'horizon de votre cœur ?" Mais à mesure que je disais ces mots, je sentais qu'en effet j'avais follement espéré cela. Elle parut hésiter : "Je vous dirai peut-être un jour... mais pas ce soir. D'ailleurs, il n'y a pas matière vraiment. Je ne suis pas triste, vous savez ! A peine mélancolique."

« Je l'ai raccompagnée jusqu'à la station des taxis, dans la cohue de ce dimanche. Elle s'est étonnée de ce que je ne prenais pas place dans l'auto, selon mon habitude. Je l'ai vue se rencogner ; elle n'a pas agité sa main... Tu vas être surprise, Babeth ; aussi abattu que tu me voies maintenant, je n'ai pas commencé d'être jaloux ; j'ai ce pain de douleur sur la planche ; ce pain non encore entamé. Que tu dois me trouver bizarre, toi, cœur tranquille ! car quoi que tu en dises, c'est une justice à te rendre : tu n'es pas jalouse.

Elle rit encore, assura que, si peu jalouse qu'elle fût, elle arrivait tout de même à se représenter assez bien ce que pouvait être cette passion.

— Autant que je souffre, Babeth, je ne souffre pas encore à cause de cet inconnu qui est dans la vie d'Andrée. La jalousie, chez moi du moins, exige le pouvoir de réfléchir ; le coup est trop récent et mon esprit demeure encore dans le trouble ; aujourd'hui seulement, et à froid, il sera à même de forger patiemment l'arme qu'il faut pour me déchirer.

« Jusqu'à hier, je ne travaillais que sur le passé d'Andrée — par exemple ce jeune homme, l'autre jour, qui me disait l'avoir fait danser à Pontaillac, quand elle avait dix-huit ans ; et qui vantait son teint de cette époque-là, "complètement abîmé depuis qu'elle se farde..." — Aussi jeune qu'elle soit encore, que reste-t-il de l'adolescente intacte ? Elle a traversé mille vies avant de m'atteindre. Son amour, c'est la lumière qui m'arrive d'un astre peut-être déjà mort. Mais maintenant, il s'agit bien du passé ! Quelle autre carrière de chagrin s'offre à moi ! Dormir... pouvoir dormir...

— Mon petit, il n'est que temps : partons ; il faut partir. Tant pis, Maria s'occupera des enfants : je demanderai à mère de venir les voir chaque jour.

Il faisait « non » de la tête, répétait : « impossible ! impossible ! »

— Il faut pourtant que tu partes, coûte que coûte,

dans un mois ; la villa du Cap Brun est retenue ; c'est là que tu travailles le mieux. Moi, je veux bien ne pas compter ; mais ton travail, Louis !

— Dans un mois, je serai peut-être guéri.

— Pars dès demain et tu guériras.

— Il y eut un moment où j'aurais pu fuir, sans doute, mais c'est trop tard.

— Ton travail, Louis !

Elle lui prenait la tête à deux mains, le regardait dans les yeux.

— Nous lui avons déjà fait tant de sacrifices, à ton travail ! A cause de lui, et parce que tu voulais voyager, l'instruction des enfants est sans cesse interrompue : ils sont passés par dix collèges.

— Le métier ne m'intéresse plus. Non, n'accuse pas Andrée. Chaque fois que j'ai aimé, mon amour a comme décoloré le monde. Pour d'autres, la passion est un levain ; leur univers en est embelli ; ma passion, au contraire, a toujours tout anéanti à son profit ; ou plutôt, elle me communique une lucidité redoutable ; à sa lumière, aucun jouet ne m'aide plus à vivre. Un être qui remplit mon existence crève tous les ballons dont je me divertissais. Des toiles peintes ? A quoi bon ! Elles finiront comme moi, comme Andrée, entre quatre planches...

Élisabeth lui mit la main sur la bouche mais il insistait :

— Durant mes autres amours, j'avais toujours pu réagir ; la nature demeurait la plus forte ; je me sens perdu aujourd'hui, parce que les formes et les couleurs ne me sont plus rien. Rien n'existe désormais à mes yeux que les êtres — qu'un seul être. Cette petite Andrée, ce corps étroit me cache le monde. Aller ailleurs que là où elle respire, quelle agonie ! Je n'ai plus même envie de la peindre : ce que je souhaite d'étreindre en elle dépasse infiniment toutes les apparences... Mais cela finira ; ne pleure pas, mon petit ; il faut que cela finisse. Au reste, crois-tu que je pourrais supporter longtemps ces affres, sans mourir ? Tu verras, Babeth : je recommencerai bientôt à travailler près de toi, dans la joie.

— Oui, moi, je ne t'ai jamais caché le monde.

— Tu m'as aidé à le mieux connaître.

— Tu arrivais à ne plus me voir. A mes côtés, tu es toujours seul.

— De cette solitude dont j'ai besoin pour créer.

— Je n'ai jamais troublé ta vie ? A aucun moment ?

— A aucun moment, chérie : je te dois la paix ; tu m'as donné la paix.

— Je suis bien sûre que tu n'as jamais éprouvé à mon propos le moindre mouvement de jalousie ?

— Voyons, Babeth, ce serait te faire injure.

Elle éclata de ce mauvais rire, mais Louis ne comprenait pas. Il ne croyait pas qu'avec Élisabeth il y eût même à essayer de comprendre. Après vingt années vécues au plus épais de ce monde de peintres où l'instinct règne seul, Louis ne traitait pas autrement sa femme que son père, que son arrière-grand-père campagnard, leurs épouses. Les femmes de sa famille entraient en mariage comme en religion. Étroitement dépendantes de leur maison, de leurs enfants, une seule avait-elle jamais songé qu'elle pût demander à son mari des comptes ? Louis, adolescent, avait vu son grand-père s'établir à Bordeaux, y mener grand train pour les nécessités d'un négoce et ne retourner que le samedi à cette maison landaise où sa femme vivait seule en face d'une vieille tante idiote ; il avait vu la sœur de son grand-père, attachée nuit et jour au fauteuil d'un mari paralytique, comme si ce n'avait pas été la plus basse crapule qui avait réduit le malheureux à cet état et comme si ce n'était par avarice qu'il refusait les soins d'un infirmier ou d'une garde.

Au vrai, Élisabeth appartenait bien à cette race presque perdue des femmes qui s'immolent et ne savent même pas qu'elles s'immolent ; de celles dont l'époux est vraiment ce dieu qui ne doit qu'à Dieu des comptes ; dans une campagne du sud-ouest, Louis l'avait prise à dix-huit ans et, depuis, sans étonnement et comme son dû, il acceptait cette ferveur modeste. Mais il ignorait que si rien n'avait détourné sa mère ni ses aïeules d'une sou-mission totale, c'était qu'elles vivaient claustrées. En ce temps-là, et dans ces provinces, il semblait déjà grave qu'on pût dire d'une femme : « Elle n'est jamais chez elle... »

Voilà longtemps qu'Élisabeth respire à Paris, entend les propos les plus libres, s'accoutume aux sépara-tions et aux divorces dans un monde où le mariage apparaît une étrange survivance des époques de foi, et où une maladie détruit les ménages comme, certaines années, on voit tous les ormes d'une région perdre leurs feuilles. Parisienne, sans doute Élisabeth ressemble-t-elle aux épouses du vieux temps ; mais, au lieu d'adorer, à leur exemple, l'homme en tant que mari et que chef, elle se voue passionnément au service d'un être, non parce qu'il est son époux, mais à cause de sa prééminence et de son génie. Il ne s'agit plus d'un culte aveugle, il s'agit d'un choix. Elle ne subit pas son dieu, elle l'a élu.

Enfin, cette nuit, et pour la première fois monte du plus profond de son être une exigence : que Louis sache au moins qu'elle est faite de cette même chair qu'il chérit dans une autre femme ; qu'il ne se débarrasse plus d'elle par l'admiration, qu'il ne l'exile plus au-dessus de la mêlée des cœurs.

— Mon petit, c'est bien de n'être pas jaloux ! crois-tu pourtant que je n'aie jamais été provoquée ?

— Rien à faire, Babeth, je suis tranquille.

Elle s'exaspérait de sentir qu'il l'écoutait à peine ; il ne la regardait pas ; il aurait suffi pourtant qu'il tournât la tête vers elle, à cette minute : le petit jour éclairait assez cette figure pour qu'il y pût lire les signes d'un désordre profond. Mais il demeurait étendu et les yeux clos.

— Tu as eu tort quelquefois d'être tranquille.

A ces mots, pourtant, il leva les paupières, vit enfin Élisabeth. Le bref regard qu'ils échangèrent éclaira chacun d'eux sur les coups qu'il avait portés à l'autre, au long de cette nuit. Il la prit à son tour dans ses bras, fit un effort pour s'évader de sa propre douleur et pour pénétrer dans cette douleur étrangère. Mais qu'elle lui paraissait mesquine ! Il n'aurait jamais cru que Babeth fût capable de ressentir ces pauvres blessures d'amour-propre.

— C'est peu de dire, Louis, que tu ne t'es jamais inquiété à mon propos ; tu ne t'es même jamais aperçu de l'acharnement que certains ont mis à me poursuivre. Je te défie de nommer un seul de ceux qui m'ont aimée.

Cette fois, elle a capté son attention : naïvement, il s'étonne :

— T'aimer ? Qui a pu t'aimer ?

La figure dans les mains, elle semble rire ; et comme il ajoute :

— Cite-moi un nom ; je te dirai s'il éveille en moi le souvenir d'une inquiétude...

Elle se détourne et dit très vite : Paul Orgère.

Elle a obtenu du moins que Louis, un bref instant, échappe à son angoisse : Paul Orgère ? cet imbécile ? Il n'en revient pas ; il pouffe.

— Je me disais aussi : quel étrange amour de la

bonne peinture chez ce parfait homme du monde !
Et puis, quelle obstination ! C'est le seul de mes
élèves que j'aie voulu décourager sans y parvenir.
Alors, c'était pour toi ? Il voulait que la maison lui
demeurât ouverte ! Eh bien ! ma chérie, si tu veux
que je m'inquiète, cherche un autre nom. Orgère !
Avons-nous ri ensemble de ce nigaud !

Ainsi éclatait ce contentement de l'artiste, cette
satisfaction de ne pas ressembler aux autres hommes,
cette sécurité dans la prééminence, ce mépris pour
tous ceux qui ne créent pas. Et c'était vrai qu'Élisabeth avait maintes fois ri de ce « nigaud d'Orgère ». Pourtant, si ce nom plutôt qu'un autre est
venu à ses lèvres, ce ne saurait être sans raison :
mais comment faire entendre à Louis que son
indifférence faillit un jour la livrer à cet homme ?
L'année de leur saison à Cauterets, il avait été séduit
par l'offre d'Orgère d'accomplir le voyage en auto :
l'artiste inclinait parfois à profiter ingénument, et
par indolence, du luxe de ses admirateurs. L'avant-
veille du départ, le caprice d'une Américaine qui
voulait que son portrait fût exécuté sans délai, le
retint à Paris (du moins usa-t-il de ce prétexte). Mais
déjà les enfants avaient pris le train avec leur
institutrice et les domestiques. Orgère insistait pour
qu'Élisabeth ne renonçât pas à ce voyage par la
route ; il ne l'eût pas convaincue, si Louis lui-même
n'avait ri de ses scrupules et si cette affreuse
confiance ne l'avait piquée au jeu : il ne la jugeait
pas désirable ; il n'imaginait même pas qu'elle pût
être désirée !

Et maintenant, tandis que Louis demeure la face
contre le mur, Élisabeth s'efforce de se rappeler cet
étrange voyage, d'en isoler chaque épisode capable
de susciter en lui, fût-ce une ombre d'inquiétude.

III

Elle se souvient : telle était la chaleur que se liquéfiait le goudron des routes ; il giclait sur les petites mains d'Orgère agrippées au volant. Écorchée par l'auto, la route saignait noir. La Beauce ressemblait à une mer qu'il eût fallu traverser coûte que coûte ; à un désert jaune où c'eût été mourir que de s'arrêter. Orgère, tête nue, avait enlevé sa veste, défait son col, relevé ses manches, ouvert sa chemise ; ainsi paraissait-il dépouillé de tout artifice, de toute convention. Élisabeth suivait d'un œil vague, sur le cadran où la vitesse s'enregistre, l'aiguille oscillant entre quatre-vingt-dix et cent.

Non, plus rien de factice dans ce jeune garçon ivre. Aussi violente que le souffle qui brûlait son visage, elle sentait cette joie mâle, cette frénésie de désir ; lorsque l'une des petites mains, s'étant détachée du volant, serra la sienne, elle ne s'en défendit pas. Il disait que c'était fou de conduire d'une main à cette vitesse : « Un éclatement suffirait, Élisabeth, pour mourir ensemble. » Et elle recevait l'aveu de ce vertige d'un cœur complice. Elle sentait enfin qu'aux yeux d'un autre être, elle incarnait le monde et toutes ses délices ; quelqu'un, enfin, lui reconnaissait un prix infini. Assez de vivre dans un désert d'indifférence ! Assez, assez de s'endormir dans les mornes bras de l'habitude ! Une motocyclette surgit d'un chemin ; l'auto fit une embardée ; Orgère, des deux mains, la redressa, freina. Comme il murmurait, très pâle : « Nous l'avons échappé belle... » elle avait répondu : « Je n'ai pas eu peur ; j'ai confiance en vous. » Alors il l'avait dévisagée, sa lèvre supérieure frémissant un peu : il avait voulu l'attirer à soi ; elle s'était débattue, dégagée... Avant de remplacer un pneu, Orgère étendit une couverture sur le talus, fit asseoir Élisabeth avec des soins délicats, tira du coffre une collation de fruits ; stupéfaite de ces soins dont elle avait coutume d'entourer Louis, mais qu'elle n'avait jamais reçus de personne, elle admirait les gestes précis d'Orgère, sa dextérité, son adresse pour manier les outils. A la maison, Louis eût-il été capable de remettre un plomb ? Était-il jamais monté sur une échelle sinon pour accrocher un tableau ? Paysan, au fond, né de race paysanne, enclin à charger la femelle des besognes basses. L'auto avait démarré, dans la chaleur ; et encore le jeune homme ne tenait le volant que d'une main, et l'autre caressait un bras immobile, une épaule nue. Il disait : « Je suis heureux. » Le vent de la course dérangeait ses cheveux, gonflait sa chemise ouverte. Il ne ressemblait plus à l'homme de cercle, à l'amateur dont se gaussait Louis : c'était, au déclin de ce jour, un être puissant qui a ravi et qui emporte dans la nuit une chair longtemps convoitée.

Il avait dit : « La nuit sera étouffante à Blois ; mieux vaut dormir dans ce petit hôtel, contre le château de Chambord. » L'auto alors avait suivi une allée déserte au crépuscule. Élisabeth détournait les yeux pour ne pas voir, sur cette jeune figure près de la sienne, une expression d'attente. Elle se rappelle, à cette minute, sa rancune contre Louis qui n'avait jamais voulu, même dans les premiers jours de leur union, qu'elle prît part à cette angoisse délicieuse, à ce bonheur presque déchirant, lorsque deux êtres devinent toute proche une chambre inconnue. (Il disait qu'on ne peut pas voyager avec une femme.) Élisabeth se rappelle la chambre où elle s'était lavée, où elle avait changé de robe ; elle entendait, derrière la cloison, l'homme s'ébrouer. Debout devant la fenêtre, elle voyait, au-dessus des futaies, dans l'azur vide, une large étoile. Elle songeait : « C'est par toi, Louis, que je succombe. » Elle ne doutait pas alors que la faute dût se consommer ; elle fermait les yeux à l'extrême bord de l'abîme. Pourtant, à peine descendue au jardin où le jeune homme l'attendait, Élisabeth connut qu'elle était sauvée. Rien ne restait du dieu qui, dans le feu de cet après-midi, l'avait follement emportée : Paul Orgère, en smoking, la boutonnière fleurie d'un œillet, les cheveux lisses et qui sentaient bon, avait au coin des lèvres le sourire de l'aventure. Sauvée ! ce n'était plus qu'une affaire de verrou.

IV

— Babeth, j'ai été fou, pardonne-moi.

Tandis qu'elle refaisait en esprit ce voyage sur une route trop chaude, souhaitant et redoutant à la fois de découvrir à son époux comme elle avait été près de se perdre, Louis l'observait dans le petit jour, plein de pitié pour cette figure exténuée, vieillie.

— J'ai été fou ; j'aurais dû me taire. Mais je ne te sépare pas de moi, Babeth : quand je souffre, il faut que tu souffres.

Il l'attira et elle pleurait contre son épaule.

— Tu exiges l'impossible, ma chérie. Pour qu'il y ait, entre un homme et une femme, la passion que tu souhaiterais de toi à moi, il faut qu'une zone déserte les sépare, un champ où lutter et se meurtrir dans les ténèbres. Mais tu es en moi et je suis en toi : aucun intervalle entre nous. Mes erreurs les plus tristes, je ne peux pas ne t'y pas traîner, ma bien-aimée, si étroitement nous sommes unis dans une seule chair !...

Elle se serrait contre lui et il la berçait comme elle l'avait bercé.

— L'adversaire change souvent de visage, et l'être pour qui je souffre n'est qu'un fantôme aussi vain que tous ceux qui m'ont coûté des larmes, depuis que je suis au monde ; mais toi, ma petite enfant, tu demeures.

La maison s'éveillait ; Maria, derrière la porte, brossait les habits. Dans la chambre des enfants, bourdonnaient les leçons récitées. Un parfum de café frais éveillait la faim. Élisabeth arrangeait son visage dans la glace.

— La vie, disait-elle, la vraie vie l'emporte toujours, n'est-ce pas ?

— Certes ! la nuit, nous nous créons des monstres, nous devenons fous. J'ai gonflé démesurément cette pauvre histoire. Oublie ces extravagances : tout cela n'est rien.

Après un silence, il ajouta :

— Andrée ne tient pas dans ma vie la place que tu pourrais croire. Ainsi, aujourd'hui ni demain, nous ne devons nous voir. Regarde : cela n'empêche pas que je me sente heureux, ce matin. Dis-moi, Babeth, que tu es rassurée.

— Je le suis un peu. Je souffre moins. Je suis sûre que nous avons exagéré, cette nuit : il existe assez de vrais malheurs pour ne pas s'en forger de toutes pièces. Sept heures déjà ! il faut que je voie si Jean est levé...

Elle couvrit ses épaules d'un peignoir, quitta la chambre. Alors, sur le visage de Louis, le sourire disparut. Ce visage redevint tel qu'il avait dû être pendant les affres de la nuit.

— Tout ce jour sans elle, murmura-t-il. Et encore demain... Comment vivre ?

Il s'efforça en esprit de franchir l'obstacle de ces deux jours déserts. Il vit au-delà, trois brèves semaines avant la séparation de l'été. Andrée irait dans sa famille, près de Biarritz. Elle vivrait de cette vie idiote de golf et de jazz. Elle y rejoindrait l'inconnu peut-être, heureuse de n'être plus épiée. Elle dirait à l'inconnu : « Ce sont mes vacances, mes grandes vacances... » Ils danseraient, le soir.

Les enfants entrèrent en tempête. Les leçons étaient-elles sues ?

— Raymond, as-tu recopié ton problème ? Je ne veux pas que tu remettes des copies aussi sales.

Il fut seul de nouveau, alla sur le balcon, effaroucha un ramier, se pencha sur le vide. Des deux mains, il ébranle la rampe. Non, ce n'est pas cette grille rongée de rouille qui le protège de la chute, de l'écrasement, du repos, — mais une barrière vivante : cette femme toujours attentive, ces étrangers, ces inconnus qui sont ses fils ; il s'est fourni de gardiens ; qu'il ne s'inquiète donc pas de sentir monter, du plus profond de son être, cette sombre folie ; qu'il s'abandonne à un désespoir paisible : nulle catastrophe à redouter ; rien à faire qu'avancer sur cette route droite, entre deux hauts murs ; chaque pas sans doute est un effort, une conquête ; mais vivre à contre-courant jusqu'à la mort, cela dépasse-t-il les forces d'un homme ? Non, il suffit de s'entraîner. Et d'abord, qu'il s'oblige sur l'heure à faire des exercices suédois, qu'il prenne son bain, qu'il se rase. Il a été un lâche, cette nuit ; il s'est livré jusqu'au fond ; une telle faiblesse lui coûtera cher. Ce n'est pas qu'il ait à craindre des scènes, une persécution sourde ; Élisabeth sera sans doute plus douce qu'elle ne fut jamais. Montrera-t-elle seulement de la froideur à Andrée ? Gageons plutôt qu'elle lui fera des avances, qu'elle aura le souci de se l'attacher, qu'elle voudra tenir une place dans sa vie. « Désormais, elles se verront plus souvent, et à mots couverts, parleront de moi ; elles seront complices dans la pitié : mon entrée les obligera de se taire. Je serai le grand malade qui voit autour de son lit, les parents ennemis faire trêve. Elles s'attendriront, mêleront leurs larmes, s'aimeront peut-être. Ah ! leurs concessions réciproques ! Si Babeth est obligée de me laisser seul à Paris, Andrée devra soudain partir aussi pour Bordeaux. Les quelques minutes de joie que je dérobais au destin, une Providence implacable va maintenant les prévenir : voyages remis, départs de domestiques, maladies d'enfants, tout servira contre mon cœur. Jusqu'à aujourd'hui, des événements imprévus, parfois, desserraient mes liens ; rien ne peut survenir désormais qui ne me garrotte plus étroitement. Reste le travail. »

Il gravit d'un pas lourd l'escalier intérieur qui menait à son atelier. Le modèle était en retard. Il s'assit devant la toile interrompue. Un enfant lui cria :

— Papa, on vous demande au téléphone.

Comme il passait près d'Élisabeth assise et qui cousait, elle l'avertit, du ton le plus simple :

— C'est Andrée.

Il ne comprenait pas ce qu'Andrée voulait de lui ; il écoutait cette voix ; oui, c'était bien sa voix ; cette fêlure, cet essoufflement ; enfin il attacha son esprit au sens des paroles :

— Il faut que je vous voie aujourd'hui. Je sais que ce n'est pas raisonnable ; mais, mon petit Louis, je suis sans courage pour attendre après-demain...

Quand il traversa de nouveau le salon, il s'étonna qu'Élisabeth fût assise à la même place avec son ouvrage : rien n'avait donc changé pour elle ; cette divine minute ne lui avait rien apporté. En passant, il la baisa au front et elle lui sourit. Il s'étendit sur le divan de l'atelier, ferma les yeux, concentra son esprit sur ce bonheur : « Elle désire me voir ; elle viendra à la fin de la journée ; elle dit qu'elle est sans courage pour attendre après-demain. Autant que j'aie souffert, me voilà payé de tout. Que la lumière est belle, ce matin ! C'est étonnant ce que mon âge garde encore de ressources pour le bonheur. Je suis heureux. Elle a dit qu'elle ne pouvait pas attendre plus longtemps ; elle veut me voir coûte que coûte ; quand elle est triste, elle ne saurait se passer de ma présence. Elle est triste... elle va me répéter : "C'est déjà beaucoup que de pouvoir me blottir contre vous." Dieu ! ce n'est pas de moi que lui vient cette angoisse. »

Louis, déjà, s'était redressé. Il commença de marcher dans l'atelier, reprenant une à une chaque parole d'Andrée, jusqu'à ce qu'il en eût extrait tout le poison qui lui était nécessaire pour souffrir.

UN HOMME DE LETTRES

I

Que puis-je pour cette chimérique enfant ? Son père qui, à Elbeuf, fabrique du drap, ne voulait pas qu'elle épousât Jérôme qui écrit à Paris des pièces. Elle a suivi Jérôme et ne l'a pas épousé : « Qu'aucune contrainte, disait cette sotte, n'altère notre merveilleux amour ! » Elle mit tous ses soins à n'être pas mère : un enfant l'eût détournée de servir uniquement le maître. Mais ce fut en vain que plus épouse qu'aucune épouse, bourgeoise entre les bourgeoises, Gabrielle se vit accueillie partout avec distinction, et comme la femme d'un assez fameux auteur dramatique ; — après quinze ans, Jérôme s'éloigne, selon le droit qu'elle-même lui a reconnu et sans qu'elle puisse rien lui opposer que ses larmes.

Le seul aspect de ce salon où j'attends Gabrielle, suffit à m'éclairer sur la folie du couple qui, durant des années, s'y déchira. Les meubles défraîchis, « modern-style », sont les restes inutilisables, l'ébauche abandonnée d'une trop ambitieuse passion. La moindre chaise, par sa forme saugrenue, témoigne d'une volonté maladroite de bonheur. Dans l'après-midi sombre, flottent ces épaves d'une vie naufragée. Je me retiens de respirer cette odeur des pièces où un homme a beaucoup fumé naguère et où nul ne fume plus.

Des livres sur ce guéridon, — mais pas un seul n'a été ouvert depuis des mois. Que doivent être les soirées de cette femme ? Aucune lecture ne saurait la délivrer d'elle-même, ni aucune imagination prévaloir contre ce qui la torture ; et quel être inventé atteindrait, fût-ce une minute, à détourner son attention de l'être qui l'a délaissée et trahie ? Je l'imagine errant de pièce en pièce, se frottant les doigts dans le silence, étouffée, suffoquée par les diatribes, par les invectives, par les supplications qu'elle ne peut plus crier à personne.

Devant moi, elle va se délivrer enfin. Je ne peux lui donner que ce soulagement : être quelqu'un qui écoute. Je serai, à la lettre, tout oreille. Étrange qu'aucune mythologie n'ait jamais représenté le divin sous l'aspect d'une oreille énorme : ce qui ne répond pas, mais qui peut-être entend. Je serai ce dieu pour Gabrielle.

Voilà des années que Jérôme la torturait ; mais elle avait chaque soir la ressource de le mettre en accusation (ce que Jérôme appelait « des scènes »). Gabrielle sait aujourd'hui que ce n'est rien d'être une martyre, tant qu'on a son bourreau près de soi, nuit et jour, pour lui faire honte de sa barbarie. Une amoureuse accoutumée à cet échange quotidien d'insultes, juge que sa vie en était embellie, maintenant qu'elle ne peut plus s'adonner à ce jeu. Que toute sa douleur d'avant l'abandon lui paraît féconde en délices ! Rien ne dépasse les forces d'une femme que de hurler seule dans un sépulcre.

Aujourd'hui, du moins, va-t-elle se lamenter devant quelqu'un. Tout de même, il faudra que je feigne de la conseiller. Que lui dirai-je ? N'importe quoi :

il suffit de ramasser les balles dont elle bombardera Jérôme ; et, lorsqu'elle s'arrêtera pour reprendre souffle, que mes paroles lui soient un prétexte à repartir. Sans doute feindrai-je, comme c'est mon habitude en de telles rencontres, de détourner la conversation pour le plaisir de voir la jeune femme se jeter sur celle de mes paroles qui peut l'aider à rejoindre sa douleur. Que je l'entretienne d'un empereur de la Chine, elle me parlera des yeux bridés, du teint safrané de Jérôme ; peut-être aussi de sa science pour les supplices interminables et qui dans la victime suppriment tout, sauf le pouvoir de souffrir.

C'est ennuyeux que les convenances ne me permettent pas de me taire ou de ne l'interrompre que par des « je vous écoute », « je vous entends bien ». Le vraisemblable est que mes premières paroles, parties du cœur et trop dures pour l'infidèle, inspireront à la jeune femme quelques propos en faveur de l'homme qu'elle adore ; — mais pour peu que je paraisse convaincu, elle se répandra soudain en insultes contre l'absent. Car si l'amour qu'elle lui voue ne saurait avoir à ses yeux d'autre excuse que de s'adresser à une sorte de surhomme, en revanche le désespoir où, par son abandon, il l'a laissée, cette plaie toujours saignante empêche qu'elle l'absolve de l'accusation d'assassinat. Surtout, gardons-nous, en cet instant, de conclure pour tout concilier : « Cet homme de génie est un assassin délicieux ! » Nous verrions la furieuse, incapable de saisir ensemble tous ces contraires, passer d'un terme à l'autre, incertaine, égarée, puis s'abattre pleine de cris et de larmes. Depuis le temps qu'elle errait dans le palais de Pyrrhus, Hermione ignore encore qu'amour et haine sont les deux faces de l'unique dieu dont elle est possédée.

Aucune bêtise à dire ne me coûtera. Sans doute lui soufflerai-je : « Essayez d'en aimer un autre ; offrez à un étranger cette place vide. » Il n'y a pas de place vide : sa vie est remplie, comblée par une absence. Impossible de pénétrer jusqu'à Gabrielle si ce n'est à propos de l'absent, pour en parler, pour en entendre parler. Des amis de Jérôme qui, à en croire la jeune femme, l'ont trahie, et qu'elle hait comme les complices de son amant, Gabrielle pourtant ne peut se défendre de les accueillir : ils font partie de son mal ; ils ont part à cette absence qui l'occupe tout entière. J'entends bien que Gabrielle pourrait être conquise par un autre homme. Mais c'est l'horreur de certains abandons qu'ils laissent l'abandonnée inutilisable pour tout autre que pour son bourreau. Gabrielle ignore que le pire crime de Jérôme est de l'avoir pétrie et repétrie, de l'avoir rendue informe et telle qu'elle ne saurait plus s'insérer dans aucun autre destin. De même qu'il meublait sa maison de ces chaises contournées, de ces fauteuils absurdes mais dont le modèle est sans répliques, Jérôme a voulu posséder une femme différente de toutes les autres, une compagne à son usage ; souhaitant de la reconstruire selon ses vœux, il a fallu d'abord qu'il la détruisît. Mais il n'a su que la détruire ; et voici qu'incapable de la ressusciter, il se détourne d'une femme divisée et rompue. Qui donc oserait recueillir cette âme éparse, argile confuse et partout crevassée d'empreintes de doigts ?

Ah ! me méfier surtout des consolations du genre de : « le temps fera son œuvre ; un jour, vous l'aurez oublié ». S'il est vrai que de là seulement lui peut venir quelque secours, gardons-nous de l'exaspérer par l'imagination d'une vie dépouillée de ce qui est sa vie même. Pour se délivrer de l'insomnie, l'essentiel est d'abord de ne pas penser au sommeil ; il ne faut pas parler d'oublier à ceux qui n'ont plus aucune ressource ici-bas que l'oubli.

Mais je crains qu'avec cette compagne d'auteur dramatique, dont l'esprit s'est assoupli à développer des thèmes littéraires, il soit difficile d'éviter que se pose cette question : N'aurait-il pas mieux valu pour elle que Jérôme fût mort plutôt que traître ? Il me semble l'entendre déjà : « Je souffrirais moins de sa mort que de son infidélité. » Et ce commentaire trop sublime : « Perdu pour perdu, au moins ne serais-je point forcée de le mépriser. » Elle ne le mépriserait pas en effet, elle l'oublierait. Mais Jérôme vivant, aucune minute ne passe qui ne pourrait ramener le fugitif, et, en même temps, cette minute apporte à l'abandonnée une raison nouvelle d'être déçue et de haïr davantage ; par-dessus tout, demeure l'espérance qu'à la seconde suivante l'ascenseur s'arrêtera à l'étage, et qu'elle reconnaîtra le bref coup de sonnette. Impossible de guérir. Elle guérirait si Jérôme était mort ; la mort seule barre toutes les routes de l'espoir et ne laisse au survivant que cette issue : l'oubli. (Cette vérité première est une réminiscence de Proust !)

Toute chose est demeurée à sa place : Jérôme retrouverait la maison telle qu'il l'a quittée. Gabrielle, me dit-on, se refuse jusqu'à des robes et ne consent à porter que celles qu'avait choisies Jérôme. Il faudrait changer au contraire, redevenir toi-même : celle que tu étais avant qu'il t'eût réduite en charpie. Alors, peut-être, te reconnaîtrait-il. Mais si tu demeures à ses yeux ce que tu es encore : son œuvre, une œuvre à laquelle il appliqua mille retouches, et dont il s'est éloigné la laissant interrompue, — perds toute espérance de le reconquérir. Ignores-tu donc que nous ne rouvrons jamais nos livres manqués ?

II

Cette visite fut le prétexte d'un étrange dialogue. Confessons d'abord notre erreur : Gabrielle n'eût point osé me faire venir pour la seule joie de parler devant quelqu'un. Sans doute a-t-elle satisfait ce désir de se répandre en paroles, mais elle souhaitait de moi bien plus que de l'attention : il s'agissait de découvrir avec elle les raisons qu'eut Jérôme de l'abandonner : « Je ne comprends pas, je voudrais comprendre... » me répétait-elle, comme si elle dût être délivrée de toute sa douleur, le jour où lui seraient connus entièrement les motifs des actions de Jérôme. Et sans doute, si elle avait été possible, cette connaissance l'aurait en effet guérie : c'est l'omniscience de Dieu qui l'aide à supporter la douleur du monde.

— Il épouse ma rivale... une femme plus vieille que moi, mère de deux enfants toujours malades.

Comme je me laissais aller à dire : « S'il l'aime... » Gabrielle m'arrêta :

— Il la supporte avec plus d'impatience qu'il ne me supportait moi-même. Je sais tout ce qui se passe chez eux par ses amis X. qui, sous couleur de me consoler, viennent ici parfois envenimer ma blessure. A propos du moindre camarade qui pénètre dans le bureau de Jérôme, elle l'accable de reproches ; et quand je songe au souci que j'avais de sa santé, je trouve comique qu'elle exige le lit commun et qu'elle s'assure, chaque soir, qu'il n'a pas ailleurs épuisé ses forces.

« Moi, je faisais le silence autour de sa vie, je m'effaçais. Il rentrait, ne rentrait pas ; rien ne paraissait, au-dehors, de mon angoisse. Après des fugues de huit jours, il retrouvait son couvert mis, et mon visage ne trahissait rien que ce que la douleur y avait creusé à mon insu. Croiriez-vous que j'en étais arrivée à ne lui faire « une scène », que lorsque je sentais qu'il en avait obscurément le désir, soit qu'il ne sût quelle attitude prendre et que celle-là lui parût la plus naturelle ; soit qu'il espérât que des injures et des cris le détendraient. J'en étais au point de savoir qu'autant qu'il eût de lettres à lire, à l'heure du courrier, il ne fallait faire sauter devant lui la bande d'aucun journal ; je n'ignorais pas qu'il ne peut souffrir qu'on lui adresse la parole pendant qu'il se rase, ni que l'on passe devant la porte des cabinets lorsqu'il y est enfermé ; ni, lorsqu'il est assis au coin du feu, qu'on s'installe en face de lui, dans l'autre fauteuil.

« Parfois, je me trompais, et lorsqu'il rentrait, la nuit, je faisais semblant de dormir, alors qu'il aurait désiré que je fusse éveillée et que je lui fisse des questions ; ou au contraire il me retrouvait lisant au lit (à peine avais-je entendu l'ascenseur s'arrêter à l'étage, qu'après une nuit d'angoisse, je prenais un livre par contenance et feignais le plus grand calme) ; alors il me reprochait d'affecter de ne pas dormir en son absence, pour l'obliger à ne plus sortir.

« Ah ! Dieu sait que j'ai fait la part du feu ! Qu'il se sentît libre, je n'avais pas d'autre souci. S'il m'avait quittée afin de demeurer seul, peut-être l'eussé-je compris : malgré toute ma science pour ne lui être pas à charge, il se peut, comme je le lui ai entendu souvent répéter, que la vie conjugale soit à l'homme de lettres un long empoisonnement, et qu'il ait raison de traiter en ennemi tout ce qui, à son entour, prononce des paroles, froisse un journal, ferme une porte, ou seulement respire. Le cœur fidèle qui bat aux côtés d'un artiste le gêne par son battement même.

« Oui, j'aurais compris que Jérôme eût renoncé à moi pour être seul, et qui sait si moi-même alors je n'eusse pas trouvé la résignation dans le repos ? On se fatigue à vivre au chevet de ces grands blessés, criblés de flèches qui leur arrivent de toutes parts, du côté de Dieu et des plus sublimes abstractions, aussi bien que d'un confrère aigri ou d'un critique hostile... Non ! non ! qu'osé-je dire ! rien ne m'eût consolée jamais de l'avoir perdu... Du moins aurais-je compris...

(Ainsi revenait à tout propos, dans la bouche de la jeune femme, ce mot « comprendre ».)

— Or il m'a quittée pour la pire des prisons : un appartement médiocre dans la banlieue, une femme usée, aigrie, des enfants chétifs dont il parle avec dégoût...

— Sans doute est-il un homme aussi incapable de solitude que de fidélité : il l'abandonnera.

— Non, puisqu'il l'épouse, puisqu'il se prépare à reconnaître les enfants.

— Peut-être veut-il se prémunir... (J'hésitais à formuler une supposition dont je craignais que Gabrielle fût atteinte.) Mais elle devina ma pensée.

— Se défendre contre moi, mettre l'irréparable

entre nous, voulez-vous dire ? Vous pensez que je lui fais horreur ? Eh bien, écoutez : je lui avais promis le silence ; mais à vous, il faut que je le confie : Jérôme souvent revient ici... oui, il a gardé la clef et plusieurs fois, depuis notre séparation, à la fin du jour, j'ai entendu ce grincement familier dans la serrure. Et c'est pourquoi rien au monde ne me ferait sortir à cette heure-là. Il s'assied humblement, il me regarde, m'écoute ; il ne se défend pas. A cette place où vous êtes, je l'ai vu pleurer. La dernière fois, il m'a pris la main, et m'a dit : « Toi seule, Gabrielle... » et il appuyait cette main sur son front, sur ses yeux. Mais j'ai eu la bêtise de lui souffler : « Reste ! » Il s'est levé alors ; la porte de l'escalier refermée, je l'ai entendu descendre quatre à quatre.

— Et vous n'avez aucune idée...

— Non, aucune. D'abord j'ai cru (avec les hommes de lettres il faut avant tout penser à cela), j'ai cru qu'il avait besoin de me regarder souffrir... oui ; pour sa prochaine pièce. Dame ! dans l'état où me voilà, je pouvais lui servir ; je suis ce qu'il appelle une fameuse planche d'anatomie. Mais non ! je connais ses yeux, je connais toute son attitude lorsqu'à l'affût du document, il tient l'arrêt : son air de chien hypnotisé par un gibier immobile. Or je vous jure que ce n'était pas l'homme de lettres, c'était bien l'homme que je voyais saigner à la même place où vous êtes assis.

— Cette femme, peut-être a-t-elle barre sur lui... peut-être le tient-elle ?

Cette supposition que je faisais à la légère et pour ne pas rester sans rien dire, parut émouvoir profondément Gabrielle.

— Oui, j'y ai songé aussi, bien que je veuille me persuader qu'il n'est pas homme à subir un chantage. Cela m'inquiète que vous ayez eu la même pensée. Nous ne connaissons pas le plus secret de sa vie. Oui... plus j'y songe... peut-être avez-vous raison.

Elle se leva. Une robe d'intérieur démodée flottait autour de son corps amaigri.

— Ses fugues... Où allait-il ? Je ne sais pas imaginer les gestes qu'il faisait loin de moi. Il revenait meilleur, presque toujours, spiritualisé. C'était cela qui me détournait de m'inquiéter alors que j'eusse dû y voir peut-être le signe d'un assouvissement. Que fait un homme quand il sort seul ? Où va-t-il ? A quelle bête inconnue porte-t-il en secret sa pâture ? Avez-vous subi cette souffrance de ne détenir de droit, dans l'être qu'on aime, que sur un seul étage, si j'ose dire, — d'entendre respirer, remuer au-dessus et au-dessous, — d'avoir en même temps la certitude qu'il n'existe pour nous aucun moyen de communication avec ces régions toutes proches mais inaccessibles. Alors peut-être, oui, il faut avoir le courage de tout supposer, de tout craindre. Je vous supplie d'aller le voir.

Je lui opposai que Jérôme n'était pas mon ami, à peine un camarade.

— Mais il vous admire... Si ! il vous vénère. Peut-être se confessera-t-il... n'attendez pas demain : le mariage est au moment de s'accomplir.

Je voulus rassurer Gabrielle et lui affirmai que Jérôme ne faisait rien que ce que nous faisons tous, gens de lettres : courir les rues à la poursuite d'un personnage. J'ajoutai :

— Ces courses dans Paris, cette fuite hors du quotidien, cette peur de nous retrouver dans un cadre trop précis, en face de gens trop connus, mais c'est l'histoire de tous les créateurs... Je verrai Jérôme puisque vous le souhaitez ; mais sans doute nous égarons-nous : s'il y avait de l'inavouable dans sa vie, nous le saurions. Tout se sait à Paris ; et dans le petit monde clos des lettres, du théâtre surtout... Si ses confrères avaient pu le salir... Or je n'ai jamais rien entendu dire à son propos...

Gabrielle m'interrompit :

— Tout se sait, dites-vous ? Ce n'était point l'avis de Jérôme qui répétait souvent qu'on ne nous connaît pas, que nous ne connaissons pas les autres. Les gens ne font pas attention à nous, ils s'amusent de nos tics mais ne vont pas au-delà de notre apparence. C'est qu'au fond personne n'intéresse personne ; chacun ne pense qu'à soi. Nous croyons retenir les regards, disait Jérôme, jusqu'à ce que dans une œuvre où nous nous sommes mis tout nus, nous découvrions que les hommes ne voient même pas notre nudité. A mesure que j'avance dans la vie, ajoutait-il, je jette un à un les masques dont est recouvert mon visage, mais je doute que lorsqu'ayant jeté le dernier, ma face inconnue apparaîtra au monde, un seul cri de terreur s'élève...

— Il disait : un cri de terreur ?

— Je me souviens de ses propres paroles, et de celles-ci encore : « Les uns sont aveugles à force d'indifférence ; — pour les autres : ceux qui m'aiment comme vous m'aimez, Gabrielle, il y a longtemps que j'existe en eux tel que leur amour exige que je sois. » Un jour il a ajouté : « moi seul ai peur de moi-même. »

— C'est un auteur dramatique votre Jérôme ! Il dramatise tout. Croyez-vous que les gens ne nous ont pas devinés depuis longtemps ? La littérature est pleine de lépreux qui montent sur les bornes des carrefours et crient : « Regardez le bel ulcère ! » et ils ouvrent leurs vêtements. Mais les passants ne s'arrêtent pas : « Qu'espérez-vous nous apprendre ?

disent-ils. Cela seul nous intéressait en vous : les ruses dont vous usiez pour vous exprimer dans vos œuvres sans vous découvrir tout à fait. Votre art ne valait que par l'allusion. Maintenant que nous avons vu votre plaie, il ne vous reste plus que de vous taire. »

Je voulais que ces subtilités donnassent le change à Gabrielle sur l'inquiétude où me mettaient ses confidences. J'ajoutai que Jérôme, auteur goûté du petit nombre, avait pourtant un extrême souci de sa carrière ; qu'il montrait du penchant pour les décorations, pour les académies, qu'il n'était pas homme à compromettre sa réussite temporelle...

— C'est justement parce qu'il souhaite les honneurs officiels, que cette femme, peut-être, a de quoi le faire chanter.

— Croyez donc le plus simple : sans doute existe-t-il entre eux une entente charnelle...

Paroles maladroites, qui l'irritèrent. Elle secouait le front, répétait :

— Et moi, je sais qu'il ne l'aime pas, mais elle le tient ; elle l'empêche de sortir. Telle est sa puissance sur lui qu'elle lui défend de boire. Il ne boit plus.

— Il buvait ? Mais, Gabrielle, ce peut être là tout le secret de ses fugues.

— Oh ! il ne rentrait jamais ivre, vous savez. Un étranger ne se fût aperçu de rien. Moi, tout de suite, je comprenais qu'il n'était pas maître de ses paroles. Il en disait plus long qu'il n'aurait voulu, et lui qui, jusque dans ses pires cruautés, fut toujours soucieux de la forme, il en arrivait vite aux gros mots, les soirs de cocktails : on eût dit d'un ouvrier qui a touché sa paye et qui n'en rapporte que la moitié... Ou c'était au contraire une sorte de gentillesse attendrie, une pitié douce, des caresses de frère, un désir d'effusions... Hélas ! j'accueillais avec froideur ces retours de bonté — soit que je connusse, par une amère expérience, que dès le lendemain il me le ferait payer cher, soit à cause de l'obscur sentiment que j'en bénéficiais par hasard et parce que je me trouvais là. Mais à la recherche de quelle autre créature impossible à atteindre avait toute la nuit rôdé cet orage qui, faute de mieux, crevait enfin sur moi, me criblait d'une tendresse que je n'avais pas inspirée ? Ou au contraire, encore tout baigné de bonheur, il me tendait ses lèvres trop chaudes ; vous savez lorsqu'en août on dit : cet orage-là n'a pas été pour nous, mais tout de même le temps est rafraîchi, il a dû pleuvoir quelque part. Ainsi je devinais que Jérôme venait d'aimer quelque part.

« J'aurai vécu quinze ans au bord de cette eau noire, impénétrable. Des rides à la surface, des bulles d'air témoignaient d'une agitation intérieure dont les causes demeuraient inconnues. Quelles bêtes filaient, s'entre-dévoraient dans ces abîmes ?

Je regardais Gabrielle souffrir. Ce n'est point la bonté, mais le pouvoir de me mettre à la place d'autrui qui toujours me rendit impropre au métier de bourreau. Il n'est pas trop de toute une vie de mensonges pour épargner une seule de ces larmes. Comment Jérôme supporte-t-il de vivre, sachant ce que Gabrielle endure à cause de lui ? Pour un rien, je l'attirerais sur mes genoux, toute chaude et toute mouillée de pleurs ; je presserais, avec respect et comme celui d'un enfant, ce corps réduit par la souffrance... car il n'est pas deux méthodes pour « faire du bien » aux jeunes femmes, et il n'est qu'une seule consolation qui leur soit efficace ; justement celle qui n'exige aucune parole ni, d'ailleurs, aucun geste défendu, et qui ne trouble le silence que de soupirs.

III

Je n'osais m'approcher de la pleureuse ; le crépuscule vint sans que Gabrielle eût songé à donner
de la lumière. Elle avait conservé les goûts du
temps de son premier amour, lorsque les poètes
qu'elle préférait alors faisaient des vers sur les
chambres sans lampes et comparaient le crépuscule
à une bonne mort. Pour moi qui ai toujours eu
horreur du chien et loup, je cherchais d'une main
tâtonnante le commutateur. Ce fut à ce moment
qu'une clef tourna dans la serrure de l'entrée.
Gabrielle se leva d'un bond. Je ne la suivis pas dans
l'antichambre. Quelques chuchotements, puis elle
reparut avec Jérôme. Il me tendit la main :

— Je suis content de vous voir... vous voir ? c'est
une façon de parler.

Une lumière brutale tomba du lustre : nous dûmes
avoir honte de nos trois figures, car nos regards se
fuyaient. Chacun attendait que tout ce que dans
l'ombre il n'avait pas songé à dissimuler, disparût
de ses traits. Mais peut-être demeurait-il encore trop
de désir dans mon regard, trop de douleur dans
celui de Gabrielle, et Jérôme offrait un aspect trop

étrange (il faudrait, à son sujet, oser parler d'une « beauté repoussante ») pour que nous eussions le courage, avant la fin de cet entretien, de nous dévisager les uns les autres.

D'abord je voulus me retirer, mais je fus retenu par Jérôme avec une sorte de véhémence où sans doute Gabrielle reconnut l'effet de l'alcool ; pour moi, j'avais déjà senti dans son souffle ce relent d'acétylène dont vous empoisonnent les buveurs de cocktails. Je compris pourquoi Gabrielle joignait ses instances aux siennes lorsqu'elle m'eut dit à l'oreille : « Vous sortirez ensemble... »

Elle espérait que l'entretien qu'elle voulait que j'eusse avec Jérôme aurait lieu le soir même. Je demeurai donc, curieux des paroles qu'ils allaient échanger. Ce fut à moi que Jérôme d'abord s'adressa, pour me remercier d'aider Gabrielle « à franchir le mauvais passage ».

Elle demanda :

— De quel passage s'agit-il ? Je n'avance ni ne recule : immobile sur une route qui ne mène nulle part.

— On fait toujours ce qu'on préfère. Toi, Gabrielle, tu aimes brûler ; tu détestes de ne pas souffrir.

Elle souleva une épaule, murmura : « Imbécile ! » Puis soudain :

— Bien sûr ! Je veux souffrir par toi, puisque je ne peux même imaginer de toi à moi, d'autre lien que la souffrance. Je ne sais ce qu'est la joie dans l'amour.

— Crois-tu que je le sache mieux que toi ?

D'un coup d'œil furtif, j'observai le joli visage fripé de Jérôme tandis qu'il interrogeait Gabrielle, puis me détournai avec un sentiment confus de honte. Il regardait dans le vague.

— D'ailleurs, l'amour heureux, cela existe-t-il

seulement ! oui ! oui ! cela existe dans un pays que nous ne connaissons pas. Je crois à l'existence des amants comblés comme à celle des anges. Il y a quelque part des chants de harpe, des battements d'ailes... Mais où donc ?

Gabrielle me dit, en remuant à peine les lèvres : « Il a bu... » Elle se leva alors, s'approcha de Jérôme, s'assit près de lui :

— Depuis ta dernière visite, es-tu plus heureux ?

— Je te répondrai comme Lucifer à Éloa quand elle veut savoir si du moins il est content : « Plus triste que jamais ! » Ah ! dame, oui ! plus triste que jamais... Tu me demandes pourquoi ? Ce serait trop long à raconter ; je ne voudrais pas retarder ton dîner... Mais c'est impossible que je rentre tout de suite ; parce que lorsque je suis allé travailler dans un bar, il n'y a pas moyen de le cacher à Berthe. Sans doute, en ne rentrant pas à l'heure du dîner, je risque gros... mais moins tout de même que si elle découvre que j'ai voulu me donner un peu de ton... Si tu veux tout savoir, le petit Pierre se remet de la coqueluche ; mais Raymond tousse ; il va sûrement être pris. Nous avons tout fait pour isoler Pierre ; nos précautions n'auront servi à rien : encore des semaines à être réveillé toutes les demi-heures, par une quinte... Oui, nous avons toujours eu le petit malade dans notre chambre, sans quoi la bonne n'aurait pu résister...

— Il faudrait les changer d'air...

— Tu sais cela, Gabrielle, qu'il faut que les enfants qui ont eu la coqueluche changent d'air ? C'est admirable ! Je ne t'ai jamais rien entendu dire de plus sensé.

— Pourquoi ne le saurais-je pas ?

— Mais parce que tu n'as pas eu d'enfant... Tu n'as pas voulu en avoir...

— A cause de toi.

— Maintenant, le voudrais-tu, tu ne le pourrais pas... On ne t'a pas enlevé les ovaires ? Non ? Il n'y a pas de quoi pleurer. Tu es... tu es en dehors de la vie ; une héroïne de d'Annunzio ; une personne sublime, une muse ! une muse accoudée devant un paysage d'art. Si ma prochaine pièce réussit, j'augmenterai ta pension ; tu iras vivre au Ritz. Si ! si ! cet appartement, ça « t'enracine » trop. Tu dois vivre au Ritz, ne posséder en propre que tes malles. Tu accrocheras aux murs quelques photographies : Michel-Ange, Vermeer, un Greco : tout ce qu'il y a de distingué.

Il s'était levé, marchait de long en large, les mains bien enfoncées dans les poches, les pommettes et le nez couperosés (il était de ces hommes-renards qui ont toujours l'air d'avoir du sang à la gueule).

— Eh bien, oui : les gosses vont partir pour la campagne, dans le Sauternais, chez leur grand' mère. Berthe est de bonne souche paysanne, elle, tu sais ! Ils possèdent une maison de maîtres dans un petit pays qui s'appelle Bommes. Ils font du vin qui vaut celui de la Tour Blanche. C'est le même terrain : il n'y a que la route qui les sépare. Le Ciron coule au bas de la côte : le goujon foisonne et, au soleil couchant, les filles regardent les garçons se baigner.

— Mais tu ne pourras pas travailler, Jérôme.

— Non ! mais vous l'entendez ! (Il marchait toujours et parlait avec une exaltation croissante.) C'est ici, dans un appartement poussiéreux, anonyme, auprès d'une femme inoccupée et toujours à l'affût de mes pensées, de mes gestes, de mes paroles, c'est ici qu'il aurait fallu renoncer à toute création.

— Tu étais libre... Je te laissais libre.

— Mais justement, nous ne créons que dans la

contrainte. Tu as toujours cru que l'œuvre d'art naît de l'œuvre d'art ; que les voyages, les musées, les concerts inspirent l'artiste. Tu m'as empoisonné dans une atmosphère de « beauté », comme tu disais. C'est au chevet d'un enfant malade que l'artiste puise sa nourriture ; oui, dans une chambre où un enfant tousse ; — et lorsqu'il presse en même temps contre lui un corps exténué d'avoir été fécond — un corps comme une terre labourée. Il n'y a pas de quoi faire la grimace, ma petite !

Gabrielle, sans plus rien de tendre sur le visage, le suivait dans ses allées et venues, essayait de placer une parole. Elle criait :

— Je te connais trop pour croire à ce boniment. Mais rappelle-toi : un chien, dans la rue, aboyant, suffisait à suspendre ton travail ; tu avais un besoin maladif de silence. Toi, avec des gosses malades dans ta chambre ? Toi, dans une ferme, à la campagne ? Raconte cela à d'autres, mais pas à moi !

Jérôme haussait les épaules, grimaçait, me prenait à témoin :

— Impossible qu'elle comprenne ! Ah ! elle est de la bonne époque des compagnes de littérateurs, des « associées » qui croyaient qu'il faut dispenser au poète « une solitude où voltige un baiser ». Me l'a-t-elle servi, ce vers du misérable Prudhomme ! Ah ! cet affreux silence autour de moi, avec cette seule petite musique méchante d'un moustique dont l'interruption correspondra à une piqûre : vlan ! le baiser se posait... moustique impossible à écraser... J'ai peur d'un baiser comme d'un moustique ! elle avait une façon de rôder autour de moi sur ses pointes craquantes : il me semblait que la planète entière grinçait sur son axe. Et ces lenteurs pour tourner la page du journal ! Ces portes refermées avec tant de précaution que j'en avais des arrêts au

cœur ! Et les menus ! ce drame de chaque repas !
Maintenant, on ne me demande plus si j'aime ce
que je mange : je mange ce qui est bon pour les
enfants. Je me prive de bananes parce qu'il faut les
garder pour les enfants !

Cela le calmait de parler. Peu à peu il avait baissé
le ton, et déjà revenait sur ce qu'il avait dit,
s'excusait de trop « généraliser » : le même régime,
selon lui, ne convient pas à tous les artistes ; il ne
convient même pas à toute une existence d'artiste ;
les conditions de notre vie doivent changer à mesure
que nous évoluons...

Gabrielle s'était rassise et le couvait maintenant
d'un œil sans fureur mais aussi sans tendresse, —
un œil curieux, interrogateur. Penchée en avant, les
coudes aux genoux, elle secouait la tête, en un signe
continu de négation. Sans essayer d'interrompre
Jérôme, elle répétait pour elle seule, à mi-voix :
« Non ! ce n'est pas cela... Ça ne signifie rien... C'est
du battage... Il y a autre chose... » Si peu furieuse,
en vérité, que lorsque Jérôme, s'étant levé, après
un silence, chercha son chapeau, elle l'interrogea
d'un air étonné :

— Tu pars déjà ?

Il répondit qu'il n'était resté que trop longtemps,
qu'il n'aurait pas dû venir, qu'elle avait bien mérité
de vivre désormais en paix. Nous le suivîmes dans
l'antichambre. Gabrielle me dit :

— Ne le quittez pas. Tâchez de savoir... Vous
reviendrez demain ; je compte sur vous à la même
heure.

Elle n'attendit pas ma réponse, ne songea même
pas à me demander si j'étais libre : toute sa vie
tournait autour de Jérôme et elle aurait eu quelque
peine à imaginer que je pusse appartenir à un autre
système d'astres.

IV

Ce fut Jérôme qui me pria de l'accompagner. Nous suivîmes l'avenue Victor-Hugo vers l'Étoile. Le feutre rabattu cachait l'usure de son visage. Il marchait d'un pas allègre et j'avais peine à le suivre. Il n'était guère de passant qui ne retînt, quelques secondes, son attention. Il me dit qu'il aimait sur le trottoir tous ces échantillons humains à sa portée, en quelques secondes...

— Comment avons-nous le courage de vivre avec les êtres que nous inventons, lorsque cette chair vivante, dans les rues, coule à pleins bords ? Ça vous amuse d'écrire, vous ? Moi, je hais cette nécessité qui m'enchaîne à ma table ; je porte en moi de la vie : il faut qu'elle sorte coûte que coûte et que je reste assis devant du papier, — et que je dégorge. Quelle destinée ! Je ressemble à cette chienne pleine que j'ai vue un jour d'ouverture de la chasse : elle rampait dans les chaumes, flairant des traces, et pendant ce temps, commençait de mettre bas ; telle était sa passion de chasseresse, qu'un chiot sorti d'elle, cela n'interrompait pas sa quête, et elle se traînait encore sur l'odeur du lièvre. Moi aussi, je passerais mon temps dans la rue ; pas une heure du jour et de la nuit où elle ne m'enchante : dans son plus grand vacarme et dans son plus grand silence (lorsque à quatre heures du matin, Paris ressemble à la fin des temps). Mais des êtres en moi s'agitent : un dialogue intérieur s'engage que je vais perdre à jamais, si je ne rentre en hâte... Parce que tout de même rien ne compte que cela : ce serait délicieux de vivre maintenant — mais pour nous autres, créateurs, il s'agit de vivre toujours.

« Vous avez entendu cette pauvre petite se glorifier de ce qu'elle m'avait toujours laissé libre ? La sotte ne voit pas que c'est pour cela que je l'ai fuie : j'exige d'une femme qu'elle me garde, et, si elle n'y suffit pas, qu'elle appelle à la rescousse des enfants, des séries d'enfants, et toute une chaîne d'ascendants, de collatéraux ! A l'abri d'une immense muraille familiale, cimentée d'ennuis, de tentations, de regrets, je travaille !

Il hâtait le pas, ralentissait, me bousculait pour mieux me convaincre, dévisageait les gens, se retournait parfois, suivant quelqu'un des yeux ; il me disait :

— Cette figure est encore imprimée en moi toute fraîche : dans deux heures, il n'en restera plus de traces.

Je lui reprochai d'opposer la vie fictive de ses créatures à la vie réelle, de la façon la plus arbitraire ; je l'assurai qu'à son insu, il puisait dans le réel les éléments de son œuvre. Il protesta et je m'efforçai de ne point nourrir d'objections une dispute qui nous éloignait de l'objet secret de ma recherche. Je me gardai de contredire ses vues et sournoisement l'incitai à me parler encore du trottoir : Ne pouvait-il, bien qu'il fût un écrivain, laisser une place au divertissement, à l'aventure, — vivre enfin ? Jérôme serra mon bras :

— Vous dites : vivre ! Du temps que Gabrielle me laissait toute liberté pour « vivre », j'ai contenté quelques fantaisies dans divers ordres. Mais de quelque ordre qu'elles fussent, toujours j'eus le sentiment de descendre une pente à chaque seconde plus rapide. Jamais je ne suis revenu à mon point de départ : il faut demeurer à mi-côte, diminué, appauvri.

(Ce sont là propos d'ivrogne dont je sens tout le vague ; mais je me ferais scrupule de les alourdir par des commentaires.) Il ajouta :

— Nous autres, les créateurs, nous sommes du petit nombre des gens éveillés : c'est pourquoi nous avons peur de nous-mêmes. Vous dites que vous n'avez pas peur de vous-même ? Allons donc ! la plus grande part de l'humanité somnole : tous ces agités anglo-saxons, tous ces hurleurs de la Bourse, du Parlement : des endormis, mon vieux ! L'opium des affaires vaut l'opium de la politique. C'est terrible d'être à jamais éveillé, incapable de sommeil, attentif et lucide par profession. Aucun de mes abîmes ne m'échappe. Et cette Gabrielle qui me laissait libre de m'y jeter ! Au fond chaque artiste, à un moment de sa vie, est pris de panique, cherche à se protéger : la claire connaissance de nous-même fait le jeu du catholicisme ! Si beaucoup hésitent, ne se décident pas, presque tous rôdent autour. Ah ! poètes ! gibier pour Dieu !

Il serra mon bras plus fort :

— Vous, qui n'êtes pas marié, qui ne lisez pas l'*Information Financière*, qui détestez les cartes, qu'allez-vous faire ce soir ? Osez me le dire.

— Et vous ?

— Moi, je vais rentrer, fourbu. J'aurai préparé

une petite histoire pour que Berthe ne crie pas trop. Je saurai combien Raymond a eu de quintes et si on peut le nourrir un peu. Je guetterai d'un œil de caniche la face consumée de Berthe, avec la peur d'ajouter à son agacement. Elle me chargera de commissions : « Vous qui ne faites rien... » ou encore : « tenez... rendez-vous utile... »

— Mais si vous n'aviez pas ce refuge (vous appelez ça un refuge !) je ne vois pas quels risques...

— Mon pauvre ami ! Je me rappelle le temps de ma liberté : chaque soir s'ouvrait devant mes pas comme un mystère trouble. La ville devenait une jungle où tout pouvait fondre sur moi qui m'y enfonçais, le cœur étreint d'une angoisse délicieuse, le corps lavé, — prêt à tous les consentements ; et aujourd'hui que je ne suis plus jeune...

— Imaginez que vous n'ayez pas à rentrer, ce soir, chez votre amie : quels seraient vos gestes ?

Il hésita une seconde, son visage s'éclaira.

— D'abord, je dînerais merveilleusement, je m'échaufferais d'un Bordeaux (une bonne année de Gruau-Larose). La bouteille vidée, je m'abîmerais dans cette vision simplifiée de la terre et du ciel, dont maintes fois les restaurants de la rue Royale me dispensèrent le ravissement. Je jalonnerais la carte de ma vie avec de petits drapeaux piqués, par exemple, sur la Comédie-Française où j'ai une pièce reçue, sur l'Institut où peut-être moi-même serai reçu un jour, sur cet immeuble de la rive gauche d'où chaque matin une jeune fille m'écrit et me fixe des rendez-vous dans les auberges de la banlieue... Supposez qu'il y ait un orchestre durant ce dîner solitaire, alors ma rêverie, bien sûr, se ferait plus grave : J'entrerais en moi dans la cité des tombeaux, je dénombrerais mes mortes et mes morts ; je découvrirais des visages, je retrouverais intact un trésor d'amour enfoui. Que de fois, entouré de gens attablés dans une violente lumière, je me suis étonné d'être cet homme correct, au visage inexpressif, qui m'apparaissait dans une glace ! C'était l'instant où je déterrais en moi le corps d'un ami mort depuis un quart de siècle ; il fallait lever la tête, regarder le plafond, pour que ne ruissellent pas soudain toutes les chaudes larmes de mon enfance. Gabrielle m'apparaissait toujours, à la fin de telles soirées, — si belle, si meurtrie ! Je ne saurais vous dire comme je l'aimais alors ! Je construisais en esprit une méthode pour lui donner enfin la joie. A partir de demain, me disais-je, Gabrielle ne pleurera plus.

— Et ensuite, Jérôme, que faisiez-vous ?

— Vite ! le trottoir !... Mais même l'été, en sortant de table, je grelotte. Restent les promenoirs. Les promenoirs : rues abritées, chaudes, peuplées de passants choisis entre tous ceux dont me divertit le manège : tous ceux qui chassent. Enfant, je n'emportais pas de fusil mais j'aimais à regarder chasser le chien. Là aussi, je regardais ces êtres dont la plupart sont à la fois chasseur et gibier...

Nous étions devant l'Opéra. La foule faisait un remous autour de l'escalier du métro. Mon compagnon me prit la main :

— Par cet égout, je rejoins l'appartement dans les six mille, la chambre qui n'a pas été aérée à cause du petit, les quintes et les vomissements, la joie d'une vie digne, méritante et pure.

— Ne goûtiez-vous pas une vie aussi pure auprès de Gabrielle, sans tous les arias d'une famille ?

— Elle m'aimait, l'amour qu'une femme a pour nous n'est pas un mur derrière quoi s'abriter ; c'est un obstacle à franchir. C'est aussi une atmosphère trop lourde, un orage d'autant plus accablant qu'il se retient d'éclater. Et puis, pour créer, il nous faut un semblant de solitude : Berthe occupée de ses enfants souvent m'oublie. J'étais toute la vie de Gabrielle. Aussi effacée qu'elle voulût être à mon côté, je l'entendais penser à moi. Je n'ai pas écrit un vers durant les quinze années de notre liaison. Vous savez que les abeilles brouillent les parois des ruches transparentes. Aucun miel ne se compose sous un regard étranger, fût-il plein de passion ; surtout s'il est plein de passion (c'est-à-dire d'attention). Il faudrait atteindre, dans nos ménages, à cette tendresse d'habitude qui consiste à ne plus même se voir. Croiriez-vous que chez Berthe, entre le petit lit de l'enfant, et une table salie de remèdes, je me suis, un soir, retrouvé poète ?

— Pourtant vous revenez chez Gabrielle ?

— Elle m'oblige à revenir. Elle veut que je revienne : les gens qui nous aiment ne sont pas sans pouvoir sur nous. Gabrielle m'a, pendant quinze ans, travaillé ; elle s'est acharnée à me rendre tel que son amour souhaitait que je fusse. Aujourd'hui que nous sommes séparés, des pans entiers subsistent en moi de son œuvre interrompue. Elle règne encore sur ce qui, dans mon être, survit de son travail tenace. Des régions demeurent sous son influence et, à son appel, s'émeuvent. Que c'est difficile de se séparer ! J'y ai usé mes forces pendant quinze ans et des fibres résistent encore. Les amants délivrés les uns des autres, je suis persuadé qu'ils demeurent le petit nombre si l'on songe à la foule immense de ceux qui, après de grands efforts, d'affreuses secousses, retombent, plus solidement que jamais rivés l'un à l'autre, résignés à l'accouplement jusqu'à la mort.

Depuis un moment (depuis qu'il me parlait de Gabrielle) Jérôme ne prononçait plus que des phrases littéraires, dénuées de toute sincérité. Il tira sa montre, me tendit la main, l'esprit absent. Il me dit qu'il était content de m'avoir vu, me pria de ne pas négliger Gabrielle, et comme je feignais de m'attendrir : « Elle est si gentille... », il me répondit, sans me regarder : « Je vous la donne... » puis descendit l'escalier du métro.

Irai-je rendre compte à Gabrielle des propos que j'ai recueillis ? Déjà ma mémoire n'en garde plus qu'une impression confuse. Saurai-je extraire de ce bavardage l'infime parcelle de vérité ? Un problème insoluble ne m'a jamais retenu longtemps. Je n'ai plus rien à attendre de Gabrielle qui a eu bien tort d'espérer quoi que ce fût de moi. Je suis résolu à ne plus la voir. Mais que vais-je faire de ma soirée ?

V

J'ai laissé quelques instants sur ma table, sans l'ouvrir, une lettre de Gabrielle, — persuadé qu'elle m'y adressait de furieux reproches à cause de l'abandon où je la tenais. Depuis le temps que des amants me mêlent à leurs débats, j'aurais dû me souvenir que ne rien faire de ce qu'ils exigent est souvent la plus sûre façon de les servir. Au vrai, Gabrielle m'exprimait en douze pages sa gratitude : j'appris que très peu de jours après notre rencontre, Jérôme avait accompagné au train de Bordeaux Berthe et les petits coquelucheux, — qu'il avait fermé sur eux la portière avec mille promesses de les rejoindre bientôt. Mais, selon Gabrielle, il était d'ores et déjà résolu à ne plus les revoir et elle m'attribuait tout le mérite de cette décision.

« L'essentiel reste à faire, ajoutait-elle. Jérôme souvent me recherche à la fin de l'après-midi, mais rien ne me laisse espérer qu'il songe à la vie commune. Je vous supplie de ne pas laisser interrompu un si admirable travail : achevez notre bonheur. Jérôme, d'ailleurs, souhaite votre visite. Je lui ai promis que vous le rejoindriez demain, chez moi, vers huit heures et que vous le mèneriez dîner au cabaret : c'est, vous le savez, un de ses plus chers plaisirs. »

J'eus soin de ne pas sonner chez Gabrielle avant huit heures, craignant de la frustrer d'une seule minute de solitude avec son Jérôme. Là encore, je vis bien que j'avais eu tort de faire le délicat. « Ah ! vous voilà enfin ! » cria Jérôme, dès qu'il me vit. Il me laissa à peine le temps de dire un mot à Gabrielle qui se mouchait dans l'ombre, poudrait son visage encore brûlé de larmes. Pressé de fuir sa victime, il partit sans se retourner et, dès l'escalier, m'interrogea joyeusement : « Où dînons-nous ? »

— Que lui avez-vous fait encore ?

Il protesta de son innocence. A l'entendre, Gabrielle était une écorchée vive ; impossible de dire un mot qui ne la blessât, — et avant même qu'il eût ouvert la bouche !

— L'exigence des amoureuses de cette race est illimitée ; qu'on leur accorde peu ou prou, elles souffrent et crient. Il faudrait renoncer à tout travail, à toute ambition, à tout plaisir et, en général, à tout ce dont elles ne peuvent prendre une part égale à la nôtre. Tout est crime et trahison à leurs yeux qui s'accomplit sans elles, en dehors d'elles ou seulement à côté d'elles... Impossible d'en sortir... Mais ce n'est pas intéressant ! Parlons de ce qui est intéressant.

Ce qu'il trouvait intéressant, c'était un de ses drames, partout refusé, et qui venait de paraître en librairie. J'eus l'imprudence de feindre de l'avoir lu, alors qu'il aurait été si simple de dire, avec un air de gourmandise calculée, comme je fais toujours : « Je l'ai mis de côté pour mes lectures de vacances. » Et certes, je suis fort capable de parler à un auteur d'un ouvrage dont je ne connais que le titre, mais avec Jérôme, j'avais à faire à forte partie. Il me posait des questions précises :

— Voyons ! avouez franchement que vous n'aimez pas mon troisième acte. Vous êtes de ceux qui jugent que Rodolphe aurait dû...

Je fis front : je tins le coup jusqu'au dessert. Pour tourner court, je l'interrogeai sur la presse qu'il avait eue ; il fut stupéfait que je n'eusse pas lu « le merveilleux Souday », « l'excellent Chaumeix ». Il avait un flair étonnant pour dénicher, du premier coup, dans le journal, son nom, fût-il imprimé dans une note à la troisième page. Jérôme ne doutait pas que sa « presse » passionnât les autres écrivains et tous les hommes en général. (Il est curieux de penser que la même page du *Figaro*, lue par un littérateur et par un sportif, puisse donner deux visions si différentes du monde.)

Ce ne fut qu'aux liqueurs que je trouvai le joint pour lui parler de notre dernière rencontre et pour lui manifester mon étonnement de ce que Gabrielle m'avait attribué tout l'honneur de la décision qu'il avait prise au sujet de Berthe. Il m'assura que j'y avais aidé en effet ou, tout au moins, que j'avais hâté l'événement :

— Ce soir où je célébrais devant vous les délices d'une vie méritante et pure et tout ce qu'un artiste puise d'inspiration dans une chambre mal aérée où un enfant tousse, je sentais bien, à mesure que je parlais, que cela ne correspondait plus pour moi à rien de réel, que c'était une expérience finie : cette théorie dont je vous amusais, en était, si j'ose dire, le résidu. A peine dans le métro, après que je vous eus serré la main, j'entonnai un cantique intérieur de délivrance.

Comme je lui demandais s'il avait jamais eu du

goût pour cette Berthe, il m'affirma qu'il l'avait adorée :

— Je commence à me connaître, mon cher... mes amours suivent toujours la même courbe : une puissance formidable pour désirer, pour souffrir. Puis, satisfait ou non, mon désir devient étale, jusqu'à l'heure du reflux. Mais, l'amour retiré, moi je demeure ; un sûr instinct m'oblige de rester encore un peu de temps : c'est l'heure de la lucidité. Mes yeux s'ouvrent sur les êtres nouveaux, sur le pays inconnu où je n'eusse jamais abordé, si ne m'y avait jeté la tempête d'un furieux amour. Un intérêt puissant me lie encore à cet être qui n'intéresse plus mon cœur. L'artiste en moi vit des restes de l'amant, il venge l'amant. Même éconduit, déçu, je finis toujours par n'être pas volé. Assouvi, gavé, je pille, avec une sorte de rage froide, les épaves de ma passion détruite. Voyez-vous, le métier d'observateur est un métier de dupe et ne nous mène pas au-delà de la surface des êtres : on ne pénètre jamais à l'intérieur d'une créature humaine que par l'amour ; oui, porté par l'amour ! et l'amour retiré, nous laisse dans la place.

« Je vous scandalise ? Vous écrivez pourtant ! Avouez donc que tout vous sert. D'ailleurs je ne m'épargne pas moi-même... C'est toujours de nous-mêmes que nous tirons le plus de profit. »

Comme j'opposais à Jérôme qu'une fois l'incendie amoureux éteint, il ne pouvait guère travailler en lui que sur des cendres, il détourna les yeux pour oser cet aveu :

— Au plus fort de ma passion, autant que je brûle, croyez-vous que je néglige de prendre des notes ? *Quand l'amour meurt*, toute ma méthode tient dans ce titre d'une valse de notre jeunesse... Quand notre amour meurt, et que notre partenaire ne le sait pas encore, et se fie à notre aveugle tendresse... rien ne l'avertit de notre lucidité soudaine : manœuvres, mensonges, ruses, tout apparaît dans cette clarté glacée qui se lève sur une passion finie.

— Alors, maintenant, vous allez vous servir de Berthe ?

— Il n'en est pas question : j'enfouis ce butin comme un chien fait d'un os ; je le retrouverai un jour, mais si mêlé à mes créatures, que je ne le reconnaîtrai même pas.

Depuis le moment où je demandai l'addition, jusqu'à ce que j'eusse payé le vestiaire, Jérôme parut vivre dans une autre planète et ne reprit connaissance que dans la rue. Je lui dis que toutes ces théories ne l'empêchaient pas de revenir toujours à Gabrielle. Il ne s'en défendit pas :

— Les êtres s'écoulent à travers nous, mais il faut un fond immobile. Sans ce point fixe de tendresse et de souffrance auquel nous sommes ramenés toujours, sans une Gabrielle, nous serions emportés nous aussi ; nous avons besoin de cette mesure, de ce repère...

— Ayez le courage de dire : de ce refuge, de cette consolation, Jérôme !

— Je l'avoue sans honte : il faut qu'un être au monde sache à peu près qui je suis et qu'il m'aime cependant ; il faut qu'il accepte de moi tout le connu et tout l'inconnu.

— Gabrielle est la seule qui vous ait jamais rejoint ; la seule qui ait franchi cette distance presque infinie entre vous et les êtres vivants. Vous dites que vous vous servez d'eux ? mais votre œuvre n'est faite que du désespoir de ne les atteindre jamais. Nul ne fut moins que vous durci par la vie : vous n'avez pas vécu. C'est parce que, vieilli, votre visage d'enfant vous fait honte, que vous le dissimulez. L'unique Gabrielle, au-delà de vos attitudes et de cette fausse férocité, découvre en vous un fond inaltérable de pureté, de candeur, de faiblesse... »

Je crus que Jérôme protestait : mais non, il murmurait pour lui seul un vers que je reconnus : « *Que je vais vous aimer, vous un instant pressées...* » et, soudain éclata de rire :

— Ce que vous venez de dire là, notez-le : pour mon article nécrologique (car je suis votre aîné) cela fera une belle fin émouvante...

— Avouez que j'ai touché juste !

— Juste ou non, comment le saurais-je ? Qu'est-ce donc que signifie : rejoindre un être ? La volupté n'est qu'un acharnement morne et ne livre rien. Jamais la possession ; toujours l'accablante présence ! Et c'est notre misère de ne savoir demeurer seuls dans une chambre, — créateurs honteux qui pourtant ne pouvons que dans la solitude nous décharger des êtres que nous portons. Aucune parturition n'exige plus que la nôtre de silence et d'isolement. Et c'est pourquoi je torture cette femme auprès de moi, mais dès qu'elle s'éloigne, je lui tends les bras, je crie son nom... Au vrai, la mieux dressée ne cherche que cette victoire sur notre œuvre ; nous en détourner, ne fût-ce qu'une heure... »

Au bord du trottoir, guettant un taxi, il dit encore :

— Pourquoi l'amitié ne nous suffit-elle ? Un ami nous donnerait sa présence ; mais de même sexe, notre semblable enfin, nous ne saurions pas qu'il est un autre que nous-mêmes, et lorsque nous sommes en travail, son regard ne nous gênerait, ni sa parole. Pourquoi faut-il que, seule, une femme nous féconde ? A moins de découvrir en soi-même,

comme beaucoup d'artistes, l'éternel féminin nécessaire... »

La main levée de Jérôme arrêta un chauffeur ;
mais je n'entendis pas l'adresse qu'il lui donnait à
voix basse.

LE DÉMON
DE LA CONNAISSANCE

I

— Lange ! Maryan ! Vous ne jouez pas !

Les deux garçons s'éloignèrent un peu du mur. La cour de récréation n'était qu'un cri. En même temps que ces adolescents agitaient leurs jambes, il fallait encore, pour plus de dépense, qu'ils ne s'interrompissent pas de hurler. Seuls, Maryan et Lange ne prenaient aucune part à cette joie. Ils étaient « ceux qui ne jouent pas ». Le mépris du jeu, le goût des conversations particulières : voilà ce qui, au collège, nous desservait le plus sûrement. De quoi pouvaient s'entretenir Lange et Maryan ? Toujours appuyés au mur, il était difficile de les surprendre. M. Guillot, abbé aux pieds feutrés, si habile à surgir soudain comme un fantôme : « Vous disiez, mon petit ami ?... » M. Guillot ne pouvait tenter contre eux un mouvement tournant.

« Mauvais esprits », voilà qui était sûr ; ils avaient mauvais esprit : loi des suspects, terrible et vague, contre laquelle nous demeurions sans recours. « Mauvais esprit » ne signifiait d'ailleurs pas mauvaises mœurs, mais plutôt esprit de libre examen. Lange et Maryan, selon l'abbé Guillot, aimaient mieux critiquer leurs maîtres et le règlement, que de jouer avec leurs camarades. Sinon, pourquoi, dès qu'approchait le surveillant, eussent-ils interrompu leurs colloques ?

Très exacts à se confesser et à communier chaque dimanche, ils ne pouvaient être soupçonnés de rien dire qui offensât la sainte vertu. Mais l'un et l'autre étaient à tout le moins coupables de libertinage intellectuel. Grâce à Dieu, la plupart des adolescents traversent la classe de philosophie sans aucun autre souci que celui d'emprunter à ces ratiocinations l'indispensable pour être reçus bacheliers aux jours chauds. Si tous avaient dû y prendre la même fièvre qui brûlait ces deux garçons, nos maîtres n'auraient su à quel saint se vouer. Maryan, surtout, faisait peur : en lui, la crise intellectuelle paraissait décuplée par l'effervescence du sang. Aucune grâce ne voilait sur ce visage le mystère de la mue. Cette face brûlante, comme tuméfiée, effrayait nos maîtres, et aussi le désordre des gestes, cette sorte de folie qui rendait notre camarade indifférent aux contingences. Le sang lui montait à la tête comme le vin nouveau ; la connaissance le soûlait, et la musique. Soudain, au milieu de la classe, il plaquait un accord sur le pupitre, et de la tête rythmait un air qu'il inventait.

— Maryan ! à la porte !

Hilare, et l'air somnambule, il sortait. Ses mains, sur une vitre du corridor, reprenaient un mouvement de fugue, jusqu'à ce qu'à travers les ramures nues, il remarquât le ciel décoloré de quatre heures. Ses mains retombaient ; il collait à la vitre une figure en feu.

Mais en étude aussi, la voix du maître s'élevait souvent dans le silence :

— Maryan ! à la porte !

Le garçon tressaillait, et son air hébété, ses tics, excitaient à rire le surveillant. Comment le malheureux eût-il compris que M. Schnieder le chassait, de crainte que tant de grimaces ne lui fissent perdre son sérieux ?

— Allez faire le singe chez M. le censeur.

Accablé sous les retenues, Maryan ne luttait plus, s'abandonnait. Les livres, la musique, il y aurait toujours cela qui était l'essentiel ; et le soir, dans le long omnibus qui ramenait les demi-pensionnaires, la conversation à voix basse avec Lange.

En dépit des punitions, des lectures clandestines, des heures perdues au piano, il achevait en une heure des devoirs qui l'eussent mis d'emblée à la tête de sa classe ; mais le défaut de plan et quelques extravagances permettaient à nos maîtres d'humilier cet esprit superbe.

— Laissons-nous faire prisonniers ; nous pourrons causer.

Lange et Maryan n'auraient su dire quel était ce jeu qui séparait en deux camps la cour : ils avaient vu seulement qu'une fois la limite franchie, on risquait d'être pris, et d'attendre en paix la fin de la bataille. Ils ne souhaitaient rien d'autre : une prison où n'être pas divertis d'eux-mêmes. Enfin les voici de nouveau réunis contre la barrière où sont parqués les captifs. Au-delà, les arbres nus ne cachent pas le ciel fumeux ni le mur de clôture. Des groupes ensoutanés vont vivement au long de ces allées dont l'accès nous est interdit.

— Non ! mon vieux, non ! répète Lange à mi-voix. Tu ne me feras pas croire que tu as la vocation. Toi, au séminaire ? Oh ! tu serais bien capable d'y rester ! Mais je ne te donne pas six mois pour être mis dehors...

Maryan proteste :

— Je ne vois pas pourquoi... Il n'y a que la philosophie qui m'intéresse et, par-dessus tout, la philosophie religieuse... la métaphysique. D'ailleurs, où veux-tu que j'aille en sortant d'ici ? Tu peux imaginer, toi, une vie sans classes, sans études, sans récréations, sans discipline, sans règlement ? Tu me vois, à la maison, avec mon frère, mon père, obligé de monter à cheval, de suivre les « drags », d'assister à des dîners, peut-être même de danser ? Il me faut une vie arrangée pour le travail, à l'abri des autres hommes. Ah ! les murs du séminaire ! je ne les trouverai jamais assez hauts !

Lange l'interroge d'un air sournois :

— Es-tu sûr de n'aimer que le travail ?

Maryan le dévisage : son regard est étrangement doux dans sa figure écarlate :

— Ce dont je suis sûr, dit-il enfin, c'est que personne ne peut m'aimer.

Il regardait toujours Lange, il attendait une protestation. Mais l'autre dit :

— Ça, mon vieux, d'accord !

Non que Lange fût méchant ; mais il avait cet âge où l'on appelle « pue-du-bec », le camarade qui a l'haleine forte ; « coco-bel-œil », le borgne ; « torte-gueule », celui dont la bouche est de travers. Du même âge que Maryan, mais à demi baigné d'enfance, et la chair encore endormie, il détestait que les autres fussent passionnés. Surtout chez Maryan, l'effervescence des sentiments lui paraissait ridicule. Il souffrit pourtant de l'avoir blessé et changea de propos :

— As-tu seulement la foi ? Oui, c'est entendu, tu crois à ta façon qui ne sera pas celle de tes supérieurs...

Maryan l'interrompit, se répandit en protestations

confuses. Au séminaire, il souffrirait sans doute ; il serait poursuivi en haine des idées de progrès et de liberté ! Mais c'était sa vocation d'entrer dans l'Église pour aider au triomphe des idées nouvelles. A une époque où la science risquait de réduire à néant les preuves historiques du christianisme, il était urgent de mettre la Foi à l'abri de ses coups...

— Enfin, tout ce que j'ai développé dans mon travail DIEU SENSIBLE AU CŒUR... je vais l'envoyer aux *Annales de Philosophie chrétienne*.

Lange lui demanda :

— Tu as parlé à Mone de ta vocation ?

« Mone », ce prénom occupait l'esprit de Lange, depuis que Maryan avait soupiré : « Personne ne peut m'aimer. » Si Maryan ne rougissait pas de brûler pour la jeune femme de son frère aîné, Robert, c'était sans doute que sa flamme demeurait chaste. Mone était née dans un milieu « plus qu'ordinaire », comme on disait à Bordeaux. Élève du Conservatoire, et assidue aux concerts, elle y avait rencontré Robert Maryan, le fils du grand armateur. Elle sut lui résister à demi et le réduire au mariage, malgré les résistances furieuses de la famille et bien qu'elle fût de dix ans son aînée.

« Nos prévisions ont été dépassées... » disait-on chez les Maryan, comme si la maladie intérieure qui, après une fausse couche, obligea Mone à subir plusieurs opérations chirurgicales et à demeurer presque tout le jour étendue, lui avait été infligée par le Dieu des honnêtes gens. Robert s'était bientôt dépris de cette malade, dont le débauché trouvait commode la maladie. Il ne désirait pas sa mort, mais au contraire la bénissait de le défendre contre les offensives matrimoniales de la famille. On répétait chez les Maryan que « cette femme le tenait encore » parce que Robert n'admettait point qu'on parlât devant lui d'annulation. D'après les avis des médecins, il avait installé Mone dans une propriété, à six lieues de la ville. Elle y vivait avec sa mère (que les Maryan disaient être de « style-concierge ») — désarmée, l'esprit tendu vers le mari absent, à peine entrevu, chaque dimanche. Nulle autre visite que celle de son jeune beau-frère, dont la passion l'irritait ou la divertissait, selon les jours, mais, disait-elle, « il ne déchiffre pas mal ».

— Enfin, demanda Lange, qu'est-ce qu'elle a, ta belle-sœur ?

Maryan répondit :

— L'intérieur... tu sais, les femmes, c'est un organisme si compliqué...

Ils rêvaient tous deux, Lange avec une vague appréhension, Maryan avec piété, à ce monde inconnu du corps féminin.

Maryan fut interrompu par le grand Gaussens qui le poussa contre la barrière, l'immobilisa, tandis que de sa main libre il élevait à la hauteur de ses yeux une photographie. Maryan se dégagea, rejoignit Lange, qui, croyant à une de ces brimades auxquelles Maryan était accoutumé, reprit les propos interrompus.

— Tu ne m'écoutes pas, Maryan... Pourquoi ces grimaces ?

— Tu n'as pas vu ce que m'a montré Gaussens ?

— Quoi ?

— Non, rien... rien ! je te dis...

Un coup de sifflet les interrompit, les élèves se mirent sur un seul rang. Lange marchait devant son ami qui lui souffla :

— Tu as vu cette affiche, au coin de la rue de la Croix Blanche et du boulevard ? Elle annonce le nouveau feuilleton du *Petit Parisien* : *Chaste et flé-trie*...

Il éclata de rire. Lange demanda, sans presque remuer les lèvres :

— Quel intérêt ça a-t-il ?

Mais Maryan répétait de son air le plus idiot : Chaste et flétrie ! Chaste et flétrie ! La voix de M. Schnieder s'éleva :

— Maryan, une heure d'arrêt.

L'étude du soir commençait : deux heures de silence, de chaleur et la nuit s'épaississait derrière les vitres. Un papier plié tomba sur le pupitre de Lange. Il l'ouvrit et lut encore : Chaste et flétrie. Il haussa les épaules, affectant de ne pas regarder son camarade qui, derrière lui, se tordait, toussait, devenait écarlate.

— Maryan, à la porte !

Lange suivit d'un œil presque envieux son ami ; car ils étaient l'un et l'autre sensibles à l'atmosphère du collège, le soir, lorsque le ciel nocturne éclaire seul les corridors, jusqu'à l'heure où les omnibus s'enfoncent dans la nuit froide avec leur cargaison d'écoliers.

Maryan ni Lange, au long de leurs jours futurs, ne seraient plus jamais pénétrés par le silence de l'espace tel qu'ils le percevaient à travers les vitres embuées de l'étude, à travers les platanes confus de la cour. Jamais les nuits d'hiver n'auraient plus pour eux, comme au sortir de l'étable chaude qu'empuantit un bétail adolescent couché sur des pupitres, cette pure odeur de fumée, de givre et de brume.

II

Il ne déplut pas aux Maryan de jeter ce fils
disgracié au fond d'un sac noir, au fond d'une
soutane, comme un chiot sans race qu'il vaut mieux
noyer. Tout l'effort de la famille se concentrait sur
l'aîné, Robert, en dépit de son « bête de mariage ».
Bien que deux cas d'annulation eussent été invoqués,
la famille avait choisi d'être patiente : médecins et
chirurgiens menaçaient la jeune femme d'une nouvelle intervention, et ils craignaient qu'elle la sup-
portât mal. Les Maryan ne firent donc aucun effort
pour détourner leur second fils du séminaire. Ils
voulurent seulement trouver à cette folie une raison
que le monde pût accepter. Un jour que l'adolescent
sortait de la cathédrale, une femme s'était précipitée
de l'une des tours. On eut le front d'attribuer la
vocation de notre camarade à l'ébranlement ner-
veux que lui avait donné ce spectacle. Mais nous
savions tous qu'il avait, depuis longtemps déjà,
renoncé au monde.

Durant ce premier hiver, lorsque Lange, après
une visite à Maryan, quittait le grand séminaire,
c'était bien moins sur son ami que sur lui-même

qu'il éprouvait le désir de pleurer. Entre ces hauts murs, Maryan pouvait enfin jeter tout son feu. La doctrine officielle, le rudiment de théologie qu'il fallait remâcher, l'irritait sans doute, mais décuplait la puissance de sa révolte. Dans le troupeau clérical il connaissait pour la première fois ses prestiges. Au collège, l'intelligence ne lui avait servi de rien, — valeur qui n'avait pas cours parmi ces fils de grands bourgeois uniquement soucieux d'argent, d'audace, de force, de beauté. Au séminaire, la pensée reprenait ses droits et le jeune clerc goûtait avec enivrement le pouvoir d'un esprit sur les esprits qui lui sont inférieurs. Puisqu'il ne pouvait atteindre au suprême degré de puissance, il atteindrait au suprême degré de connaissance. Mais, d'ailleurs, connaissance déjà signifie puissance ; déjà, autour de Maryan, la pâte cléricale levait.

Lange se rappelle ses visites au grand séminaire, le soir. C'était un Carmel désaffecté, terriblement nu et froid. Les moniales avaient inscrit sur tous les murs des paroles du Christ. Lange reconnaissait la cellule de Maryan à cet appel qui éclatait en lettres rouges au-dessus de la porte : « Ma fille, donne-moi ton cœur. » Dans quelle misère vivait cet adolescent, dans quelle atmosphère de moisissure, de seau à toilette ! Des livres partout, sur les carreaux, sur les chaises, sur le lit éternellement défait, entre la cuvette remplie d'eau sale et le blaireau savonneux. Maryan était assis à sa table, un chandail passé sur sa soutane. Il se levait, à l'entrée de Lange et tout de suite « parlait idées ». Il ne souffrait ni de la saleté, ni du froid. Il avait refusé l'existence à cette immense misère physique ; il la niait. La vie intérieure est la seule réalité, — et les âmes. Il ne connaissait que les âmes.

— Tu ne saurais imaginer les belles âmes qui

vivent ici. Je règne sur elles, je les dirige, je les sauve de leur directeur.

— Mais les directeurs, Maryan ?...

— Ils ne comptent pas. Je crois à la Vérité, non parce que les directeurs me l'enseignent mais parce que l'amour m'y pousse.

— Mais enfin ils peuvent intervenir ; ils peuvent sévir...

— Les victoires spirituelles sont gagnées par des armes spirituelles. Toute coercition serait vaine. Tu connais l'admirable moquerie de Loisy quand il avoue ne posséder point, dans le chétif répertoire de ses connaissances, l'idée de science approuvée par les supérieurs ? Mais assieds-toi... attends que je débarrasse la chaise. Tu veux que je te lise le début de mon travail sur l'Autorité ?

Lange relève le col de son pardessus. A travers les vitres souillées, les branches nues du platane remuent: C'est le même ciel fourmillant du collège. Maryan n'a pas changé d'atmosphère. Il lit trop vite, avec l'accent de la passion et prête de la beauté aux formules ressassées : « C'est toujours nécessaire- « ment nous-mêmes qui parlons à nous-mêmes et « qui élaborons pour nous-mêmes la vérité... Nous « sommes déférents vis-à-vis des interprètes officiels « de la pensée de l'Église ; nous interprétons cepen- « dant leurs interprétations d'après la règle plus « haute et suprême de la vérité catholique, c'est-à- « dire de la pensée du Christ. C'est Lui qui nous « envoie vers eux, ce ne sont pas eux qui nous « envoient vers Lui... »

Lange songe : « Il a mon âge, l'âge de tous mes camarades soucieux d'être bien habillés, d'être reçus dans le meilleur monde, d'avoir des femmes qu'ils puissent montrer. Que sont leurs plaisirs au prix de cette passion qui brûle tout près de moi ? »

Lange était trop jeune encore pour pressentir que cette frénésie dans la révolte spirituelle dénonçait la sourde complicité de la chair. Jugulée, méprisée, la chair prenait le masque de l'esprit et lui prêtait de sa terrible exigence. Maryan ne voulait pas que le quatrième Évangile fût de saint Jean, mais pourquoi ne pouvait-il soutenir cette conjecture sans que la voix lui manquât, tant il y mettait de passion ? Toujours vainqueur dans ces sortes de disputes, il ne se demandait pas d'où lui venait ce génie d'invectives et de moqueries, qui désarmait d'abord l'adversaire, le couvrait de ridicule et le réduisait au silence.

Vers le temps de Pâques, Lange reçut cette lettre de Maryan :

« Mon ami, je quitte le séminaire : on me chasse. Ils ont raison, à leur point de vue : ils veulent faire des saints, et je répugne à la sainteté. Ils veulent que nous possédions la vérité, et je hais la vérité possédée, trouvée une fois pour toutes. Avoir trouvé, c'est ne plus penser. Chercher, critiquer, connaître, s'aventurer, tout est là.

« Pourtant, tu le sais, mes audaces ne sont que dans l'ordre de l'esprit. Je frémis de quitter ma cellule : j'ai peur des hommes. Me laisseront-ils travailler ? J'ai tant de choses à écrire ! J'ai tant écrit déjà ! Je ne vois pas encore très clair en moi ; mais je pressens que la vie est une affaire d'amour, — une poursuite, non une contemplation. Ne crois pas surtout que j'aie renoncé à Dieu. Je ne me suis jamais senti si près du Christ. Ils n'arriveront pas à me séparer de Lui. Mais même je prétends ne pas sortir de l'Église. Les dogmes m'apparaissent comme de grands thèmes intellectuels. Comment les rejetterais-je ? Ils sont les lignes de faîte de l'esprit. Seulement, je n'admets aucune solution imposée. Enfin je t'expliquerai... car nous nous verrons bientôt et longtemps. Il le faut. J'ai un projet... Écoute : la seule pensée que tu pourrais dire non me glace.

« Mon ami, je ne t'ai jamais rien demandé, je n'ai jamais rien exigé de toi. Tu entendras donc mon appel..., d'ailleurs tu peux trouver à l'accomplissement de mon désir un incalculable profit. Voici : Je t'avouais mon tremblement à être rejeté dans la vie ; et je sais que toi-même, tu traînes une existence honteuse, dérobée, sans amis, sans amours, séparé de tout par la famille ; — toi plein de trésors que tu ignores, parce que ta famille, des camarades imbéciles t'imposent l'idée misérable qu'ils se font de toi. Ta vie me rappelle la vie cachée de Jésus... Son regard n'étonnait même pas sa mère, peut-être... Eh bien, il ne faut pas qu'en nous l'adolescent corrompe, empoisonne l'homme futur. Il est temps de rassembler nos forces, d'apprendre à nous connaître, il est temps de nous définir enfin. J'ai pensé que nous pourrions passer ensemble les vacances de Pâques, à Terrefort, cette propriété que Robert a louée pour Mone. Elle nous y recevrait volontiers. Sa mère doit prendre les eaux à Dax, à ce moment-là ; et c'est à peine si Robert paraîtra le samedi soir. Nous serons seuls, tous les trois, dans cette campagne. Il y a un vieil Erard encore excellent. Nous apporterons des livres... Toi, Mone, la nature... Nous serons ivres de métaphysique, de musique. Nous nous dilaterons à la mesure du monde. Nous apprendrons à oublier ce pauvre souci de salut individuel qui nous annihile. Saint Thomas, sur ce point, est d'accord avec les Grecs : la connaissance nous rend aptes à devenir toutes choses. Tu verras : je t'initierai à Plotin, à saint Bonaventure. Ils savaient, eux, que Dieu anime, travaille amoureusement l'univers comme chacun de nos cœurs. Le salut, c'est de se grandir à la mesure du monde. Le salut et la liberté, c'est même chose. Nous allons accueillir les idées, mais non pas ainsi que des consignes et des mots d'ordre ; ni non plus comme si elles étaient saisissables et transportables. Et nous prierons ! Prier c'est adhérer au surnaturel et non à des formules... Ô bonheur ! Réponds-moi vite chez ma mère où je serai après-demain.

« Mon ami, j'exulte et je souffre pourtant. Je voudrais épargner dans mon cœur ceux qui me rejettent. Si je m'arrache du christianisme qui mécanise et qui tue, pour adhérer au christianisme qui vivifie, je ne fus pas en vain, pendant des années, dressé à la docilité, à la crainte. Ceux que je crois haïr, comme ils ont gardé de puissance sur mon être ! Toute ma philosophie cède parfois à des élans de tendresse apeurée. Croirais-tu que l'amour de Dieu en moi, n'a guère été entamé jusqu'à présent par ma fureur critique ? Je suis dévoré de curiosité sacrée, d'inquiétude divine. Mon cœur n'est pas moins exigeant que ma pensée. Je voudrais que la Vérité coïncidât avec celui que j'aime : le Christ. C'est là mon drame, notre drame. S'il fallait pourtant le sacrifier à la vérité entrevue, ce Bien-Aimé !

« Mon ami, je t'écris dans cette cellule où je n'ai plus que quelques heures à vivre, où j'ai tant souffert, tant travaillé, tant prié. Pour la première fois, mes yeux voient ce carrelage misérable, ces murs souillés. Pour la première fois, je remarque cette odeur de savon, de moisissure et de souris. Je commence à comprendre ton exclamation : "La plus pauvre servante ne voudrait pas de cette tanière !" Mais bien loin d'en faire grief à ceux qui m'y ont accueilli, je les admire de créer une atmosphère si brûlante qu'un jeune être ici oublie tout ce qui touche à la chair. Nos directeurs ne sont guère mieux logés que nous. C'est cela qui demeure admirable au séminaire : voilà les derniers idéalistes du monde. Ils n'ont rien à attendre du siècle, que la pauvreté, la solitude, le mépris, l'abandon. Rien n'existe à leurs yeux hors la vie intérieure, la recherche de la pureté et de la perfection. Ah ! comme je suis avec eux, parfois, en dépit du soulèvement forcené de mon esprit... Mais non ! non ! je ne veux pas céder à ce charme. Il y a de l'absurde dans leur renoncement. Cet idéal surhumain, j'y flaire un piège tendu dès le seuil de la vie aux belles âmes jalouses de se dépasser. Et pourtant... tu vois le va-et-vient de ma pensée, — ce flux et ce reflux éternel qu'il me semble que la mort même n'arrêtera pas. J'attends ta réponse dans une angoisse inexprimable. Toute notre destinée, peut-être, repose entre tes mains. Mone se réjouit de connaître cet ami dont je lui ai parlé avec tant d'amour. »

III

— J'avais rêvé cette heure dans un excès de chaleur, de lumière... Mais il y aura du feu en nous...

Lange dit qu'il avait les pieds glacés. La pluie ruisselait aux vitres du vieil omnibus qui ramenait de la gare les deux amis, à travers une campagne transie. Maryan considérait Lange avec inquiétude : il aurait froid, il aimait ses aises, il ne pouvait supporter de souffrir, il s'ennuierait...

— Tu ne peux te figurer la vue qu'on a de la route, à cet endroit, quand il fait beau.

Lange ne répondit pas. Il avait relevé le col de son pardessus. Maryan l'agaçait avec son parti pris de tout transfigurer : « Efforçons-nous de préférer cette pluie à tout... », répétait-il.

— C'est de Gide, dans les *Nourritures terrestres*... J'ai le bouquin, il te plaira... surtout parce que tu n'as pas lu Nietzsche.

Lange l'interrompit d'un air pincé :

— J'ai les *Morceaux choisis* de Nietzsche.

— C'est insuffisant : j'ai écrit à Mollat, le libraire, pour souscrire à l'œuvre entier qui est en cours de traduction au Mercure. Voilà la maison... Sinistre, sous cette pluie, hein ? Mais tu ne peux imaginer ce que ça donne dans le soleil, cette vieille cour. Fais attention : il y a de la boue comme en novembre.

Ils accrochèrent leurs manteaux dans une salle de billard carrelée dont les murs lézardés étaient salis de moisissures. Mais au salon où Maryan introduisit Lange, un feu de sarments éclairait le plancher et l'acajou des fauteuils. Une femme lourde, à la face bistrée, fumait, étendue sur un divan de reps rouge, elle ne se leva pas, mais posa seulement son livre. La main qu'elle tendit à Lange n'était pas très soignée. Ses paroles précipitées trahissaient de la gêne : elle devait manquer d'usage ; elle interrogeait à mi-voix son beau-frère :

— Faut-il demander le thé tout de suite ? J'ai dit qu'on débouche la bouteille de Xérès...

— Mais, Madame, je n'ai besoin de rien...

— Si, il faut que vous preniez quelque chose de remontant. Nous n'avons pas de chance : l'année dernière, à Pâques, nous passions toutes nos journées dehors.

Maryan avait cet air embarrassé et timide du collégien qui amène la première fois chez ses parents un camarade. Lange s'étonnait que Mone fût si commune. « C'est tout de même une Maryan », se disait-il avec admiration. Fils d'un gros quincaillier, il trouvait du plaisir à respirer sous le toit des Maryan. Sensible à l'atmosphère d'une pièce où le feu claque, à l'odeur de lilas, de cretonne et de fumée, il se désengourdissait, devenait plus loquace. Maryan faisait le fou, imitait M. Schnieder : « Passez-moi à la porte. » Le rire le congestionnait.

— Tu te rappelles, quand par la fenêtre de l'étude, on voyait le directeur réciter son bréviaire dans la cour... Je te disais : « On l'a sorti ; maintenant on va le rentrer. »

— Ce n'est pas très drôle, dit Mone.

— Mais si... parce qu'il ressemblait à un aurochs...

Lange et Maryan avaient tout un jeu de plaisanteries savoureuses pour eux seuls. Mais Lange s'aperçut que Mone les considérait d'un air dédaigneux. La conversation tomba. Maryan se mit au piano : « Bach ! » dit-il simplement. Des tics le défiguraient. Mone et Lange échangèrent un regard.

— Vous l'imaginez, dit-elle à voix basse, sur une estrade, dans un concert ? Le public poufferait.

La conversation prit subitement comme un feu. Ils parlèrent de Maryan ; une étrange rancune les unissait contre ce fou. Malgré tous ses dons, il n'arriverait à rien. Aucune mesure, nulle pondération. Cela lui faisait une belle jambe d'être si intelligent, si musicien. Certes, l'intelligence, le dont musical, on ne pouvait lui retirer cela... Après chaque coup de patte, ils lui rendaient, malgré eux, ce témoignage. Impossible d'être plus doué... Leurs propos trahissaient une commune admiration mêlée de dégoût.

— N'est-ce pas, Monsieur, une étrange destinée pour une femme, que de n'avoir d'autre adorateur ? Prisonnière dans cette campagne, je ne peux me défendre par la fuite... et mon mari n'est libre que le dimanche. Certes, j'aime bien votre pauvre ami... mais tout de même, il y a des moments où il m'irrite (je ne le dirais pas à un étranger, mais je peux bien le dire à vous), et notez qu'il me distrait beaucoup : quand ce ne serait qu'à cause de la musique... Et puis, il a tout lu, tout compris ; il m'explique des choses. Mais que voulez-vous, il y a des moments où j'aimerais n'importe quel garçon plus normal, plus ordinaire... Je ne vous choque pas ?

Lange répondit « qu'elle ne pouvait pas se douter à quel point il la comprenait ».

— Pourtant, comme ami, il doit être extraordinaire !

Lange soupira :

— On ne plane pas toujours. Je préférerais souvent, moi aussi, un camarade bon enfant, qui me dégourdirait un peu, et m'obligerait à sortir. C'est inouï pour un garçon, mais c'est vrai que j'aurais eu besoin d'un camarade qui m'apprenne à m'amuser... Maryan m'entraîne toujours davantage loin de la vie. Sans compter que ce n'est pas toujours drôle de sortir avec lui... Vous allez trouver que je ne suis pas gentil, mais nous qui l'aimons, nous pouvons bien reconnaître, entre nous, qu'il n'est pas toujours présentable... D'ailleurs, il ne m'a même pas fait connaître ses parents... Il trouve tout le monde bête.

Sans s'interrompre de jouer, Maryan s'exaspérait d'entendre leurs chuchotements. Pendant qu'il était au piano, il ne pouvait souffrir les conversations à voix basse. Il rabattit le couvercle :

— De quoi parliez-vous ?

Ils ne surent que répondre. Ses yeux brillants erraient de l'un à l'autre.

— On étouffe, ici.

Il alla à la fenêtre, l'ouvrit. Un vent humide gonfla les rideaux. Mone protesta qu'il voulait sa mort. Il referma la fenêtre, se plaignit d'avoir le sang à la tête, et proposa enfin à Lange de revêtir des imperméables et de « braver les éléments ».

— Mais laissez donc M. Lange tranquille : il aime mieux bavarder ou lire au coin du feu, que de patauger dans cette boue.

Maryan revint s'asseoir au piano.

— Tu connais la sonatine de Ravel ?

Tandis qu'il jouait, il ne cessait d'être attentif à

leurs voix étouffées. Mone et Lange parlaient de lui.
De quoi eussent-ils pu parler ? Sans doute, Lange
devait répéter cette comparaison dont il était si
fier : « Maryan est un orchestre pas dirigé... un
orchestre dont le chef est devenu fou... »

— Non, décidément, j'étouffe. Il faut que je
marche. Tu viens ? Tu ne vas pas me lâcher ?

Comme Lange lui montrait la pluie contre les
vitres, Maryan assura « que c'était délicieux, la pluie
sur la figure ».

— Merci, mon vieux... très peu pour moi, ajouta
Lange (du même ton que son père, le gros quincaillier).

— Alors, j'irai seul.

L'air tragique de Maryan agaça son ami :

— Je t'en prie, fais comme si je n'étais pas là.

Maryan aurait mieux aimé rester, mais il n'osa
pas. Il décrocha dans le vestibule son imperméable.
Dehors, il marchait vite, faisait des gestes. Qu'est-ce
que cela pouvait lui faire qu'ils parlassent de lui ?
Et si Mone allait accaparer Lange ? Il s'amusa à
imaginer une intrigue... Mais c'était invraisem-
blable. Aux yeux de Mone, aucun autre homme
n'existait que Robert... et la femme à qui s'attacherait Lange n'était pas née encore ! Pourtant il avait
eu tort de les réunir sous le même toit : ces deux
bonheurs se détruisaient l'un l'autre. Si encore le
soleil avait lui ! Mais non : le beau temps ne rendrait
pas cette campagne moins sinistre.

Maryan avait suivi d'instinct le chemin de l'église.
Vieille église sans prêtre, desservie, le dimanche,
par un curé chargé de trois paroisses. Il s'assit près
du bénitier. Quel abandon ! Des recueils de musique
déchiquetés étaient ouverts sur l'harmonium. Des
fleurs pourrissaient devant l'autel depuis le dernier
dimanche. Maryan s'attachait à des lambeaux de

pensée, les yeux fixés sur le tabernacle : La Substance ? la Forme ? L'Eucharistie est proprement « impensable ». « Cette génération demande un signe... » Pourquoi est-ce mal, selon le Christ, que de demander un signe ? Pascal a eu besoin d'un signe : l'importance du miracle de la Sainte-Épine dans sa vie. Un signe, le moindre signe de la présence eucharistique, et l'univers s'animerait de nouveau, le souffle de Dieu emplirait les branches mouillées ; son éternité apparaîtrait dans les yeux de Mone, dans les yeux de Lange. Silence de cette église morte. Sans prêtre, sans fidèles, elle est, au bord d'une route perdue, la trace d'un pas qui s'efface... Qu'est-ce que le christianisme dans le monde ? Que la Méditerranée est petite ! Les juifs... pourquoi les juifs ? A l'intersection de l'orient et de l'occident...

Maryan sentit le froid. Dehors la pluie redoublait ; la porte du clocher était ouverte. Il s'engagea dans l'escalier ; et comme le vent couvrait le bruit de ses pas, il surprit au premier tournant un couple debout, furtif, dans un désordre de pauvres flanelles. Maryan redescendit quatre à quatre ; mais ce qu'il avait vu, l'espace d'une seconde, l'obsédait, le torturait ; il marchait comme un fou. La joie charnelle... la seule tangible... Désespoir que ce fût justement celle-là qu'il dût manquer... et pour qui ? pour qui ? Il ferma les yeux, vit en esprit un regard. (C'était toujours un regard qui brillait en lui lorsqu'il pensait au Christ). L'amour du Christ. C'est une réalité. Mais n'avait-il, à cet amour, sacrifié les exigences de la pensée ? une intelligence partiale, c'est cela qu'il avait été. Dans l'ordre de la vie, l'amour de Dieu suscite de grandes œuvres ; mais dans l'ordre de la pensée, ne nous détourne-t-il des problèmes essentiels ?

Maryan se réveille devant la maison, et voit, à travers les vitres du rez-de-chaussée, Lange assis à la même place où il l'avait laissé près de la chaise longue de Mone. Le feu les éclairait vivement. Mone riait de ce que lui racontait le jeune homme volubile.

— Ils parlent de moi...

Maryan n'osait entrer ; il souffrait ; aucune jalousie d'ailleurs ; ces deux êtres chers devaient s'unir contre lui... Debout sous la pluie, dans l'ombre commençante, il s'efforçait d'imaginer ce qu'eût été sa douleur s'il les avait surpris s'étreignant comme ce couple, tout à l'heure, dans le clocher... Mais cela, c'était de l'invention romanesque... Il se sentait la proie d'une autre douleur plus humble, plus basse. Mone et Lange parlaient de lui. Ils mettaient en commun ce qu'ils savaient de son cœur torturé. Il vit Mone faire en riant un signe de dénégation. Lange rapprocha sa chaise ; il semblait demander quelque chose avec insistance. La jeune femme parla seule un instant ; elle faisait beaucoup de gestes comme presque tous les méridionaux de la classe moyenne. Elle mimait son récit, jouait pour Lange une véritable comédie : Maryan la vit s'étendre un peu plus sur sa chaise longue, prendre l'attitude du sommeil, puis soudain se redresser, se frotter violemment les lèvres avec un mouchoir. Lange éclata de rire, pouffa. Dans une brusque illumination, Maryan découvrit le sens de cette mimique. Oui, ce ne pouvait être que cela... Ce ne pouvait être que cette histoire-là qu'elle racontait à Lange. Oh ! Dieu ! il se souvient : c'était au mois de septembre dernier ; il avait pénétré, à l'heure de la sieste, dans le salon ; s'était approché de Mone qu'il croyait endormie. Un instant, il l'avait contemplée... Elle faisait exprès de donner à son souffle le rythme du sommeil. Ce cou gonflé, cette tête renversée, et la bouche un peu entr'ouverte... Si elle ne dormait pas vraiment, n'était-ce une invite ? Il s'était penché vers elle pour le plus maladroit baiser. Elle avait poussé un cri. Comment le malheureux ne reconnaîtrait-il pas ce geste de se frotter les lèvres avec un mouchoir, qu'elle refaisait maintenant pour amuser Lange ? Elle lui avait dit : « C'est dégoûtant... mais regardez-vous donc dans la glace... Si je le répétais à votre frère... » Un peu plus tard, elle s'était calmée. Elle lui avait promis de n'en rien dire à personne. Et la voici, avec Lange, penchée sur ce sale souvenir, sur cette image grotesque dont Maryan avait été longtemps poursuivi, jusqu'à se réveiller la nuit en sursaut, jusqu'à souhaiter de mourir pour échapper à cette obsession.

Que va-t-elle raconter encore ? Elle fait des deux mains un geste de dénégation ; mais Lange semble la supplier de parler. Maryan croit l'entendre : « Madame, je vous en prie... A moi, vous pouvez tout dire sur lui ; ça n'a pas d'importance, puisque nous sommes ses amis... » Mone visiblement hésite, secoue la tête avec un vilain rire ; elle doit répéter : « C'est impossible à raconter. » Maryan pâlit. Est-ce qu'elle oserait dire à Lange l'autre chose... la chose affreuse ? Un jour il sortait de la salle de bain, vêtu d'un peignoir... Il avait rencontré Mone dans le corridor... Il avait fait exprès de... Non, elle ne va pas livrer à Lange cette ignominie ?... Pourquoi cache-t-elle sa figure ? Il voit, dans la lueur du foyer, sur le visage de Lange, cette expression d'inquiète convoitise d'un homme à qui on annonce une histoire tellement répugnante qu'on n'aura peut-être pas le courage d'aller jusqu'au bout. Maryan ouvre la porte du vestibule, pénètre comme un fou dans le salon.

Mone s'interrompit au milieu d'une phrase. Il balbutia :

— Je courais sous la pluie.

Il enleva son manteau et son chapeau ruisselant. Mone lui dit qu'il allait tout salir.

— Il y a des porte-manteaux, à l'entrée.

Il revint, s'approcha du feu.

— Et vous ? Qu'avez-vous fait ?

Lange assura qu'ils avaient bavardé comme de vieux amis.

— De quoi avez-vous parlé ?

Mone répond : « De mille choses... » Lange, très vite, ajouta :

— Surtout de l'Encyclique.

C'était l'époque de la condamnation du modernisme par le pape Pie X.

— Nous disions que...

Lange disserte et Maryan reconnaît les propos qu'il a lui-même tenus maintes fois devant son ami. Cet écho misérable de sa propre pensée l'irrite ; et soudain, par un de ces brusques changements qui toujours déconcertaient Lange, il épousa la thèse de Rome. Plus tard, Mone et Lange devaient se rappeler ce monologue où il avait comparé l'Église aux nids d'oiseaux qui paraissent construits, d'abord, avec les matériaux les plus vils : paille, brindilles, boue, fiente... Mais ils protègent le mystère de l'éclosion. Ainsi, disait-il, ce que nous trouvons dans l'Église de plus humain, entre comme éléments dans la construction de ce nid où la vie du Christ demeure incorruptible. Le Protestantisme, vase poreux, laisse tout fuir, tout s'évaporer : la divinité de Jésus, la présence réelle ; il ne détient plus, dans ses flancs, qu'un résidu méconnaissable de révélation... Maryan s'interrompit :

— Je ne sais pourquoi je vous dis ces choses ;

pourquoi je prêche... Il subsiste en moi un prêtre que je n'arrive pas à tuer... Comme il fait sombre ! Faut-il que j'allume ?

La fin de la journée fut morne. Lange attendait le dîner qui le déçut, car c'était un vendredi : pas de poisson frais ; du thon, des sardines, des pâtes. Il boudait encore, lorsqu'on fut revenu au salon.

Maryan ne pouvait plus rien contre le silence. Lange rêvait sur un *Monde Illustré*. Il était, tout de même, chez les Maryan, mais en compagnie des deux seuls membres de la famille qui fussent sans importance sociale. C'était tout de même des Maryan, mais ils ne comptaient pas. Mone fumait, la tête renversée ; la lampe éclairait vivement l'une de ses joues mates, le grand trait de bistre sous l'œil et ce muscle du cou que les photographes effacent. Aujourd'hui, ce buste non soutenu dans une robe lâche, n'étonnerait personne. Mais à cette époque où les femmes avaient une « taille », un tel négligé dénonçait la malade. Maryan la contemplait, songeait à ces organes mystérieux ; il parcourait de l'œil ce corps alourdi comme un monde où le mal a pénétré. Son esprit se complaisait à des analogies folles. Il lui semblait qu'elle eût guéri dans ses bras. Il se rapprocha, s'assit au bord de la chaise longue. Il ne croyait pas remuer, mais son corps, à son insu, frémissait ; Mone lui demanda quel plaisir il trouvait à la secouer ainsi. Comme toujours, le piano fut son refuge. Mone dit à mi-voix :

— Maintenant qu'on ne le lui demande pas...

Il jouait en sourdine les Impromptus 3 et 4 de Schubert et ne cessait d'entendre le froissement des feuilles du *Monde Illustré*. Lange n'écoutait pas cette musique déchirante. Qu'était Maryan aux yeux de Lange ? Quelle place tenait-il dans sa vie ? Pour Mone, il ne doutait pas, ce soir, de l'exaspérer.

Pourtant que de fois s'était-elle confiée à lui, lorsque son frère passait plusieurs semaines sans paraître à Terrefort ! A ces moments-là, elle lui répétait : « Vous êtes mon seul ami... » Peut-être aurait-elle, demain matin, une lettre : l'humeur de Mone dépendait du courrier ; elle n'avait pas reçu le moindre mot, cette semaine. Dix heures sonnèrent. La jeune femme se leva :

— Il est temps que je monte, dit-elle.

Lange protesta qu'il était trop tôt, et ajouta un peu lourdement :

— Si c'est pour nous laisser seuls, Maryan et moi, nous n'avons rien à nous dire. Vous ne nous gênez pas du tout.

Elle assura, en riant, qu'elle n'y mettait pas tant de délicatesse :

— Mais croiriez-vous que je dépends du domestique et de mon beau-frère ? Je ne peux monter seule jusqu'à ma chambre : Il faut me porter. Et je crains de faire veiller ce pauvre homme.

— Mais vous pouvez rester ce soir, dit Maryan (qui voulait montrer à Lange qu'il ne souhaitait pas non plus de demeurer seul avec lui). Je vais dire au domestique de se coucher, Lange le remplacera... Tu verras, c'est très facile.

Mone s'étendit, reprit son livre. Inquiet de tout, Lange se demandait s'il serait assez fort pour monter la jeune femme au premier étage. Maryan, assis dans l'ombre, ne lisait pas. Il écoutait le vent de la nuit, surveillait les battements de son cœur, regardait ces deux êtres qu'il avait réunis dans ce salon et dont il se sentait aussi éloigné que s'ils eussent été de l'autre côté de la mer. A dix heures et demie, Mone se leva.

— Voici comment il faut faire, dit Maryan.

Accroche ta main gauche à ma main droite. Les deux autres mains feront le dossier. Tu y es ?

Sous le poids de Mone, Maryan sentait les ongles de Lange pénétrer dans sa chair. Les bougeoirs étaient allumés sur le palier.

IV

Lange finissait de se déshabiller, lorsque Maryan l'appela à travers la porte et sans attendre de réponse, entra. Il ne regardait pas Lange qui avait revêtu en hâte son pyjama. Il dit :

— Je venais voir s'il ne te manque rien.

— Mais non... Je sens que je vais bien dormir : je tombe de sommeil.

— C'est vrai, dit Maryan, tu as les yeux d'un enfant qu'on menace du marchand de sable... Et pourtant j'avais des choses à te confier...

— Demain ! demain ! interrompit Lange. Bonsoir. Maryan cherchait à piquer la curiosité de son ami. Alors il se souvint de ce qu'il avait vu dans le clocher.

— Si tu savais ce qui m'est arrivé, cet après-midi...

Il ricanait, le sang au visage.

— La porte du clocher était ouverte...

Il commença son histoire, vite, le regard trouble de Lange fixé sur le sien et soudain, éprouvant de la honte, il s'interrompit :

— Je ne sais pas pourquoi je te raconte cette

saleté. Ce n'est pas de cela que je voulais te parler. Je voulais te dire... t'avouer que j'étais déçu par cette première journée.

— Nous n'avons pas été assez sublimes ? demanda Lange, moqueur.

— Oh ! tu penses aux projets que je t'avais exposés dans ma lettre ? Mais non : dès que je t'ai revu, je me suis rappelé qu'avec toi on ne parlait guère de l'essentiel. Quand je suis loin de ceux que j'aime, je leur prête mes goûts ; en pensée, je discute avec eux et leur souffle des propos que dans la réalité ils sont bien incapables de tenir.

Lange fut vexé et assura qu'il n'y avait que Maryan pour trouver de ces gentillesses.

— Non, ne te fâche pas, mon vieux. Tu es intelligent, je le sais, mais tu n'as pas le goût des idées... Ce n'est pas cela qui m'a déçu... Lange, écoute, je te laisse dormir ; mais il faut d'abord que je te pose une question.

Lange étouffa un bâillement.

— Je voudrais savoir... Toi et Mone... ce que vous avez dit de moi...

— Non ! mais quel orgueil ! crois-tu qu'avec ta belle-sœur nous n'avons su trouver d'autres sujets de conversation ?

Lange était accroupi sur le lit ; des cheveux en désordre ombrageaient sa figure mince. Une fureur, accumulée depuis le matin, envahit Maryan ; il ne put se retenir de braver ce camarade chétif.

— Mais bien sûr ! Je suis ce qui vous intéresse le plus. Que vous le vouliez ou non, un être comme moi remplit les existences auxquelles la sienne est mêlée. Vous convergez vers moi. C'est moi, le fleuve ; et vous, de pauvres affluents qui m'apportez des débris, des charognes, de la boue. Si j'en peux être troublé d'abord, je finis par m'enrichir de tout ce que vous charriez...

Lange redoutait par-dessus tout ces crises de fureur ; et l'inquiétude l'emporta sur sa colère.

— Ne crie pas si fort, tu vas réveiller ta belle-sœur. Là, calme-toi. C'est entendu ; tu es tout, nous ne sommes rien...

Maryan regardait dans le vide ; et brusquement :

— Qu'avez-vous dit de moi ? Mone t'a raconté des choses...

— Je te jure que non. Va dormir, tu as besoin de repos.

— Si ! je vous ai vus parler de moi.

Lange demanda avec quels yeux on pouvait voir les gens parler de telle ou telle personne.

— Je vous ai vus à travers la vitre. Je pourrais te répéter, mot pour mot, bien que je n'en aie rien entendu, les sales histoires que te racontait Mone.

Lange était ennuyé. De vraies larmes coulaient sur les joues de Maryan. Comment le calmer ? Le vent pluvieux agita la plaque de la cheminée ; une persienne claquait. Il ne dormirait pas cette nuit. Qu'était-il venu faire dans cette galère ? D'abord apaiser Maryan, et qu'il regagne son lit...

— Pourquoi pleures-tu ? A cause de Mone ? En tout cas, je puis t'assurer que tu as raison de croire à la grande place que tu occupes dans sa vie. Elle t'aime bien.

— Elle t'a dit qu'elle m'aimait bien ?

Maryan se jetait sur cette parole avec une avidité qui agaça Lange.

— Elle me l'a laissé entendre, dit-il.

Maryan ne pleurait plus. Il se frottait les mains, marchait dans la chambre et répétait :

— Oui, elle m'aime bien, je le sais, j'en suis sûr. Même quand je l'exaspère, c'est une forme de sa tendresse pour moi. Naturellement, elle adore trop Robert... mais sans cela...

Ces propos irritaient Lange. Dire que Maryan croyait qu'on pût jamais l'aimer ! Il ne se contint plus :

— Eh bien, moi je suis persuadé qu'autant qu'elle aime son mari, elle serait heureuse d'être intéressée par un autre sentiment, d'être consolée...

— Je le pense aussi... N'est-ce pas, je ne dois pas désespérer ? Elle finira un jour par être touchée... Ce jour-là, que devrai-je faire ? Car enfin, c'est ma belle-sœur. Et j'aime bien Robert, tu sais ! malgré ses taquineries. Je l'admire ; c'est même inouï : je suis fier de ses maîtresses ! Pourtant, si je plaisais à Mone...

Il ajouta puérilement :

— Tu parles d'une tragédie classique !

Lange exaspéré, ne put se tenir de l'interrompre :

— Tu dérailles. Elle t'aime bien, mais c'est d'un autre ordre. Je peux bien te le dire : ce qui l'agace en toi (et elle reconnaît que c'est injuste de t'en garder rancune), c'est que tu occupes auprès d'elle une place qui pourrait être tenue par quelqu'un... Quelle expression comique a-t-elle employée ? Elle m'a dit la tenir de son mari... Ah ! oui : par quelqu'un de comestible...

Comme son camarade blêmissait, il corrigea :

— Elle voulait dire : par quelqu'un qui ne fût pas son beau-frère.

Maryan, fou de rage, n'éleva pourtant pas la voix :

— Tu mens : elle n'a pu te dire cette saleté. Mais tu obéis à l'espèce de mission que tu remplis auprès de moi depuis toujours. Il s'agit de me persuader qu'on ne peut pas m'aimer, que je ne peux pas être aimé, que je ne serai jamais aimé. Oui, oui, c'est à pouffer de rire, et je n'oserais le répéter à personne ;

mais si j'ai commis cette folie d'entrer au séminaire, si j'ai commencé la vie par cette erreur, tu en es seul responsable.

Lange protesta qu'il avait fait l'impossible pour le retenir. Mais Maryan lui coupa la parole :

— Si ! C'est toi qui m'as mis cela en tête, dès le collège. C'est incroyable et pourtant vrai qu'un être aussi médiocre que tu l'es peut agir puissamment sur une destinée comme la mienne. Ce pouvoir que je t'ai donné sur moi, quel mystère ! Et pourtant, je l'ai voulu. Il n'existe pas en nous une âme pour sentir et une autre âme pour vouloir. La même âme agit et chérit ; la volonté se confond avec le désir... Qu'est-ce que tu fais ?

Lange avait sauté de son lit, ouvert l'armoire ; et il entassait du linge dans sa valise. Il dit, sans se retourner :

— Je partirai demain matin. Il y a un train à huit heures.

Maryan se pencha vers lui, voulut le relever de force :

— Mon vieux, tu me connais. Pardonne-moi ; tu m'as poussé à bout : montre un peu de patience.

Lange secoua la tête :

— Tu diras qu'on attelle pour le train de huit heures. Je t'assure, cela vaut mieux. Tu diras à ta belle-sœur que j'ai eu la fièvre, que j'ai craint de tomber malade ici... Enfin ce que tu voudras.

— Reste, Lange. Nous sommes mal partis. Recommençons, comme si rien ne s'était passé.

Mais Lange qui avait regagné son lit, se tourna du côté du mur. Maryan demeura quelques secondes au milieu de la chambre, le bougeoir à la main. Il appela encore son ami, mais ne recevant aucune réponse, il sortit.

Le vent avait ouvert une fenêtre du couloir. La

bougie s'éteignit. Maryan gagna à tâtons sa chambre, se déshabilla, se mit en boule sous les draps glacés. Que cette chambre de campagne était triste ! La pluie fouettait les vitres ; elle achevait de tuer les lilas transis, et le vent pleurait, se taisait, reprenait, comme la voix d'un être qui s'éloigne, revient sur ses pas, cherche un amour perdu : « Elle et lui respirent dans cette maison. Je les tiens dans cette arche enlisée. Nous devions lire, méditer, jouer du Bach. Je me servais d'eux en esprit ; je les voyais souples, dociles à mes désirs ; me comprenant, me suivant jusqu'où je souhaitais de m'élever. Mais non, ils se moquent de moi, ils me méconnaissent, me méprisent. Je sais bien qu'il n'y a pas qu'eux au monde. D'autres m'aimeraient peut-être. Est-ce une folie de croire qu'en eux toute l'humanité me repousse ? Je le sais. Je susciterai chez tous les êtres la même risée. A quoi bon vivre ? Pour comprendre. Pour comprendre quoi ? Moi ; le monde ; Dieu. Mais je serai toujours détourné par mon cœur. Il faudrait d'abord me séparer de mon cœur, ou l'apaiser, ou le réduire ; — ou qu'il trouve son assouvissement dans l'objet même de ma recherche : Dieu. Mon Dieu... »

Il répéta les formules de la prière. Mais sa pensée se débattait dans le vide. Il ferma les yeux, dans l'espoir que l'image adorable émergerait du plus profond de son être ; rien ne parut.

L'aube l'éveilla. Il courut, pieds nus, jusqu'au grenier où étaient les chambres de domestiques et avertit le cocher à travers la porte, qu'il devait atteler pour le train de huit heures. Il se recoucha, s'efforça de retrouver le sommeil et perdit l'esprit jusqu'à ce qu'il fût réveillé par la voix de Lange qui demandait s'il pouvait entrer.

— La voiture est devant le perron. Ne t'inquiète

pas de ce qui s'est passé. J'ai été très content de venir. Excuse-moi auprès de ta belle-sœur. Surtout ne te lève pas, ne te dérange pas...

Maryan, dans le demi-jour que filtraient les persiennes considérait Lange. Il mesurait, d'un œil lucide, ce corps étique. Comment avait-il pu donner de l'importance à ce garçon ? Il lui serra la main d'un air indifférent que l'autre avait tort de croire feint.

Il entendit claquer la portière avec un sentiment de délivrance, s'habilla et, encore somnolent, traversa la cour. Cette matinée de printemps, les verdures acides sous un ciel ténébreux d'orage, les lilas pleins de pluie, toute l'enfance du monde menacée, — que cela l'eût enchanté naguère ! Son âme n'aurait été qu'un cantique à cet azur trouble, à ce soleil sans cesse disparu et renaissant. Mais non, il descendait vers la terrasse, le cœur fermé. Pas plus que les êtres qu'il avait chéris, le monde ne pouvait maintenant l'atteindre. La nature n'avait jamais été pour lui la rivale de Dieu. C'était au contraire en Dieu qu'il la retrouvait, qu'il jouissait d'elle ; et soudain il comprit que parce qu'il avait perdu Dieu, il avait aussi perdu les créatures. Mone, Lange, tout l'univers visible, il ne les avait jamais rejoints qu'en partant du Christ. Depuis que cette Face en lui s'était effacée, les êtres vivants et inanimés ne lui apparaissaient plus que comme un amas de déchets, de détritus informes. Rien n'émanait plus de Dieu. Mone ? Lange ? deux moustiques, deux mouches entre des millions d'autres sans cesse anéantis et renouvelés. Comment vivre désormais ? Il perdait pied dans une création sans Créateur, — dans un monde qui ne portait plus la croix à son centre, — un monde où le péché était irrémissible puisque aucune place n'existait plus pour le repentir, ni pour le pardon, ni pour le rachat. Que vaut cette passion de connaître, si nous sommes assurés qu'il n'y a pas d'histoire humaine, que le drame humain ne se joue pas, qu'aucune partie n'est engagée avec notre éternité pour enjeu ? Maryan ressemblait à cet enfant qui a cru voir, dans la forme des nuages, une adorable figure ; et soudain le nuage se défait, la figure s'efface. Ainsi le monde avait à ses yeux préfiguré une béatitude infinie ; mais il se détruisait soudain ; et les apparences ne masquaient plus le néant. Il n'y a donc rien de plus en nous que nous-mêmes ? L'univers porte en soi toute la raison de son existence ?

Maryan demeura longtemps devant les collines où glissaient des ombres de nuées. Et soudain le soleil mourait et elles s'emplissaient de tristesse. Le vent faisait courir des reflets de moire à la surface des prairies. Un grondement d'orage répondait à un ramier roucoulant. La pluie, autour du désespéré, soudain crépita. Il remonta vers la maison, avec sa veste sur la tête. Mone était assise en robe de chambre dans la salle à manger. Il fut choqué par son geste, qu'il trouvait vulgaire, de tremper du pain grillé dans le thé. Elle lisait une lettre et leva vers Maryan un visage sali de bile, mais heureux :

— Robert arrive ce soir, par le train de six heures. Il passera ici toute la journée de dimanche et ne repartira que lundi matin. Votre ami n'a pas fait long feu... Vous vous êtes disputés ?

Mais elle écoutait à peine les explications confuses de son beau-frère. Elle se moquait bien de Lange ! Robert allait passer avec elle toute la soirée, toute la nuit, toute la journée du lendemain, et encore une nuit.

— Je vais me recoucher, dit-elle, pour être tout

à fait d'aplomb, ce soir... Je déjeunerai au lit. Tant
pis ! une fois n'est pas coutume : je me droguerai,
je veux être brillante.

Maryan contemplait avec dégoût cette joie. Elle
crut qu'il était jaloux et lui demanda s'il n'était pas
content de voir Robert.

— Mais je suis content.

— Alors c'est le départ de votre ami qui vous
chagrine ? Je ne voudrais pas vous froisser, ajouta-
t-elle en riant, mais vous savez, il n'en vaut pas la
peine ; vous vous faites des illusions...

Il secoua la tête.

— Vous me disiez qu'il vous admirait, insista-
t-elle. C'est vrai, d'ailleurs. Mais savez-vous ce qu'il
trouve en vous de plus extraordinaire ? Je vous le
donne en mille ! Eh bien ! c'est qu'un fils Maryan,
qui pourrait entrer dans la maison Maryan et tenir
le haut du pavé, méprise de tels avantages. Au fond,
c'est un snob de la pire espèce, votre quincaillier !

La petite bourgeoise, l'élève du Conservatoire
« qui n'était pas d'une bonne famille » avait, du
premier coup, discerné chez Lange les sentiments
qu'elle-même éprouvait.

— Il sait tout de même ce que je vaux... interrompit Maryan.

— Oui, dit-elle, il vous trouve sublime... trop
sublime ! Il m'a avoué — vous ne vous fâcherez
pas ? — qu'il n'a presque jamais le courage de lire
vos lettres jusqu'au bout. Bon ! voilà que je vous
froisse ! mais ce que je vous en dis, c'est pour que
vous ne vous montiez pas la tête à propos de ce
garçon.

Maryan protesta qu'il n'était pas fâché. La campagne ruisselante reflétait le ciel. L'eau de pluie,
pleine de rayons courait dans la boue des allées.
Les peupliers verts se détachaient sur un fond

fumeux d'arbres plus tardifs. Il sortit de nouveau. La boue alourdissait ses souliers.

« Elle va se coucher, se droguer, se peindre, pour que ce soir Robert ne trouve pas au gîte une femelle malade. Lange ne lisait pas mes lettres jusqu'au bout. Les êtres sont ce qu'ils sont... L'étrange passion que celle de transfigurer ces éphémères ! Mais que n'ai-je voulu transfigurer ? »

Il avait franchi le portail. La route était plus sèche que les allées. « Aucune place pour moi dans un monde sans Dieu. Je n'ai jamais su que voler de Dieu au monde. Je me moque de ce qui est physique. Ce qui est donné ne m'intéresse pas. » Un groupe d'enfants du catéchisme passa dans un bruit de galoches ; et ils riaient d'un air sournois en le regardant. De chaque côté de la route, les ceps encore nus, pareils aux croix d'un cimetière à l'abandon, émergeaient de la terre que la pluie empêchait de labourer et où l'herbe poussait dru. Ces ceps ressemblaient à des croix, mais ils n'étaient pas des croix. Maryan avait cru voir partout la croix, mais ce qu'il avait pris pour l'Arbre du salut, soudain se défaisait, se tordait, comme ces ceps informes. Aucune autre loi que le retour à la poussière. Aucun autre espoir que celui de ne plus penser, de ne plus sentir ; au moins pour ceux qui comme Maryan n'ont rien à attendre, rien à espérer du plaisir ; justement, la porte du clocher était ouverte où il avait vu deux bêtes honteuses et pressées. Cela vaut peut-être la peine de vivre. Mais cette chose n'est pas pour lui. Qu'en a-t-il connu jusqu'à aujourd'hui, le misérable enfant solitaire ?

Il s'arrêta au tournant de l'escalier où, la veille, haletaient deux êtres humains. Il monta plus vite, sortit enfin de l'humide nuit des vieilles pierres sur une plateforme inondée de soleil. Un souffle violent sifflait à ses oreilles. Il se pencha, vit en esprit son corps écrasé contre les tombes, ou empalé sur l'une de ces croix dont le vent agitait les vieilles couronnes. Mourir, ne plus appartenir à ce monde confus qu'aucun être n'avait inventé, qu'aucun Dieu n'avait voulu. Ne plus jouer ce personnage dérisoire dans un drame qui n'existait pas. Ne pas rentrer dans la maison vide où Mone, jouissant en esprit de la nuit qui vient, prépare ses forces. Il se rappela cette femme qui s'était jetée du haut des tours de la cathédrale, — cette loque humaine qu'il avait entrevue. Le gardien avait dit : « Je ne me méfiais pas ; elle ne se penchait pas ; elle était assise sur le parapet ; elle tournait le dos au vide ; et soudain elle s'est renversée... »

Maryan tourne le dos au vide. Il s'efforce de l'oublier, se hisse, s'assied sur le parapet. L'orbe de l'horizon l'entoure comme d'immenses bras. Il s'abandonnera comme si ces bras sombres étaient ouverts derrière lui et qu'il dût s'appuyer à une chaude poitrine. La pierre brûle ses mains. Il ferme les yeux, se recueille. Ses mains se détachent du parapet, il se renverse un peu. L'horizon chargé de landes et de pins s'est peut-être rapproché jusqu'à le soutenir. Oui, il est comme soutenu, enveloppé, embrassé. Les bras de l'horizon, assombris de labours, de landes et de vignes le poussent en avant. Le voici debout sur la plateforme ; mais ses yeux clos encore contemplent cette lumière intérieure qui remplissait de joie le vieux Tobie aveugle. Et la Face en lui resplendit qu'il n'espérait plus revoir : « C'est Moi, ne craignez point. »

Maryan n'est pas seul. Il est sûr de n'être pas seul. Il est aimé, et avec lui tout le genre humain. Il est racheté, il est sauvé, et tout le genre humain, et tout ce qui vit, et la matière même qui ne bouge

pas. « J'attirerai tout à Moi. » *Omnia* : tout ! tout !
Maryan, en dépit de sa joie, passe la main sur sa
figure, secoue la tête. A chaque retour vers Dieu,
mille objections toujours le harcèlent. Ce qui n'avait
plus d'importance, la Foi partie, en reprend soudain ; et il est de nouveau inquiet de résoudre le
problème du mal. Et tout à la fois il faudra penser
à l'authenticité du quatrième Évangile, expliquer le
silence de Flavius Josèphe touchant le Christ ; il
faudra... il faudra...

   « Mais non, mon enfant, aucun de mes mystères
n'est terrible, dit la Voix. Sache découvrir dans les
plus redoutables les ruses de mon amour. De quoi
te troubles-tu ? du péché originel ? Ne vois-tu pas
qu'il fallait que tout le poids fût porté par la race
des hommes, pour qu'en soit exempt chacun de
vous en particulier ? J'ai condamné la race, afin de
sauver l'individu. La race, ce grand coupable sans
nom et sans visage, je l'ai chargée de vos iniquités,
Pierre, Jacques, Jean, Simon, Bernard, Paul, André,
Henri, François et vous tous, mes fils bien-aimés
qui avez un corps, une figure et un prénom. Sou-
tiens la pensée de l'Enfer sans frémir ; comprends-
moi : il ne fallait pas que la partie fût gagnée
d'avance. Rien n'est gagné d'avance. Mais tout sera
gagné à la fin des temps, par cette humanité avec
laquelle Je suis ; — le camp dont je suis ne peut
pas perdre. J'ai été avec vous jusqu'à revêtir la chair
la plus souffrante qui ait jamais été au monde. Tu
dis que tu as honte de ta chair ? Songe qu'il n'est
rien en toi qui ne soit nécessaire pour créer l'enfant
que j'aime, qui ne ressemble à aucun autre. Ô
destinée unique de mon enfant ! Je suis le Dieu qui
n'a pas voulu qu'il existât dans tout l'univers deux
feuilles semblables. Mais je t'aime jusqu'à exiger
que tu coopères à ta création. Je te fournis les

éléments : l'or le plus pur, la plus triste boue. Découvre ton secret ; utilise le pire et le meilleur de toi-même pour l'achèvement de cette âme que tu remettras entre mes mains, à l'heure de l'*in manus tuas, Domine...* »

Ainsi sur la route qu'a séchée le vent, Maryan se parle à lui-même et déjà, à son insu, falsifie la parole de Dieu. Il pense à l'organisation de sa vie. Comme le voilà riche tout d'un coup ! Rien en lui qui ne puisse servir : créer son âme, c'est l'œuvre essentielle ; mais il est une autre œuvre qui préfigure celle-là, ou plutôt qui la révèle aux yeux des autres hommes : « Écrire ! écrire ! et que mes livres soient le commentaire de l'âme qu'à chaque instant je me crée ; qu'ils en épousent les méandres ; qu'en eux je reconnaisse mon visage le plus secret. S'il existe dans mon œuvre des traces de sanie et de pus, je chercherai au fond de moi l'ulcère. »

Maryan s'aperçut à peine qu'il était rentré, qu'il s'était mis à table ; Mone déjeunait dans sa chambre. Il mangeait et ne savait pas ce qu'il mangeait. Il vit dans la glace le domestique se toucher le front ; une servante se réfugia à l'office pour rire. Maryan but d'un trait un verre de vin pur (tant il avait peur de n'être plus exalté !). La cafetière qu'il allait vider l'aiderait encore à planer une heure ou deux ; et de nouveau il faudrait se débattre au milieu des êtres d'en bas qui ricanent. Il rêve de cet abri : les ordres religieux ; le havre inespéré où laisser croître, loin des hommes, ses ailes d'ange, ses ailes de géant. Maryan marchait à travers le salon. « Mais pour créer son âme selon le modèle de François ou de Dominique, ou d'Ignace, il faut tenir compte de tout le donné. Comment étoufferai-je mon cœur, moi qui ne me souviens pas, depuis mon enfance, de m'être un seul jour interrompu d'aimer ? L'étoufferais-je d'ailleurs, ce cœur, reste mon œuvre sur laquelle mes supérieurs se croiraient des droits. Aucun artiste, au fond, aucun homme vivant de la vie de l'esprit n'accepte d'être jugé. Ils feignent de s'y soumettre, mais savent dans leur cœur que ce sont eux les uniques juges — et que le monde leur appartient... »

Ainsi délire cet orgueilleux : comme il est loin du Maître humble de cœur ! Mais il ne le sait pas.

Un vent faible gonfle à peine les rideaux de cretonne. La prairie verte et jaune est immobile. Les lents nuages glissent vers le Nord. Dans ce fragment de monde que découpe la fenêtre ouverte, il n'est rien où Maryan ne découvre une image de son Dieu, une ombre, un vestige.

Maryan reporta les yeux sur sa table désordonnée. Parmi les livres et les revues, une page était à demi couverte de notes, de ratures. Immobiliser devant cette table son corps, assujettir à une méthode la pensée la plus impatiente, le cœur le plus insatiable, — et surtout ne point permettre que ce cœur malade corrompe cet esprit, un tel effort paraît à Maryan surhumain. Se résignerait-il jamais aux longues étapes d'une recherche sans espérance ? De nouveau, il regarda le ciel comme un homme qui guette un présage. Mais il n'y découvrit pas le terrible « chemin court » qui, bien des années plus tard, lui serait proposé pour atteindre Dieu. Il ne vit pas en esprit cette tranchée dans la terre où, quelques secondes avant l'assaut, quelques minutes avant d'être abattu, il répéterait à mi-voix la plus belle parole que la guerre ait inspirée à un homme près de mourir : « Enfin ! je vais savoir. »

Avant-propos

Plusieurs qui n'ont pas oublié Thérèse Desquey-roux m'interrogent souvent sur sa vie, depuis la seconde où je l'abandonne au seuil d'un restaurant de la rue Royale, jusqu'à sa dernière maladie, dans La Fin de la Nuit. Un chapitre de Ce qui était perdu nous permet de l'entrevoir, une nuit, sur un banc des Champs-Élysées ; puis nous perdons sa trace.

Les deux premières nouvelles de ce recueil : Thérèse chez le docteur et Thérèse à l'hôtel, écrites en 1933, représentent deux tentatives de « plongée » dans les périodes obscures de ce destin.

Insomnie date de 1927. Là encore, il s'agit moins d'une nouvelle — c'est-à-dire d'un récit composé — que d'une « plongée » dans l'épaisseur d'une vie. C'est le chapitre d'un roman que je n'ai pas écrit, dont Coups de couteau eût peut-être été le prologue. Beaucoup de destinées qui sont dramatiques ne fournissent pas l'étoffe d'un roman, parce qu'elles manquent de péripéties. L'histoire du héros d'Insom-nie ne peut avoir qu'un chapitre. Sa douleur se perd dans le sable.

F. M.

THÉRÈSE
CHEZ LE DOCTEUR

— Mais non, Mademoiselle, je vous répète que le docteur ne travaille pas ce soir. Vous pouvez vous retirer.

A peine le docteur Élisée Schwartz eut-il surpris, à travers la cloison, ces paroles de Catherine, qu'il ouvrit la porte du cabinet et, sans regarder sa femme, s'adressa à la secrétaire :

— Je vous appellerai dans un instant. Ici, vous n'avez d'ordres à recevoir que de moi.

Catherine Schwartz soutint le regard insolent de Mlle Parpin, sourit, prit un livre, et s'approcha de la porte-fenêtre. Les volets n'avaient pas été fermés ; l'eau ruisselait sur la terrasse de ce sixième étage ; le lustre allumé dans le cabinet du docteur éclairait le pavage luisant de pluie. Les yeux de Catherine suivirent, un instant, le double cordon lumineux des réverbères dans une rue lointaine de Grenelle, entre d'obscures usines endormies. Élisée avait obéi, songeait-elle, comme il faisait depuis vingt années, au plaisir de la contredire et de l'humilier. Mais déjà, il devait recevoir son châtiment : qu'avait-il à dicter, aujourd'hui, à Mlle Parpin ? Peut-être trois ou quatre pages... L'étude sur la *Sexualité de Blaise Pascal* n'avançait guère ; depuis que le grand psychiatre se piquait d'écrire en marge de l'histoire littéraire, il y trouvait chaque jour plus de difficulté.

La secrétaire était demeurée debout, face à la porte du maître, et elle avait des yeux de chienne fidèle. Catherine prit un livre, essaya de lire. La lampe était posée sur une table moderne très basse, et bien que le divan fût lui-même peu élevé, elle dut s'asseoir sur le tapis pour y voir clair. La leçon de piano de la petite fille, à l'étage supérieur, n'empêchait pas Mme Schwartz d'entendre la T.S.F. chez le voisin. La *Mort d'Yseult* fut brusquement coupée et remplacée par une chanson française de café-concert. Le jeune ménage d'en dessous se disputait : une porte claqua.

Peut-être alors, Catherine se souvint-elle du silence, dans l'hôtel entre cour et jardin qu'avaient habité ses parents, rue de Babylone. En épousant, à la veille de la guerre, ce jeune docteur alsacien, mâtiné de juif, Catherine de Borresche n'avait pas cédé seulement au prestige d'une intelligence qui lui apparaissait alors sans défaut, ni même au charme physique de cet homme, à cette puissance de domination dont aujourd'hui encore il accablait d'innombrables malades. Non, entre 1910 et 1913, la fille du baron de Borresche avait réagi avec violence contre sa famille ; elle avait exécré ce père affreux à voir, d'une laideur presque criminelle, ce fantoche dont le docteur Élisée Schwartz venait, deux fois par semaine, remonter la mécanique. Elle ne méprisait pas moins la vie étroite de sa mère. C'était une bravade, en ce temps-là, pour une jeune fille de son monde, que de pousser ses études jusqu'à la licence ès lettres et que de fréquenter la Sorbonne. Schwartz, à peine entrevu en de rapides déjeuners, et dont la voix retentissait, à l'extrême bout de la table, dans les dîners d'apparat, avait représenté aux yeux de la jeune fille, le progrès, la sainte science. Elle avait dressé ce mariage entre elle et le monde qu'elle rejetait. Au vrai, le savant déjà illustre, secrétaire de la Ligue des Droits de l'Homme, n'eût pas demandé mieux que d'entrer par la grande porte dans l'hôtel de Borresche, de faire sa paix avec la famille ; il fut au moment d'y réussir. Déjà, il avait monté ses batteries et n'y renonça que lorsqu'il se sentit deviné par sa fiancée. Ainsi, dès le premier jour, commença de se jouer entre eux cette comédie : à chaque instant, Schwartz, surveillé par Catherine, ravalait son snobisme et rentrait dans son rôle de savant à l'avant-garde des idées.

Il se vengeait, surtout devant témoins, multipliait les procédés brutaux, les paroles grossières. Après vingt années, il avait pris le pli de l'humilier en toute occasion : c'était au point qu'il lui arrivait, comme ce soir, de le faire par entraînement et sans l'avoir voulu.

A cinquante ans, il gardait, sous d'épais cheveux gris, une noble tête. Sa figure bronzée, tannée, mais où le sang affleurait, était de celles qui résistent le mieux au temps. Il avait encore la peau vivante de la jeunesse, une bouche saine. Voilà sans doute ce qui retenait Catherine, pensait le monde (car les gens qu'elle avait fuis l'avaient rejointe, attirés justement par ses idées de gauche). On disait aussi « qu'elle aimait à être battue ». Mais ceux qui avaient connu sa mère, la baronne de Borresche, trouvaient qu'à son insu, cette affranchie lui ressemblait beaucoup, jusque dans son attitude distraite ou trop aimable, et même, en dépit du changement des modes, dans sa mise stricte.

Rien qui fût moins dans son « style » que d'être

assise sur le tapis, comme elle était, ce soir-là. Ses cheveux courts grisonnaient un peu ; ils ne recouvraient pas la nuque décharnée. Elle avait une figure petite, un mufle froncé de carlin, un regard clair et direct. La bouche trop mince était déformée par un tic qui faisait croire, à tort, qu'elle riait des gens et se moquait d'eux.

*
* *

Mlle Parpin, debout, feuilletait les illustrés accumulés sur une console, et où les clients du docteur avaient laissé des empreintes digitales. La secrétaire, courtaude, trop grasse, aurait eu besoin d'un corset. Comme la sonnerie du téléphone l'appelait dans l'antichambre, elle ferma ostensiblement la porte pour signifier à Mme Schwartz qu'elle n'avait pas le droit d'écouter : geste vain, car tout s'entendait d'une pièce à l'autre, même lorsque la leçon de piano et la T.S.F. faisaient rage chez les voisins. D'ailleurs, la secrétaire, au téléphone, élevait de plus en plus la voix :

— Je vais vous donner un rendez-vous, Madame ?... Voir le docteur à cette heure-ci ? Vous n'y songez pas !... Mais non, Madame, inutile d'insister... Mais, Madame, il ne peut vous l'avoir promis... Non, Madame, vous confondez : le docteur Élisée Schwartz ne fréquente pas les boîtes de nuit... Je ne puis vous en empêcher, mais je vous avertis que vous vous dérangez pour rien...

Mlle Parpin pénétra dans le cabinet du docteur par une porte qui ouvrait sur le vestibule. Catherine n'eut pas à tendre l'oreille pour entendre ses exclamations :

— Une folle, Monsieur, qui prétend que vous lui avez promis de la recevoir à n'importe quelle heure du jour ou de la nuit... Elle dit qu'elle vous a rencontré, il y a deux ans, dans un bar... le *Gerlis* ? le *Gernis* ? je n'ai pas bien entendu.

— Et vous l'avez éconduite ? gronda le docteur. Qui vous a permis de prendre cette initiative ? De quoi vous mêlez-vous ?

Elle balbutia qu'il était plus de dix heures et qu'elle ne pouvait supposer qu'il consentirait... Il lui cria de lui f... la paix avec ses suppositions. Il savait fort bien qui était cette cliente : un sujet remarquable... Encore une occasion perdue, à cause d'une idiote...

— Mais, Monsieur, elle a dit qu'elle serait là dans une demi-heure...

— Ah ! elle vient quand même ?

Il parut ému, déconcerté, hésita quelques secondes :

— Eh bien, vous l'introduirez immédiatement et vous irez prendre votre métro.

A ce moment, Catherine pénétra dans le cabinet. Le docteur, qui s'était rassis devant sa table, se leva à demi et lui demanda ce qu'elle désirait, d'un ton rogue.

— Tu ne recevras pas cette femme, Élis ?

Elle se tenait debout devant lui, le corps serré dans une robe de jersey marron, anguleuse, étroite de hanches, la nuque raide. La lumière du lustre faisait battre ses paupières sans cils, et sa main droite, longue et belle, était immobile contre sa gorge, les doigts accrochés au collier de corail.

— Alors, tu écoutes aux portes, maintenant ?

Elle sourit comme elle eût fait pour une parole plaisante :

— Tant que tu n'auras pas fait matelasser la porte, tant que tu n'auras pas recouvert de liège les murs, le plafond et le plancher... Pour un appartement où tant de pauvres êtres se confessent, c'est même assez comique...

— C'est bon... maintenant, laisse-moi travailler.

Un autobus descendait en trombe la rue de Boulainvilliers. Catherine, la main sur le loquet, se retourna :

— Et, naturellement, Mlle Parpin dira à cette femme que tu ne reçois pas ?

Il s'avança vers elle, les mains au fond des poches, balançant de lourdes épaules, l'air costaud, et lui demanda « si ça la prenait souvent ». Il alluma une cigarette caporal et ajouta :

— Sais-tu seulement de quoi il s'agit ?

Catherine, appuyée au radiateur, répondit qu'elle le savait fort bien :

— Je me rappelle cette soirée : en février ou mars, il y a trois ans, à l'époque où tu sortais beaucoup ; tu m'as tout raconté, en rentrant ; cette obsédée qui t'avait fait promettre...

Il arrondissait le dos, regardait le tapis, il semblait avoir honte. Catherine s'assit sur le divan de cuir qu'Élisée appelait son confessionnal et où tant de milliers de malheureux avaient balbutié, ânonné des mensonges, à la recherche du secret de leur vie qu'ils feignaient de ne pas connaître... On entendait, à la T.S.F., une voix grave, d'une stupidité impressionnante, qui recommandait les meubles signés Lévikhan. Les autos cornaient toujours à ce croisement de rues. Le silence ne commençait à régner qu'à partir de minuit, à moins qu'il n'y eût une réception dans l'immeuble. Le docteur leva les yeux et vit Mlle Parpin, debout près de la petite table où était disposée la machine à écrire. Il lui ordonna d'aller dans le vestibule et d'attendre l'arrivée de cette dame. Lorsqu'elle fut sortie, Catherine déclara d'un ton net :

— Tu ne la recevras pas.

— Nous verrons bien.

— Tu ne la recevras pas, il y a du danger...

— Dis plutôt que tu es jalouse...

Elle éclata d'un rire franc, d'une fraîcheur imprévue.

— Ah ! non... mon pauvre gros... jalouse, moi ?

Elle parut un instant songer, avec nostalgie, au temps où elle était jalouse. Puis, soudain :

— Tu n'as pas plus envie que moi de deux balles de revolver... Ça n'arrive jamais ? Rappelle-toi Pozzi... Tu dis que je ne la connais pas, que je ne l'ai jamais vue ? Je me rappelle mot pour mot ce que tu m'as raconté, ce soir-là... J'ai une mémoire terrible, dès qu'il s'agit de toi. Rien n'est perdu, pas une syllabe de ce que tu articules en ma présence. Il me semble que, sans l'avoir jamais vue, je la reconnaîtrais, cette femme de type tartare, la seule en costume tailleur au milieu de tes belles amies au dos nu, la seule portant un chapeau enfoncé jusqu'aux yeux... Et, à la fin de la soirée, elle l'a enlevé, a secoué ses cheveux courts, découvrant un front magnifique... Rappelle-toi, tu étais un peu ivre, quand tu m'as rapporté cela... tu rabâchais : « Un front magnifique, construit comme une tour... » Tu ne te rappelles pas que tu répétais cela ? Et tu ajoutais : « Il faut se méfier des femmes qui ont le type kalmouk... » Même à présent, tu t'en méfies, avoue-le... Tu brûles d'éconduire cette fille. Si tu la reçois, ce sera par fausse honte...

Élisée ne répondit par aucune injure. Il n'y avait là personne devant qui faire le brave. Il dit seulement, à mi-voix : « J'ai promis. »

Ils se turent, attentifs à ce grondement, dans les entrailles de l'immeuble, et qui signifiait la mise en marche de l'ascenseur. Le docteur murmura : « Ce

ne peut pas être elle... Elle a dit : une demi-heure... »
Chacun des époux s'isolait dans ses pensées, se
souvenant, peut-être, de cette époque où le docteur
suivait à la trace la fameuse Zizi Bilaudel. Alors, il
faillit déceler au monde sa vraie nature. « On se
moque de toi », lui répétait chaque jour Catherine.
Il s'était caché d'elle pour prendre des leçons
particulières de tango ; et dans les boîtes où Zizi et
sa bande le traînaient chaque nuit, les jeunes gens
pouffaient lorsque le colosse dansait, avec un air
appliqué et tendu. Il ruisselait, il devait aller aux
lavabos pour changer de col. A cette époque, le
peintre Bilaudel n'avait pas encore épousé Zizi,
mais elle portait déjà son nom et, sans être ce qui
s'appelle reçue, elle s'était fait quelques relations
parmi les gens du monde les plus faciles. Cette
blonde épaisse, qu'on disait être « très Renoir »,
méritait sa réputation d'intelligence : de ces créatures qu'une vie effrénée n'avilit pas, du moins
apparemment, qui ramènent un butin immense
d'explorations où de moins habiles se fussent perdues. Mais les êtres qu'elle traînait après soi, dans
quelle boue les avait-elle ramassés ? Catherine
racontait partout, à cette époque, que le docteur y
découvrait d'admirables sujets d'études et que le
savant trouvait son compte à cette passade... Cette
bourde fut généralement crue. Il était vrai, pourtant,
qu'une femme de cette bande l'intéressait, qu'elle
seule avait le pouvoir de détourner son attention
lorsque Zizi Bilaudel dansait avec des garçons plus
jeunes, cette même femme qui vient de téléphoner,
qui sera là d'une minute à l'autre.

Catherine s'approcha de son mari, qui feignait de
lire, et lui mit la main sur l'épaule :

— Écoute : rappelle-toi ce qu'elle t'avait avoué,
le soir où tu lui as fait cette promesse de la recevoir

144

à n'importe quelle heure : elle était harcelée par le désir du meurtre, depuis qu'elle avait tenté d'empoisonner son mari... Elle avait toutes les peines du monde à ne pas céder... Et c'est cette femme avec qui tu vas t'enfermer, à onze heures du soir !

— Si c'était vrai, elle ne me l'aurait pas dit. Elle me faisait marcher... Et puis, quand il y aurait du danger ? Pour qui me prends-tu ?

Elle fixa sur lui ses prunelles candides et, sans élever la voix :

— Tu as peur, Élis : regarde tes mains.

Il les enfonça dans ses poches, souleva les épaules, inclina brièvement la tête à droite :

— Oust ! et un peu vite ! et que je ne te revoie pas jusqu'à demain matin.

Catherine, très calme, ouvrit la porte du vestibule. Alors, il cria à la secrétaire, assise sur la banquette, d'introduire cette dame dès son arrivée, et de déguerpir.

La porte refermée, Catherine et Mlle Parpin restèrent, une seconde, dans le noir. Puis, la secrétaire alluma le lustre.

— Madame !

Catherine, déjà engagée dans l'escalier qui conduisait aux chambres se retourna et vit les joues mouillées de la grosse fille.

— Madame, ne vous éloignez pas.

Il n'y avait plus trace d'insolence dans sa voix. Elle suppliait :

— Il faut que cette femme se sente surveillée ; il faut qu'elle sache que quelqu'un se tient dans la pièce voisine... Et si je restais aussi ? ajouta-t-elle soudain. Nous ne serions pas trop de deux... Mais non, il l'a défendu...

— Oh ! ce serait facile de le lui dissimuler...

La secrétaire secoua la tête et murmura : « Plus

145

souvent ! » Elle flairait une ruse pour lui faire perdre sa place. Mme Schwartz la dénoncerait : jamais le docteur ne pardonnerait la moindre infraction. Les deux femmes se turent : cette fois, c'était bien l'ascenseur. Catherine dit à mi-voix :

— Introduisez-la, et puis allez dormir en paix. Il n'arrivera rien au docteur, cette nuit, je vous le certifie. Voilà vingt ans que je veille sur lui ; je ne vous ai pas attendue, Mademoiselle.

Et elle disparut dans l'escalier obscur, mais, le palier atteint, descendit quelques marches et se pencha sur la rampe.

Les portes de l'ascenseur claquèrent ; un bref coup de sonnette... Impossible de voir le visage de celle devant qui Mlle Parpin s'effaçait. Une voix douce demandait si c'était bien ici qu'habitait le docteur Schwartz. Mais l'inconnue défendit vivement son sac que la secrétaire voulait lui enlever, en même temps que le parapluie ruisselant.

Mlle Parpin rejoignit alors Catherine, assise sur une marche et lui souffla, d'un air terrifié, que l'étrangère sentait le whisky... Elles tendirent l'oreille : la voix du docteur résonnait seule. Catherine demanda comment cette femme était habillée : un manteau sombre, un col de chinchilla qui paraissait usé.

— Ce qui m'inquiète, Madame, c'est son sac ; elle le serrait sous son bras... Il faudrait tâcher de le lui prendre... Elle cache peut-être un revolver...

Le rire de l'inconnue éclata ; puis, le docteur reprit la parole. Catherine exhorta Mlle Parpin « à ne pas se monter la tête, à être raisonnable ». La secrétaire lui saisit la main avec effusion et ne put retenir un « merci » dont elle sentit aussitôt le ridicule. Du haut des marches, Catherine, sans indulgence, observait la pauvre fille devant la glace,

146

arrangeant son chapeau, poudrant ses joues échauffées. Elle partit enfin.

*
* *

Alors, de nouveau, Catherine s'accroupit sur une marche. Les voix de son mari et de la femme alternaient, paisibles, sans éclats. Que c'était étrange d'entendre Élis, sans être vue de lui ! Elle aurait juré que c'était un autre homme qui parlait, un homme plutôt bénin, qu'elle ne connaissait pas. Elle comprenait pourquoi les clients de son mari lui répétaient souvent : « Il est charmant, vous savez, très gentil, très doux... »

La femme, elle, avait le verbe trop haut, au gré de Catherine. Peut-être était-elle excitée par l'alcool ? Ce rire un peu fou réveillait l'angoisse de l'épouse aux aguets. Elle descendit à pas légers, se glissa dans le salon et, sans allumer de lampe, s'assit.

En face d'elle, à travers le store de tulle, la terrasse, pleine de pluie, brillait comme un lac. Au-delà, les lumières de Grenelle piquaient la nuit pluvieuse. Le docteur, sur le ton d'une conversation dans le monde, parlait de Zizi Bilaudel, s'informait du sort de sa bande.

— Elle est bien dispersée, aujourd'hui, docteur... Les « bandes joyeuses », je commence à en avoir l'expérience, elles se désagrègent vite... J'en ai usé déjà pas mal, quand j'y songe... De celle qui vous a entraîné dans son remous, pendant quelques semaines, docteur, il ne reste guère que les Bilaudel et moi. Palaisy, vous vous souvenez, ce garçon splendide, qui buvait terriblement (et tout cet alcool tournait en joie...), il a la moelle atteinte et il finit de vivre en Languedoc, chez ses parents. Et le petit surréaliste si féroce, celui qui essayait de nous faire peur comme les enfants lorsqu'ils se couvrent la tête d'une serviette et se déguisent en brigands (il fronçait les sourcils, portait les cheveux hérissés, se composait une mine patibulaire, et, quoi qu'il fît, ressemblait à un ange)... Nous lui demandions si son suicide, c'était pour demain matin... Moi, je ne riais pas, parce que l'héroïne, ce n'est pas comme les autres drogues, ça finit toujours mal... Oui, le mois dernier, au téléphone... Azévédo, pour faire une farce, l'a appelé en pleine nuit, sans se nommer, et lui a dit que Dora le trompait avec Raymond... C'était une blague... On le disait, mais on savait que ce n'était pas vrai... Azévédo a entendu une voix flegmatique : « Vous êtes sûr, vraiment ? » et puis, un coup sec...

L'inconnue parlait vite, un peu haletante ; Catherine ne comprit pas ce que répondait le docteur, trop attentive à cet accent affectueux et grave qu'il n'avait jamais eu avec elle. Dans le salon obscur, face à ces vitres ruisselantes, devant ces toits submergés, ces réverbères à l'infini, elle se répétait que cet homme, pour elle seule, faisait étalage de sa férocité... oui, pour elle seule.

— Oh ! insistait la femme, ne vous gênez pas, vous pouvez me parler d'Azévédo... Ce que je m'en moque, maintenant ! Non, ce n'est pas vrai... Aucun amour n'est jamais tout à fait fini. Je devrais le haïr... mais il garde à mes yeux le prestige du mal qu'il m'a fait. Il a beau n'être plus pour moi que ce qu'il est : un type capable de gagner de l'argent à la Bourse, dans les périodes où ça monte tout le temps, il n'en reste pas moins celui qui a tiré de ma chair toute cette douleur. Les êtres les plus médiocres demeurent grands par ce qu'ils détruisent. C'est à cause de ce néant que j'ai descendu ces degrés, que je me suis enfoncée un peu plus, que j'ai atteint la dernière porte... »

Le docteur demanda d'un ton mièvre :

— Chère petite Madame, vous a-t-il au moins guérie de l'amour ?

Catherine tressaillit : cet éclat de rire de l'inconnue (comme une étoffe déchirée) devait, croyait-elle, traverser les sept plafonds de l'immeuble, retentir jusque dans la cave.

— Serais-je ici, à onze heures du soir ?... Dès mon entrée, vous n'avez donc pas vu que je brûlais ? A quoi vous sert toute votre science ?

Il repartit, avec bonne humeur, qu'il ne se piquait pas de sorcellerie.

— Je ne tiens compte que de ce que vous me racontez... Je suis un homme qui écoute, et rien de plus... Je vous aide à débrouiller votre écheveau.

— On ne livre que ce qu'on veut...

— Quelle erreur, Madame ! Dans ce cabinet, les gens découvrent surtout ce qu'ils souhaiteraient de dissimuler. Ou du moins, je ne retiens que ce qu'ils voudraient cacher et qui leur échappe, et je le leur montre ; et je leur désigne par son nom cette petite bête qui grouille ; et ils n'en ont plus peur...

— Vous avez tort de vous fier à nos paroles... Quelle puissance de mensonge l'amour développe en nous !... Tenez, quand j'ai rompu avec Azévédo, il m'a rendu mes lettres. Tout un soir, je suis restée devant cette liasse : qu'elle me paraissait légère ! J'avais cru qu'il aurait fallu une valise pour contenir cette correspondance, le tout tenait dans une grande enveloppe. Je la posai devant moi. A la pensée de ce que cela renfermait de souffrance — vous allez vous moquer de moi ! — j'éprouvais un sentiment de respect et de terreur (j'en étais sûre ! ça vous fait rire...). C'était au point que je n'osais en relire aucune. Tout de même, je me suis décidée à rouvrir la plus terrible : je me rappelais ce jour d'agonie où je l'avais écrite, au Cap Ferret, en août ; un simple hasard m'a détournée du suicide ce jour-là... Donc, après trois ans, et lorsque j'étais enfin guérie, cette lettre tremblait de nouveau au bout de mes doigts... Eh bien, le croiriez-vous ? Elle m'apparut si anodine que je crus m'être trompée de feuillet... Mais non, je ne pouvais douter que ce fussent bien là les lignes écrites au bord de la mort ; elles ne trahissaient rien qu'une pauvre désinvolture, le souci de dissimuler mon horrible douleur, comme j'eusse fait d'une plaie de ma chair, par pudeur, pour ne pas dégoûter ni apitoyer le bien-aimé... C'est comique, vous ne trouvez pas, docteur, ces roueries qui ne réussissent jamais ? J'avais cru, pauvre idiote, que cette indifférence affectée rendrait Azévédo jaloux... Toutes les autres lettres étaient fabriquées, comme celle-là... Rien de moins naturel, de moins spontané que les agissements de l'amour... Mais je ne vous apprends rien, c'est votre métier ; vous le savez mieux que personne ; quand j'aime, je ne cesse jamais de supputer, de combiner, de prévoir, avec une maladresse si constante qu'elle devrait finir par attendrir celui qui en est l'objet, au lieu de l'irriter, comme elle fait toujours... »

*
* *

Catherine Schwartz, dans le noir, ne perdait pas une syllabe de ces paroles, étrangement coupées, non point selon le rythme de la phrase, mais comme si la voix eût fait défaut brusquement. Pourquoi s'adressait-elle à Élis ? se demandait Catherine. Pourquoi à lui, précisément, ces confidences ? Elle avait envie d'ouvrir la porte du cabinet, de crier à l'inconnue : « Il n'a rien à vous donner, il ne peut rien pour vous que de vous enfoncer davantage dans cette boue. J'ignore à qui il faudrait vous adresser, mais pas à lui, pas à lui ! »

— Je gagerais, chère petite Madame, que vous ne parleriez pas si bien de l'amour si vous ne vous étiez laissée prendre encore... Ce n'est pas vrai ?

Il s'exprimait doucement, paternel, tranquille, gentil. Mais ce fut d'un ton vulgaire, presque grossier, que sa visiteuse l'interrompit :

— Bien sûr ! ça sauterait aux yeux de n'importe qui... ne vous mettez pas en frais pour me faire parler. Croyez-vous que je sois venue pour autre chose que pour parler ? Si vous quittiez la pièce, je m'adresserais à cette table, à ce mur. »

Catherine prit alors nettement conscience de la faute grave qu'elle était en train de commettre : une femme de médecin qui écoute aux portes, qui surprend les secrets confiés à son mari... Ses joues devinrent brûlantes. Elle se leva, passa par le vestibule, gravit le petit escalier jusqu'à sa chambre, qu'un lustre illuminait tout entière. Elle s'approcha de la glace, regarda longuement cette figure ingrate avec laquelle il lui fallait traverser sa vie. La lumière, les objets familiers la rassuraient. Qu'avait-elle craint ? Quel péril ? D'ailleurs, cette femme n'était pas la première venue...

A ce moment, un éclat de voix la fit tressaillir. La porte de la chambre n'était qu'entrebâillée ; elle la poussa, descendit quelques marches — pas assez pour comprendre ce que criait la visiteuse (car elle criait). Il suffirait de descendre encore un peu, et Catherine ne perdrait plus une parole. Secret professionnel... Mais la vie d'Élis était peut-être en jeu... Catherine cède encore à la tentation, s'assied sur le divan de l'entrée. Une seconde, le bruit de l'ascenseur l'empêche de rien entendre. Puis de nouveau :

— ... Vous saisissez, docteur ? J'avais été séparée de Phili pendant tout l'été. Je n'ai jamais eu besoin de personne, pas même d'Azévédo, comme j'ai besoin de Phili : hors de sa présence, j'étouffe. Il m'avait donné divers prétextes d'affaires, d'invitations, pour m'écarter. Au vrai, il cherchait à se marier richement. Mais par le temps qui court... Et puis il est déjà divorcé, oui, à vingt-quatre ans... Moi, j'errais, pendant ce temps-là. Je ne puis pas vous dire ce qu'a été ma vie : j'attendais ses lettres. Dans chaque ville, je ne m'intéressais qu'au guichet de la poste restante. Pour moi, les voyages, c'est toujours la poste restante.

Catherine savait bien qu'elle n'écoutait plus par simple devoir : il ne s'agissait plus, pour elle, de secourir son mari en cas d'attaque. Non : elle cédait à une curiosité irrépressible — elle qui avait poussé la discrétion jusqu'au scrupule, jusqu'à la manie ! Mais cette voix inconnue la fascinait, et en même temps, elle ne pouvait supporter la pensée de la déception qui attendait cette malheureuse. Élis n'était même pas capable de la comprendre ; pas même d'avoir pitié d'elle. Comme ses autres victimes, il la pousserait à s'assouvir. La délivrance de l'esprit par l'assouvissement de la chair : c'était à cela que se ramenait sa méthode. La même clef immonde lui servait pour interpréter l'héroïsme, le crime, la sainteté, le renoncement... Ces idées traversaient confusément l'esprit de Catherine sans qu'elle perdît un mot de ce qui se disait dans le cabinet.

— ... Vous imaginez ma surprise quand je m'aperçus que les lettres de Phili devenaient plus longues, qu'il semblait les écrire avec attention, avec le désir de me consoler, de me rendre heureuse ? A mesure que l'été s'écoulait, elles se multipliaient, et bientôt devinrent quotidiennes.

« C'était pendant la semaine que je passe, chaque année, auprès de ma fille. Elle a maintenant onze ans. Son institutrice l'amène dans un endroit que je désigne d'avance, mais qui doit être au moins à cinq cents kilomètres de Bordeaux : c'est une exigence de mon mari. Jours affreux : j'ignore si la petite connaît l'accusation qui pèse sur moi, en tout cas, je lui fais peur. L'institutrice s'arrange toujours pour que ce ne soit pas moi qui leur verse à boire... Vous comprenez : je suis capable de tout. Comme l'a dit mon mari, à l'époque du drame, le soir même du non-lieu (je crois encore entendre son accent traînant de Landais : "Vous n'espériez tout de même pas qu'on allait vous laisser la petite ? Il faut la mettre à l'abri de vos drogues, elle aussi. Moi empoisonné, c'était elle qui, à vingt et un ans, aurait hérité des terres... Après le mari, l'enfant ! Ça ne vous aurait pas fait peur de la supprimer !"). Tout de même, on me la confie une semaine par an ; je la traîne au restaurant, au cirque... Mais il ne s'agit pas de cela... Je vous disais que les lettres de Phili me rendaient heureuse, je ne souffrais plus. Il lui tardait de me revoir ; il montrait plus d'impatience que moi-même ; j'étais heureuse, paisible... Cela devait paraître sur ma figure ; Marie avait moins peur de moi ; un soir, à Versailles, sur un banc du Petit-Trianon, je lui ai caressé les cheveux... Pauvre idiote ! Je croyais, j'espérais... J'en étais venue à remercier Dieu, à bénir la vie... »

De nouveau, Catherine se lève, remonte vers sa chambre, les joues en feu. Elle se sent criminelle derrière cette porte : elle commet le plus affreux des vols. Que va faire Élis de ce pauvre être qui se vide ainsi, à ses pieds ? A peine Catherine est-elle assise, qu'elle se relève, retrouve sur les marches son poste d'écoute. L'inconnue parle toujours :

— Il m'attendait à la sortie de la gare, à sept heures du matin. Songez donc, c'était trop beau. Je vis sa pauvre mine, usée, traquée. Il y a un moment très court quand on revoit celui qu'on aime, après une longue absence, où il nous apparaît tel qu'il est, sans rien de ce que notre folie lui prête... N'est-ce pas, docteur ? Une seconde où nous pouvons surprendre les trucs de la passion... Mais nous aimons trop notre souffrance pour en profiter. Il m'entraîna au café d'Orsay. Nous parlâmes à bâtons rompus, nous reprenions contact... Il m'interrogea sur la résine, sur les pins, sur les poteaux de mines (c'était l'époque où je touche les revenus de mes propriétés). Je lui dis en riant qu'il faudrait, cette année, se serrer la ceinture. Finie, la résine ! Les Américains ont inventé un succédané de la térébenthine. On ne vend plus de bois : les scieries d'Argelouse débitent des sapins de Pologne et laissent pourrir sur pied les pins qui poussent à leur porte. La ruine, enfin, comme pour tout le monde... A mesure que je parlais, Phili pâlissait. Il insista pour savoir si l'on ne pouvait pas vendre les pins, même à vil prix, et comme je protestais que ce serait un désastre, je sentis son attention se retirer de moi. En même temps que les pins d'Argelouse, je tombais à rien. Vous comprenez, docteur ? Je ne pleurais pas, je riais ; je riais de moi, vous pensez bien ! Lui, il était à mille lieues... Il ne me voyait plus. Il faut avoir subi ce supplice pour comprendre ce que cela signifie. Ne plus même exister aux yeux de celui qui, pour nous, existe seul... On ferait n'importe quoi pour attirer son attention, n'importe quelle imprudence... Vous ne devinerez jamais celle que j'ai commise, docteur...

— Ce n'est pas difficile à deviner... Vous lui avez raconté une histoire de votre passé... cette accusation...

— Comment le savez-vous ? Oui, c'est cela que j'ai fait... Je n'ignorais pas que quelqu'un tenait Phili, le faisait chanter, pouvait le faire arrêter (mais il ne faut pas que je vous parle de cela). Alors je lui ai raconté ma propre histoire...

— Et ça l'intéressait ?

— Ah ! vous pouvez me croire ! Il m'écoutait avec une attention terrible... J'avais vaguement peur ; je sentais que j'avais eu tort de me livrer. Je l'intéressais, maintenant, mais je l'intéressais trop, vous comprenez ! J'ai d'abord redouté un chantage. Non, ce n'était pas ça... D'ailleurs, comment me faire chanter ? Je ne risque plus rien : mon affaire est classée. Non, une autre idée lui est venue ; il a pensé que je pourrais lui servir...

— Lui servir ? mais pour quoi ?

— Vous êtes stupide, docteur ? Pour accomplir l'acte devant lequel lui-même recule... Une fois le coup fait, il jure qu'il m'épousera, que nous serons liés à jamais puisque je le tiendrai et qu'il me tiendra. Il a un plan, il assure que je ne cours aucun risque. Ce que j'ai fait une fois, je pourrais le refaire. Il faut vous dire que son ennemi, celui qui peut, d'un mot, le perdre, habite la campagne : un petit propriétaire, presque un paysan, dans le Sud-Ouest. Il a des vignes. Je me suis déjà introduite chez lui, pour acheter son vin. Vous savez que les femmes font maintenant tous les métiers et, entre autres, du courtage ; je lui ai fait réussir quelques affaires. Nous allons au chai, nous goûtons le vin... Vous comprenez ? Nous buvons dans la même tasse. Il est connu pour être un ivrogne... Il a déjà eu de petites attaques... Ça n'étonnerait pas... Et vous savez que, à la campagne, le médecin des morts, ça n'existe pas : aucun contrôle...

Elle s'interrompit. Le docteur ne répondait rien. Le cœur de Catherine, dans l'escalier obscur, battait follement. Et de nouveau elle entendit la voix de l'inconnue. Mais c'était une autre voix :

— Sauvez-moi, docteur... Il ne me laisse aucun répit... Je finirai par céder. C'est un être effroyable, et pourtant il a l'aspect d'un enfant... Quelle est cette puissance qui envahit parfois ces êtres au visage d'ange ? Ils allaient encore en classe, il y a si peu d'années... Croyez-vous au démon, docteur ? Croyez-vous que le mal soit quelqu'un ?

Catherine ne put supporter le rire de son mari. Elle ferma derrière elle la porte de sa chambre, tomba à genoux contre le lit, se boucha les oreilles, demeura longtemps ainsi, prostrée, abîmée, ne pensant à rien... Et soudain, son nom retentit, crié par une voix pleine de terreur. Elle se précipita, descendit en hâte, pénétra dans le cabinet. Elle ne vit pas d'abord son mari et le crut tué. Mais elle l'entendit :

— Ce n'est pas à toi qu'elle en veut... Tout de même, prends garde... Désarme-la vite !... Elle est armée.

Elle comprit que le docteur était accroupi derrière le bureau. L'inconnue, appuyée contre le mur, avait entr'ouvert son sac et y tenait sa main droite cachée. Elle regardait devant elle, fixement. Catherine, sans hâte, lui saisit le poignet : la femme ne résista pas, laissa tomber son sac, serrant le poing sur quelque chose qui n'était pas un revolver. Le docteur s'était relevé, blême, et oubliait de cacher ses mains tremblantes, appuyées sur le bureau. Catherine, tenant toujours le poignet de la femme, s'efforçait de lui desserrer les doigts. Enfin, un paquet, enveloppé de papier blanc, tomba sur le tapis.

*
* *

L'inconnue regardait Catherine. Elle enleva sa toque et découvrit un front trop vaste, des cheveux coupés, pauvres et rares, déjà grisonnants : ni poudre ni rouge n'apparaissait sur les joues creuses, sur ces lèvres ravalées, sur ces pommettes. La peau jaune tournait au marron sous les yeux.

Elle ne fit aucun geste pour empêcher Catherine de ramasser le paquet et de déchiffrer ce qui était inscrit sur l'enveloppe : une simple étiquette de pharmacien. La femme ouvrit la porte, tenant toujours son chapeau. Dans le vestibule, elle dit qu'elle avait un parapluie. Catherine lui demanda doucement :

— Voulez-vous que je téléphone pour faire venir une voiture ? Il pleut beaucoup.

Elle secoua sa petite tête. Catherine la précéda dans l'escalier, alluma la minuterie.

— Vous ne mettez pas votre chapeau ?

Et comme elle n'obtenait aucune réponse, Catherine prit la toque et en coiffa elle-même l'inconnue, lui boutonna son manteau, releva le col de chinchilla. Il aurait fallu lui sourire, mettre une main sur son épaule... Catherine la vit disparaître dans l'escalier ; elle hésita une seconde, puis rentra dans l'appartement.

Le docteur était debout, au milieu de la pièce, les mains dans les poches. Il ne regardait pas Catherine :

— Tu avais raison : une folle de la pire espèce ; désormais, je serai prudent. Elle a feint d'avoir un revolver... N'importe qui s'y serait trompé. Tu ne me demandes pas comment c'est arrivé ? Voilà : après m'avoir servi sa petite histoire, elle m'a sommé de la guérir... Sa fureur a éclaté lorsque j'ai voulu lui montrer que c'était déjà beaucoup de lui avoir permis de dévider son écheveau, qu'elle y voyait plus clair maintenant, qu'elle pourrait mener le jeu, obtenir de son type ce qu'elle en attendait, sans rien faire de ce qu'il exigeait d'elle... Tu ne l'as pas entendue crier ? Elle m'a traité de voleur : « Vous faites semblant de vouloir guérir l'âme et vous ne croyez pas à l'âme... Psychiatre, ça signifie médecin de l'âme, et vous dites que l'âme n'existe pas... » Enfin, tu connais l'antienne... Une tendance au plus bas mysticisme, en plus de ce qu'elle a déjà... Pourquoi ris-tu, Catherine ? Qu'est-ce que ç'a de drôle ?

Il observait sa femme avec étonnement. Il ne lui avait jamais vu cette figure rayonnante de bonheur. Les deux bras pendants, ses mains un peu écartées de la robe, elle dit enfin :

— Il m'a fallu vingt années... Mais enfin, c'est fini ! Je suis délivrée, Élis, je ne t'aime plus.

THÉRÈSE À L'HÔTEL

31 août 1933.

S'il existait au monde une créature à qui je pusse
me confier, saurais-je lui expliquer clairement ce
qui s'est passé entre ce garçon et moi, dans cet
hôtel où j'étais ce matin et où hier, à cette heure-
ci, nous nous parlions de tout près, dans le jardin,
sans nous voir ? La paresse que j'ai d'écrire est
moins forte que ce désir d'être attentive à ma propre
histoire. Aucune autre femme ne supporterait d'être
aussi monstrueusement seule ; ce qui me sauve,
c'est que je ne m'ennuie pas avec moi-même.

Mes actes m'emprisonnent. Mes actes ? Non, mon
« acte ». Même la nuit, il n'est pas sûr que je perde
conscience de l'avoir accompli, à un moment de
ma vie : chaque jour, je versais quelques gouttes
dans une tasse, dans un verre ; et la mort germait à
l'intérieur de ce gros corps ; je voyais la mort
s'épanouir dans mon mari, comme une plante
arrosée par mes soins.

Voilà dix années que ce cauchemar a été interrompu ; que Bernard, sauvé de moi, prospère, et sa
mort future est déjà en lui sans doute, stimulée par
l'excès de nourriture et d'alcool ; mais je ne suis
plus là pour presser le mouvement. Il n'y a plus
personne, auprès de lui, d'impatient ; personne qui

éprouve le besoin d'anéantir, à la surface du monde, cet îlot de satisfaction, de suffisance... Et c'est moi qui vivrai, désormais, dans cette prison de mon crime inutile. Rejetée au néant par ma prétendue victime, par ma famille. Moi, la créature la plus errante qui soit au monde et la plus abandonnée.

**

Je relis ce que je viens d'écrire : aucun doute que je ne trouve une satisfaction à cette image de moi-même. Au fond, ne suis-je pas la prisonnière d'un rôle ? d'un personnage ? N'existe-t-il une Thérèse, la seule vraie, dont me sépare ce crime autrefois commis ? Une certaine attitude, certains gestes, une façon de vivre me sont imposés par ce crime, qui, peut-être, ne m'appartiennent pas en propre ?

Où que je traîne ce corps exténué, ce cœur mourant de faim, mon acte m'entoure... Ô mur vivant ! Non, pas un mur, mais une haie vive, chaque année plus enchevêtrée.

... Je ne m'ennuie pas avec moi-même. C'est peut-être ce qu'il y a de plus inhumain en moi, cette curiosité. Une complaisante défaillance du souvenir permet à la plupart de vivre en paix. Tout s'efface, pour eux, de ce qu'ils ont tissé dans la trame de leur vie. Les femmes, surtout, sont une espèce sans mémoire ; c'est ce qui leur assure, à travers toutes les horreurs, ces yeux d'enfants : ils n'ont rien reflété de ce qu'elles ont commis. Sur ce point, je ne ressemble pas aux autres femmes. Par exemple, une autre femme dirait : « Je suis venue me terrer dans cet hôtel du Cap Ferrat, après le suicide de Phili, pour y souffrir en paix, pour y demeurer seule avec ma souffrance. » Et moi, j'avoue : « Ce garçon qui m'a tant fait souffrir (et je mesurais l'amour que j'avais pour lui à cette douleur qu'il avait le pouvoir d'entretenir en moi), son suicide m'a sauvée. Dès que je l'ai su mort, j'ai été soulagée et heureuse. Non seulement délivrée de la douleur qui me venait de mon amour non partagé, mais aussi d'une très médiocre angoisse. En apprenant qu'il allait être inculpé, à propos de cette histoire de chèque, j'avais prévu aussi que la justice enquêterait sur ses moyens d'existence et qu'elle aurait vite fait de me découvrir. Dans cette espèce de fait-divers, figure toujours la femme plus âgée, qui inspire aux journalistes les mêmes plaisanteries délicates. L'éternelle femme qui paye, l'ignoble et lamentable vieille, cette fois, ce serait moi, — moi, Thérèse, qui donnerais ma vie pour un quart d'heure de tendresse désintéressée, et qui n'ai jamais désiré au monde que cela ! »

Mon orgueil n'aurait pas supporté cette honte dont j'ai été délivrée par la mort de Phili. Avoue qu'il y avait autre chose : être interrogée par un juge d'instruction, fût-ce en qualité de témoin... Il aurait fouillé dans ma vie, il aurait flairé la prévenue de naguère... Et même si j'étais arrivée à brouiller ma piste, rien que cela : être assise, comme il y a dix ans, en face d'un homme dont chaque question dissimule un piège... Non, je n'aurais pas pu ; je n'aurais pas pu.

Seulement, Thérèse, que valait donc cet amour dont tu ne laissais pas d'être assez fière, puisque tu salues avec joie l'horrible mort de l'être qui te l'avait inspiré ? Hypocrite ! Ce que tu appelles ton amour est ce démon qui erre à travers les lieux arides jusqu'à ce qu'il ait découvert une créature à sa convenance, et il se jette sur elle. Et quand cette créature est détruite, le démon de ton amour erre de nouveau, dans un sentiment de libération, mais obéissant à sa loi qui est de partir à la recherche d'un nouvel être, et de s'abattre sur lui pour s'en nourrir...

Phili enterré (sa femme qu'il avait abandonnée, cette petite Bordelaise qui est venue chercher son corps, quel désespoir ! Pourquoi ne s'est-il pas adressé à elle qui lui aurait donné tout l'argent nécessaire ? « Plutôt crever ! », me répétait-il), Phili enterré, je vins dans cet hôtel, non comme une amante en deuil, mais comme une convalescente, avec cette angoisse double et délicieuse de sentir mon démon errant, désœuvré, inoccupé, mais en quête d'une autre créature.

*
* *

Ce qui m'étonne, au fond, étant ainsi faite, ce ne sont pas les actes que j'ai commis, mais ceux que je n'ai pas commis. Oui, rejetée, depuis mon crime, comme aucune autre créature n'a été rejetée, et mon cœur et mon corps étant ce qu'ils sont, comment n'ai-je pas roulé, comme on dit, roulé, roulé ?... J'entends bien : tu es intelligente, Thérèse. Tu peux bien te le dire à toi-même : extrêmement intelligente. Et ces ivrognesses, à qui tu as parlé, quelquefois, la nuit, sur les bancs des Champs-Élysées ou du Bois, ou à des terrasses de cafés, c'étaient des idiotes. Nous avons, plus que les hommes, besoin d'intelligence. Les femmes bêtes deviennent des bêtes dès qu'elles ne sont plus tenues en laisse par la famille, par les conventions. Oui, ton intelligence aurait suffi à te préserver de cette déchéance dont tu parles, mais non du vice... Oh ! je sais bien que ce que tu as accompli ferait se signer d'horreur les femmes de ta famille... Si je cédais à cette tentation bizarre que j'éprouve quelquefois, quand, recrue de fatigue, les pieds blessés à force d'avoir marché droit devant moi, je me laisse tomber sur une chaise, dans une église inconnue, si j'entrais dans une de ces boîtes où un homme est enfermé et offre son oreille à travers un grillage, si je cédais à ce besoin de renverser là le tombereau de mes actes les plus lourds, je ne pourrais en découvrir, tant ils sont nombreux, que la moindre part. Comment font-ils, ceux qui se confessent après beaucoup d'années, pour tout retrouver, pour ne rien omettre ? A leur place, j'aurais le sentiment qu'une seule faute oubliée rendrait vaine l'absolution, qu'il suffirait d'une vétille échappée à la masse pour qu'autour d'elle, cristallisât de nouveau toute mon infamie.

Il existe, tout de même, une limite que je n'ai pas franchie... Je serais ridicule de raconter cela : c'est mon cœur qui me perd et qui me sauve à la fois... Il me perd en m'engageant dans de tristes histoires ; mais il me sauve en ne permettant pas à mon corps d'y chercher seul sa provende... Allons, Thérèse, de quoi veux-tu donc te persuader ? N'es-tu, autant qu'une autre, capable de faire le mal ? Sans doute, mais quand, le lendemain, je fais mes comptes : plaisir, honte, dégoût, l'horreur l'emporte.

De sorte que tu pourrais compter ces chutes... Encore, presque toujours, a-t-il fallu l'appât de la tendresse ; ton cœur fut toujours intéressé dans tes pires aventures. Pour aller de l'avant, pour t'engager à fond, cet attrait était nécessaire, cet espoir qui, sans doute, se savait d'avance trompé. Ah ! ma monstrueuse indifférence au suicide de Phili s'explique, sans doute, par cette certitude où je suis, dès le début, dans une aventure de cette sorte, qu'il s'agit là d'une duperie et que cet homme n'est qu'un prétexte... C'est cela : des prétextes dont mon cœur s'est presque au hasard saisi. Presque au hasard : mon amour est une taupe, une bête sans yeux. Comme si l'on pouvait tomber, par hasard, sur un être tendre ! D'ailleurs, est-ce qu'il existe des créatures tendres ? Toutes et tous, nous sommes tendres quand c'est nous qui aimons ; jamais quand c'est nous qu'on aime.

Ce qui s'est passé entre ce garçon et moi... Mais il ne s'est rien passé ! Ce que j'ai éprouvé, ce que j'éprouve encore, voilà qui est nouveau... Le premier jour, j'étais entrée au restaurant de l'hôtel avec un sentiment de détente et de repos. Peut-être, toutes ces familles que les vacances de Pâques avaient rassemblées ici prenaient-elles en pitié la dame solitaire qui en était réduite à lire pendant son déjeuner. Ils ne pouvaient deviner que, dans mon désert, cette vie d'hôtel représentait un havre, que leurs présences dégageaient un peu de chaleur humaine, et que c'est déjà quelque chose que de connaître des gens de vue.

Ils me tenaient chaud, sans exciter mon envie ; à voir le père, la mère, les enfants serrés autour d'une table, je me remémorais cette époque de ma vie où Bernard, assis en face de moi, avait une façon de moudre la nourriture, d'essuyer ses lèvres, de boire, qui me faisaient horreur ; au point qu'à l'époque où il s'est plaint d'avoir le jour dans les yeux et où il a pris place à ma droite, ce me fut une délivrance... Qui sait ? S'il y était demeuré, si je ne l'avais plus jamais eu en face de moi, peut-être l'idée ne me serait-elle pas venue... Mais pourquoi revenir là-dessus, éternellement ?....

***

Cette famille, à la table la plus proche : la mère, la grand'mère, la petite sœur ; avec cet air buté et

166

honnête reproduit à trois exemplaires, parti de la grand'mère et arrivé intact dans la petite-fille, et lui... Quel âge ? Dix-huit ans ? Vingt ans ? Nulle beauté, en tout cas. Ce qui retenait mes yeux était une merveille, invisible aux autres, sans doute, puisque personne ne semblait la remarquer. Quelle merveille ? La jeunesse sans alliage, la jeunesse à l'état pur. Les feux d'une aurore brûlaient cette figure où rien n'affleurait de trouble. Je le contemplais avec désintéressement. Du moins, me croyais-je désintéressée... Comme si ma passion pour Phili n'avait pas été une cendre encore brûlante ! Chaque fois, je me laisse prendre à ces temps de repos ; je me persuade que mon cœur est mort, alors que simplement il reprend haleine. Dans les intervalles de mes passions, tant que quelqu'un n'est pas là pour me boucher les yeux, je me vois, dans mon miroir, plus vieille encore que je ne suis réellement, usée, hors d'usage. Et cette constatation me procure une sorte de repos. Elle me rassure : la lutte est finie ; l'amour, cette saleté, ne me concerne plus. Je me penche sur la vie des autre et sur mon propre passé comme d'un balcon inaccessible. Rien ne me rappelle qu'entre chacune de mes fureurs, j'ai éprouvé ce sentiment de sécurité définitive. Chaque amour que j'ai ressenti a toujours été, pour moi, le dernier. Quoi de plus logique ? Au début de tout amour, il y a un acte de volonté. Je connais la minute exacte où, de mon plein gré, je franchis le seuil fatal. Mais alors, comment pourrais-je imaginer, lorsque je porte encore des traces de brûlures, que je redeviendrai assez folle pour pénétrer, une fois encore et volontairement, dans la fournaise ? C'est incroyable... Et je ne le crois pas.

Ainsi regardais-je cet inconnu comme j'eusse fait d'une belle plante. Des examens avaient dû le fatiguer ; car il avalait des cachets et, après les repas, on l'obligeait à s'étendre. Il paraissait excédé de ces soins, rabrouait un peu sa mère et sa grand' mère, mais sur un ton de tendresse grondeuse. Il lisait beaucoup, surtout des revues qui n'étaient point de celles qu'on reconnaît d'abord à la teinte de leur couverture. Même en dînant, il ne se retenait pas d'en tirer quelqu'une de sa poche et de continuer sa lecture. Mais on avait tôt fait de le rappeler à l'ordre. Il se soumettait en soupirant et rejetait, d'un mouvement de tête, une mèche qui lui retombait sans cesse sur le front.

Ce manège me divertissait, et je le suivais avec l'habileté que j'ai acquise pour observer les gens à leur insu. J'avais moi-même un livre, *L'Amant de lady Chatterley*, que je faisais semblant de lire entre les plats, sans perdre de vue mon jeune voisin. Il ne m'avait, d'ailleurs, témoigné par aucun signe le moindre intérêt. Je l'avais seulement surpris, un matin, en train de feuilleter le roman de Lawrence que j'avais laissé traîner sur une table du hall. Comme je m'étais approchée, il l'avait reposé vivement, et le sang avait empourpré ses joues encore enfantines. Il s'était éloigné, la tête un peu détournée.

Ce fut le lendemain que je reçus le coup dont je devrais avoir l'habitude, qui, pourtant, ne laissa pas de me surprendre et qui, sans doute, la prochaine fois, me stupéfiera encore...

Pendant le déjeuner, j'observais le garçon qui mangeait distraitement, le regard dans le vide. Il n'est rien de si gracieux que cette perpétuelle absence de certains jeunes gens, leur air d'être ailleurs, toujours obsédé par on ne sait quelle chimère. Celui-ci paraissait tellement ravi hors de lui-même que je me sentis plus libre de l'épier, sans recourir à tant de manœuvres. Pourtant, la fixité de son regard m'étonnait. J'en suivis la direction : quelle stupeur de découvrir que, par un jeu de glaces (la salle du restaurant était pleine de miroirs) c'était moi qu'il regardait, avec une telle intensité dans l'expression que je demeurai bouleversée ! Je baissai les yeux assez tôt pour qu'il ne s'aperçût pas que j'avais éventé sa ruse. Il ne me perdait guère de vue, toujours de ce même air, à la fois contenu et passionné.

A quoi comparer ce que j'éprouvai ? Ces prairies brûlées qu'une seule pluie d'orage fait reverdir... Oui, c'est cela : un brusque printemps, un printemps fou. Tout ce que j'avais cru mort germait, s'épanouissait : l'expérience que j'avais de ma ruine physique devenait lettre morte. D'un seul coup, je perdais la mémoire en ce qui concernait mon corps. L'intérêt que j'inspirais à cet inconnu, alors que je n'eusse pas dû en croire mes yeux, me restituait ma jeunesse, ma grâce perdue. Si une timide protestation s'élevait en moi : « Tu sais bien que c'est impossible... », des souvenirs me revenaient de femmes beaucoup plus âgées que je ne l'étais moi-même, et qui avaient été adorées. Ce garçon, d'ailleurs, ne me voyait pas à contre-jour, car je recevais en pleine figure la cruelle lumière de midi. Non, non : telle que j'étais, il y avait en moi quelque chose qui le frappait, qui le subjuguait, ce je ne sais quoi dont j'avais observé, bien souvent, la puissance dans les premières années de ma vie à Paris.

Il avait donc suffi de ce regard, et j'étais prête encore à tout subir ! Aussi peu que ce fût, je commencerais par être heureuse. Je savais qu'il faudrait payer, très vite. Mais j'écartais cette échéance de ma pensée. Quoi qu'il pût advenir, il y aurait d'abord ce bonheur, ce premier sourire de connivence, les premières paroles échangées — cette invasion de moi-même qui était déjà commencée, qui me suffoquait déjà.

A le voir, qui aurait cru que cet enfant distrait pût prêter tant d'attention à une femme ? Au vrai, la passion consumait son visage. Ses yeux brûlaient sombrement sous des arcades trop profondes. Sa bouche, grande et belle, découvrait en riant des dents éclatantes. La mèche qui, sans cesse, lui barrait le front, corrigeait l'ascétisme de ce jeune visage.

**
*

En quittant la salle à manger, il me frôla, mais sans un regard. Comme il était grand ! De ces adolescents dont le corps se développe plus vite que les traits : hommes à figure d'enfant.

Je me retins de sortir sur ses pas. Quand j'entrai dans le hall, il discutait avec sa grand'mère qui voulait qu'il demeurât étendu (le reste de la famille partait en auto). Hé quoi ? Il ne préférait pas demeurer seul à l'hôtel, quêter une occasion de m'adresser la parole ? Déjà ce commencement d'inquiétude ! Déjà ce doute, cette angoisse. Ah ! cela n'avait pas traîné ! Mais quelle raison aurait-il eu de croire que je resterais dans le hall ? D'autant que ce n'était pas dans mes habitudes. Était-ce, d'ailleurs, une coïncidence que sa brusque résignation aux ordres de sa famille, dès que je me fus installée à une table voisine de la sienne ? De nouveau, la joie m'étouffait ; je buvais à lentes gorgées mon café brûlant.

Il avait de gros souliers qui ignoraient l'embauchoir, des chaussettes mal tirées, un pantalon gris bon marché qui glissait un peu sur ses hanches. Je feignis de lire. Aucune glace ne l'aidait plus, mais je me gardais bien de déranger son manège. Nul besoin, d'ailleurs, de lever les yeux : je sentais sur mon visage son regard. Mais le temps passait et rien ne survenait. Je savais qu'il demeurerait étendu une heure à peine. Chaque minute perdue devenait une douleur. Quel prétexte pour l'aborder ? Je m'affolais de ne rien trouver. Faisait-il beau dehors ? Pleuvait-il ? Je ne me souviens de rien. Le monde s'était anéanti autour de mon angoisse. L'heure s'écoula sans que nous eussions échangé une parole. Il se leva enfin, développa son long corps engourdi, — si long que la tête me parut trop petite — tête de couleuvre (le crâne un peu plat). Il s'éloignait. Je jetai ma cigarette :

— Pardon, Monsieur...

Il se retourna et me sourit. Son regard était très doux et pourtant d'une intensité presque intolérable. Je lui dis que je l'avais vu feuilleter le roman de Lawrence et que s'il désirait le lire, je serais heureuse de le lui prêter. Le sourire s'effaça ; les traits durcirent ; il me considérait avec un air de colère peut-être ; en tout cas, de tristesse. Moi, je respirais ; j'avais parlé ; il était là. Le plus difficile était accompli : nous avions pris contact. J'entrais dans sa vie, il entrait dans la mienne par ces premières paroles ; il y avait pénétré par ce seul regard. Il ne savait pas encore qu'il ne trouverait plus aisément d'issue pour s'en évader. Je n'entendis pas ses premiers mots, toute à cette joie, à ce repos, après la première victoire. Quoi qu'il pût arriver, rien n'empêcherait que notre drame ne se dévidât. Il ne finissait pas de me dévorer des yeux avec une impudence ingénue. Nous étions seuls dans le hall. Je me rappelle maintenant qu'il faisait beau, et tout le monde était dehors. Enfin, je pus entendre ce qu'il disait, d'une voix rude :

— Ça ne serait pas la peine qu'il y eût des critiques si ce n'était pour vous dispenser de lire de tels ouvrages. Je n'ai pas besoin d'y mettre le nez pour savoir ce qu'il contient...

Et comme je répondais au hasard, pour ne pas rester muette, que c'était un livre admirable :

— Ah ! soupira-t-il... Je me doutais bien...

Sa voix me parut moins irritée qu'anxieuse, et il me regardait fixement. Déjà, je lui déplaisais, je le froissais. Déjà, je n'étais plus conforme à ce qu'il attendait de moi. Que j'eusse voulu le rassurer ! J'ignorais encore quelle femme il voulait que je fusse ; mais je le saurais bientôt et ce me serait un jeu de le satisfaire. Le plus difficile me semblait être ces tâtonnements des premières paroles échangées.

J'essayai de fixer mon attention sur ce qu'il disait, en parlant trop vite, presque en bégayant :

— Un livre admirable ! Ainsi vous n'êtes même pas choquée !

Je crus comprendre qu'il cédait à une obscure jalousie ; qu'il craignait que je ne fusse une lady Chatterley. Cependant, d'instinct, je lui servais un de mes « effets » qui avait toujours réussi, dans les bandes où j'avais vécu naguère, quand on parlait d'ouvrages libertins : je lui assurai que lorsque je voulais imaginer des choses agréables, je n'avais besoin du secours d'aucun livre...

— C'est ignoble, ce que vous dites là...

Et comme je demeurais un peu éberluée, il ajouta :

— Mais je ne vous crois pas !

Il rejeta sa mèche d'un mouvement de tête, et il fixait sur moi ses yeux pleins de feu et (je le crus !) de tendresse. Que je l'aimais, à cette minute-là !

Sans la présence des garçons qui préparaient les tables pour le thé, je crois que je me serais trahie. Tel était mon trouble que le sens de ses paroles m'échappait. Mais non, ce n'était pas seulement parce que je me sentais troublée ; ses propos, en effet, me paraissaient étranges. Je devins plus attentive. Sans doute l'intérêt que je lui inspirais éclatait sur son visage, et le ton même de sa voix le décelait. Mais ce qu'il disait ne correspondait pas à cette voix chaleureuse. Comme je protestais que je ne voulais point qu'il se fît sur moi la moindre illusion :

— Non, je ne vous imagine pas meilleure que vous n'êtes, dit-il. (Et il m'enveloppait de son chaud regard.) J'ai plus d'expérience que vous ne pourriez le supposer. Les visages ne me trompent guère. Je ne crois pas avoir jamais fait d'erreur, surtout quand il s'agit de personnes d'un certain âge, ajouta-t-il du ton le plus naturel.

Je n'imaginais point qu'il pût me ranger dans cette catégorie. Pourtant mon cœur se serra.

— Les jeunes gens de mon âge sont plus trompeurs. Il faut se méfier de ceux et de celles qui ont des figures d'ange. Mais cette espèce-là, j'ai appris à la dépister. Les mauvais anges sont beaux, n'est-ce pas ? Le tout est de le savoir. Quant aux personnes qui ont beaucoup vécu...

Cette fois, je ne pus douter qu'il s'agissait de moi.

— Les personnes âgées... répétai-je avec un sourire contraint.

J'appelais bassement une protestation, dût-elle être de pure forme. Mais rien ne vint. Il dit seulement, en détournant un peu les yeux :

— Oui, toute une vie s'y déchiffre.

Je demeurai d'abord muette, déconcertée par ce grand enfant aux yeux d'inquisiteur. Puis j'obéis au réflexe que j'eus toujours d'intriguer l'être qui me plaît, de le retenir par une promesse de mystère, de drame :

— La mienne vous étonnerait ; le récit vous en ferait horreur ; et quoi que vous puissiez imaginer...

Il m'interrompit presque brutalement et m'assura qu'il ne souhaitait aucune confidence. Il insistait d'une façon bizarre sur ce qu'il n'avait pas reçu mission pour les entendre, « ni pour les pardonner », ajouta-t-il à voix plus basse.

**

A cet instant, je commençai d'entrevoir que j'avais été dupe de ce visage dur et ardent, mais je ne me l'avouai pas à moi-même. Je me rassurai sur cet intérêt passionné qu'il manifestait. Il avait beau me classer parmi les personnes d'âge, — tout âgée que je lui apparusse il ne détournait pas de moi un des regards les plus dévorants que j'aie jamais subis.

— Quoi que vous ayez fait, reprit-il à mi-voix, je n'éprouve pas devant vous cette impression qui ne m'a jamais trompé. Comment la définir ? Oui, parfois, dans le monde, auprès de certains hommes, de certaines femmes, j'ai la sensation physique de leur mort spirituelle... Comprenez-vous ce que cela signifie ? Comme si cette âme déjà était cadavre. Eh bien, vous... vous me pardonnerez ma franchise (et après tout, il se peut bien que je me trompe !) je gagerais que votre âme est très malade, affreusement malade, mais encore vivante... Oui ! débordante de vie. Depuis que je vous observe, je suis hanté par ce contraste entre ce qu'a pu être votre existence jusqu'à ce jour, et les possibilités de... Je ne vous choque pas, Madame ? Vous vous moquez de moi ?

Il s'interrompit, déconcerté par mon rire. Je riais,

non de cet idiot, mais de moi-même. Je riais de ma grotesque méprise ; et en même temps de joie, à cause de cette honte à laquelle je venais d'échapper. Car il s'en était fallu de rien, tout à l'heure, que je ne fasse un geste, que je ne prenne sa main... Je respirai. Et tout à coup, je me vis moi-même telle que je paraissais aux yeux de cet Éliacin : une vieille. Il n'aurait même pu imaginer mon trouble. Je le regardais, cet idiot qui avait vingt ans, et qui s'inquiétait de l'âme des femmes. Je le haïssais... Il répétait :

— Vous vous moquez de moi ?

Cependant, je m'étais levée. Je sentais le besoin de sortir, de marcher pour user ma rage. Et en même temps, je craignais de ne pouvoir retenir le mot qui l'eût écarté de moi à tout jamais. Je ne voulais pas le perdre, ce garçon ; il me restait de lui prouver que j'étais vivante, en effet, mais non pas de la manière qu'il croyait. Et je m'écoutais lui dire, d'une voix suave :

— Vous êtes bien profond pour votre âge, Monsieur. Un peu téméraire, peut-être, mais profond !

Il protesta qu'il ne cherchait pas à être profond. Pour téméraire, il croyait l'être, en effet. Il voulait aller vite, brûler les étapes, là où la lenteur et la circonspection doivent être la règle. Aucun échec ne le corrigeait. Il s'excusa encore, cherchant à déchiffrer mes pensées. Mais je ne livrai rien.

— En tout cas, Monsieur, ce zèle vous honore.

Et je lui tendis la main. Je retins, quelques secondes, la sienne qui était un peu humide, et dont le contact, maintenant, me répugnait. Puis, j'ajoutai, avec ce sourire qui me faisait aimer, autrefois :

— Ce soir, voulez-vous me parler encore ?

Sans attendre sa réponse, je lui jetai, avant de m'éloigner :

— Vous pouvez beaucoup pour moi.

J'appuyai sur *beaucoup*, en fermant à demi les yeux. Je sais les mots qu'il faut dire aux belles âmes. Ce n'était pas la première que je rencontrais, mais bien la première dont j'eusse été la dupe ! Il me tardait d'être seule ; je n'aurais pu me contenir longtemps. Je m'éloignai rapidement vers Ville-franche.

Rappelle-toi la terrasse de ce cabaret, sur le petit port. De lamentables filles regardaient les marins anglais qui s'entassaient dans un canot, pour rentrer à bord. Des retardataires se hâtaient. Ils avaient joué au football et leurs « flottants » découvraient des genoux énormes, pleins de sang et de terre. Et les filles cherchaient à reconnaître, dans la masse, leur compagnon d'une heure : « Celui-là, c'est le mien... Le mien est sur le devant : ce grand roux... » Je pensais au jeune homme qui avait souci des âmes, qui croyait que ces femelles étaient immortelles ! Ah ! que j'eusse aimé le livrer à ces bêtes, le petit chrétien !... ou plutôt j'aurais voulu choisir moi-même pour lui, celle-là qui était borgne. Elle criait, parce que « le sien » n'avait pas eu le temps de boire son bock. Soudain elle prit le verre à deux mains, excitée par le rire des autres, et, s'approchant du canot, le tendit à l'homme qui le vida d'un trait, sous le regard inexpressif d'un officier presque enfant.

* *

C'était une soirée lourde, sans lune. La mer invisible sentait moins fort que les giroflées. Quand j'avais quitté le hall, il m'avait suivie des yeux. Je ne m'éloignai pas, de peur qu'il ne pût me retrouver. J'errai, incertaine, dans la lumière qui venait de l'hôtel. Je ne pouvais me défendre de penser à ce qu'eût été cette attente, s'il m'avait aimée. Un instant, l'idée me vint que peut-être je pourrais éveiller en lui un trouble... Que nous avons de peine à ne plus croire à notre puissance ! Est-ce qu'il existe des hommes chastes ? Est-ce que ça existe ? Non, bien sûr ! ou du moins leur apparente vertu cache toujours quelque secret... Je me répétais cela, sachant que ce n'était pas vrai. Je me rappelai des adolescents que j'avais connus, si naturellement graves qu'ils avaient dû faire un effort pour s'abaisser, pour me rejoindre...

Il descendit les marches du perron. Son smoking était mal coupé, sa cravate nouée à la diable. J'agitai ma cigarette pour signaler ma présence. Il s'avança. Je ne lui adressai aucune parole ; je jouissais de son embarras. Il s'excusa encore de son indiscrétion. Cependant, il cherchait à deviner l'expression de mes traits : mon silence l'impressionnait. Peut-être eut-il, confusément, la sensation de ma haine, à cette minute. S'il avait voulu me faire du mal, je l'aurais moins exécré.

Mais l'idée qu'il pût me considérer comme une femme, que je fusse assez folle pour attendre de lui un sentiment passionné, cette idée ne l'avait même pas effleuré ; et c'était cela, l'horrible : cette manière de ne pas poser la question. Il allait de soi, à ses yeux, que j'étais une créature finie. Non, ce n'est pas l'intention qui crée le crime, mais l'absence d'intention. S'il avait cherché à me blesser et à me nuire, j'aurais pu me rassurer, en invoquant sa malveillance. Et une femme peut tout espérer de l'homme qui la hait. Mais une certaine gentillesse est sans appel. Il témoignait de ma mort en tant que femme : témoignage involontaire, donc irréfutable.

Nous nous étions assis sur un banc. Soudain, je lui demandai son âge.

— Vingt ans... bientôt vingt et un...

Le misérable ! Si j'arrivais pourtant à éveiller en lui une inquiétude, le sentiment d'une fuite continue, d'une irréparable perte, ne serais-je pas assez vengée ? Aucun garçon n'a traversé ma vie sans que je lui aie communiqué cette angoisse de se sentir un peu moins jeune à chaque minute. Ils ont pu me torturer, m'abandonner ; moi, je leur ai laissé entre les bras une agonisante : leur jeunesse, qu'ils regardaient mourir ; et plus rien d'autre n'a existé pour eux, désormais, que cette agonie.

**

C'était mon tour de parler ; je tins les propos les plus ordinaires sur la mer invisible, sur l'odeur des giroflées, sur cet orchestre étouffé par l'éloignement : le cadre du bonheur, disais-je, et seul faisait défaut le bonheur...

— Vous ne me voyez pas... Imaginez que je sois une jeune femme...

Je m'interrompis une seconde, sans que l'idée lui vînt de protester qu'il n'avait pas besoin de la nuit pour croire à ma jeunesse. Il me répondit, placidement, qu'à ses yeux, le décor de l'amour tel que l'ont toujours représenté le théâtre et le cinéma ne correspondait à rien de réel. Il ajouta des paroles un peu apprêtées sur l'amour « qui fleurit où il veut, plus souvent dans une salle d'hôpital ou dans une léproserie que sur une terrasse, au bord de la mer ». Je lui dis que nous ne parlions pas du même amour... Mais il croyait au contraire que l'amour est unique : un seul amour existe, que nous appliquons à des objets différents. Tous ces propos ne signifiaient rien ; ils n'exprimaient rien du débat profond qui existait entre nous. Enfin, j'osai lui poser une question précise : le bonheur humain qu'il refusait aujourd'hui, ne le regretterait-il pas plus tard ? Ne serait-il pas obsédé par le souvenir des occasions perdues ?

Il ne répondit pas, soit que je l'eusse touché au point sensible, soit qu'il voulût me laisser le temps de développer ma pensée. Son silence m'enhardit. Je lui assurai que, la jeunesse finie, il n'est pas une ombre de bonheur négligé et dissipé au temps de l'abondance, qui ne nous poursuive jusqu'à la mort. Tel regard, dont une seule fois nous avons refusé d'entendre l'appel, nous ne l'avons plus jamais rencontré ; et quelquefois, nous usons notre vie à sa recherche. Cette folie de la jeunesse qui croit qu'elle peut remettre le bonheur à plus tard, et que le bonheur se retrouve toujours !

Il ne paraissait pas ému ; c'était moi qui pleurais ; lui, m'observait en silence.

— Nous avons quitté l'allée, balbutiai-je, je n'y vois plus rien.

Comme je trébuchais sur la pelouse, il saisit ma main et me ramena dans l'allée ; et aussitôt, il retira sa main que je serrais un peu. Je ne me contins plus :

— Mais parlez donc ! Répondez quelque chose...

— Que vous répondre ? Vous ne savez pas encore ce que signifient *amour, bonheur...*

— Et vous ? Croyez-vous me l'apprendre ? Pauvre petit !

— L'âge n'y fait rien, reprit-il paisiblement. Quelques-uns l'ont toujours su ; d'autres l'apprennent à vingt ans ; d'autres, après des années de souffrance ; la plupart le découvrent dans la lumière de la mort.

179

Je murmurai :

— Des phrases que tout cela !

— Ainsi vous... continua-t-il, comme s'il ne m'avait pas entendue, vous avez tout à apprendre. Tout est devant vous, et vous ne le savez pas.

Je lui affirmai, sur un ton de défi, que j'avais eu ma part : le moins que j'eusse pu lui en dire, l'aurait obligé à se boucher les oreilles :

— Pauvre enfant ! C'est ce que dans vos milieux (je les connais, j'y suis née !) on appelle un passé chargé... Si vous vous doutiez...

Il protesta qu'aussi chargé qu'ait été ce passé, il suffirait de quelques larmes, d'une main levée au-dessus de mon front pour que je redevienne une enfant.

— Tel est cet amour...

Ces derniers mots furent à peine perceptibles. Je répétai :

— Des phrases !

Mais comme nous avancions dans la lumière que projetait la façade de l'hôtel, je vis son visage empourpré. Oui, une passion terriblement exigeante régnait sur cet adolescent ; ou plutôt (comment exprimer ce que je ressentis ?) une présence l'occupait tout entier, débordait de lui, me brûlait... Je lui soufflai, presque malgré moi :

— Je vous exècre...

Il répondit à voix basse, mais distincte :

— Moi, je vous aime.

Cette parole, que j'avais absurdement désirée et attendue, venait enfin à moi ; c'était cette parole, et ce n'était pas elle, hélas ! Je ne me mépris pas une seconde :

— Pauvre fou ! répliquai-je.

Autant qu'il m'en souvienne, il me parla de cette

folie qu'il me souhaitait, qu'il demanderait pour moi, chaque jour.

— Je n'ai pas besoin de votre pitié ! Aussi cher que je l'aie payée, j'ai eu ma part, j'ai eu ma part...

Je répétai une troisième fois : « J'ai eu ma part », mais dans un sanglot. Non, je ne l'ai pas eue ; tout était fini pour moi, avant d'avoir commencé. Plus rien à attendre de l'amour, aussi inconnu maintenant qu'aux jours de ma jeunesse. Je ne sais rien de lui, hors le désir que j'en ai : ce désir qui, tout à la fois, me possède et m'aveugle ; qui me jette sur tous les chemins morts, me cogne à des murs, me fait trébucher dans des fondrières, me couche, exténuée, dans des fossés pleins de boue.

Il n'était plus là. Je m'enfonçai de nouveau dans le jardin, pleurant comme je pleure quelquefois : des larmes pressées, qui ruissellent sans effort, sans même que mon visage se contracte. J'attendis long-temps la fin de cet orage, jusqu'à ce que le vent de la nuit eût rafraîchi ma figure brûlée.

INSOMNIE

I

Tout ce champagne que la jeune femme buvait
distraitement depuis le potage l'empêcha de retirer
son genou qu'un autre genou, sous la table, caressait. Elle n'avait jamais su prendre au sérieux les
garçons de l'espèce du grand diable assis à sa droite.
D'une taille démesurée, il plongeait le nez dans son
assiette, avec un air de gloutonnerie. Ses histoires
le faisaient rire de si bon cœur que la jeune femme
riait aussi par contagion ; un vieillard aux écoutes
leur dit :

— Vous ne vous ennuyez pas dans votre petit
coin ?

Elle rougit, retira son genou, embrassa du regard
le cercle vivant autour de cette table et soudain, à
l'autre extrémité, aperçut la figure décomposée de
Louis, et lui sourit des yeux ; mais il détourna les
siens. Elle se reprocha d'avoir oublié un seul instant
qu'il était là : ne connaissait-elle pas ce cœur malade ?
Elle-même l'avait averti, la veille, comme il se
réjouissait de la rejoindre à ce dîner :

— C'est vous qui avez exigé que j'accepte. Vous

savez bien qu'au milieu des gens je vous fais presque toujours de la peine, sans le vouloir.

Mais il avait protesté qu'il aimait, dans une fête, à sentir entre eux leur secret ; il se souvenait, disait-il, de ces soirées mornes, lorsque à la porte du salon, elle apparaissait : il devait fermer les yeux pour supporter, sans faiblir, le choc de ce bonheur. La jeune femme n'avait pas voulu le détromper ; mais elle savait que bien plus souvent, dans le monde, il avait souffert de la sentir à la fois si proche de lui et inaccessible ; il ne se consolait pas qu'elle parût ne lui prêter guère plus d'attention qu'aux autres hommes ; il n'était pas très sûr que ce fût exprès et pour détourner les soupçons ; et, le lendemain, elle avait dû vaincre son humeur irritée.

Mais jamais elle ne l'avait vu tel que ce soir ; et son premier sentiment fut la crainte : impossible qu'un tel air de douleur demeurât inaperçu. Le malheureux allait la livrer et se livrer lui-même à ces dîneurs impitoyables. Mais non : ils ne semblaient pas remarquer ce désespoir qui aurait dû leur crever les yeux. Ils ne voyaient pas cette blessure ; elle seule savait ce qu'à cette minute Louis perdait de sang. Leurs regards se croisèrent ; elle voulut mettre dans le sien cette tendre autorité à laquelle il avait coutume de se soumettre ; mais il affectait de ne pas la voir. Il souffrait. N'allait-on pas remarquer son silence ?

Dieu merci, tous ces gens parlaient à la fois, déchiraient des absents qui peut-être, à cette heure même, leur rendaient la pareille, assis autour d'une autre table, dans Paris. Étranges insectes, dont l'instinct est de se dépecer les uns les autres. Ils se connaissaient bien, ces invités éternels, parqués chaque soir dans les mêmes maisons. Ils se connaissent : chacun hait dans l'autre son propre vice. Sous leur harnachement uniforme, ils éprouvent l'horreur de leurs âmes pareilles. L'impuissant flaire et dénonce les impuissants. Le sodomite subodore le sodomite. Les femmes abandonnées et trahies vont droit à la plaie secrète de chaque ménage et la découvrent.

Et pourtant les autres, au fond les amusent mais ne les intéressent pas. Ils les salissent à la légère. Ils piquent les infamies au hasard, insoucieux de savoir s'ils ont touché juste. Ils ne voyaient pas, à ce bout de table, où la présence d'un ministre et d'un ambassadeur l'avait relégué, cet homme dont la figure appelait la mort. Autour de lui, les autres faces étaient, comme la sienne, ravagées, marquées de griffes ; mais si les traces de la bête étaient visibles, on n'y découvrait pas la bête elle-même : maladie, chagrin, alcool, drogue, ou vice. Le sourire du monde régnait seul sur ces figures désertes.

Quand la jeune femme avait bu du champagne, la vie lui apparaissait simple ; c'était Louis qui compliquait la vie. Mais il suffirait, songeait-elle, de quelques paroles, tout à l'heure au salon, d'un regard, d'une moue des lèvres, pour lui rendre la paix. Au fond, était-il si malheureux ? Que de fois lui avait-il répété, lorsqu'elle s'excusait de lui donner du tourment :

— Mieux vaut brûler que ne rien sentir.

Louis n'avait pas le choix entre ces excès du cœur et la plus morne prostration. Comme ces noyés qu'il faut abrutir de coups pour les sauver, il aurait coulé à pic si elle ne lui avait fait, à chaque instant, quelque blessure.

Une musique commençait de jouer dans le salon voisin. Le grand diable assis à la droite de la jeune femme dit que ses jambes malgré lui remuaient :

— Vous verrez, tout à l'heure, comme je danse...

— Tous les garçons de votre âge dansent bien.

Il protesta qu'il dansait mieux qu'eux tous, parce qu'il avait cette singularité, parmi tous ses compagnons, de se donner beaucoup de mal pour les femmes. A mi-voix, il ajouta quelques réflexions un peu vives dont elle voulut bien rire. Elle s'abandonnait à l'excitation venue de l'alcool, de la musique et de ce garçon caressant. Un mot, il suffirait d'un mot pour apaiser tout à l'heure l'ami malheureux. Elle avait bien le droit de céder au plaisir léger de cette minute. Louis ne se doutait pas qu'une jeune femme perd le souffle dans ces incessantes analyses et dans ces ratiocinations. Il l'accusait d'avoir le goût de se disperser ; eh bien, oui : c'était reposant, songeait-elle, de se sentir une jeune force à l'abandon, de n'être plus qu'une eau vive que des mains avides captent une seconde, approchent furtivement des lèvres.

II

Elle passa de la salle à manger au salon sans rien voir que dans la petite glace à main sa bouche, ses joues, pour les repeindre. Elle n'entendit pas la maîtresse de maison dire à Louis :

— Vous avez déjà pris deux cachets avant de venir ? Vous ne voulez pas vous étendre ? Alors, je n'ose insister...

Mais quelques secondes suffirent à la jeune femme pour sentir que Louis avait fui. Elle alla jusqu'à l'antichambre, rentra dans le salon : impossible de le poursuivre ; les gens clabauderaient. Et puis c'était attacher trop d'importance à un mouvement d'humeur. Demain matin, une parole gentille au téléphone arrangerait tout. Ainsi voulait-elle se rassurer, mais sans y parvenir. Elle savait que tout ce soir sa pensée ne s'attacherait à personne qu'à Louis : Louis sur un trottoir, longeant les murs de son grand pas fatigué ; Louis dans l'ascenseur ; Louis abattu sur son lit, étouffant un cri.

Ils étaient liés indissolublement par cette souffrance ; elle n'avait pas de plus constant souci que de la prévenir, de l'apaiser. Telle était la forme de sa tendresse : lutter contre cette puissance en elle pour torturer. Puissance qui n'était pas un pouvoir, qui ne dépendait pas de sa volonté. Que de fois, aux heures de disputes, avait-elle souhaité vainement de le blesser ! alors il souriait, levait les épaules. Elle ne l'atteignait jamais qu'à son insu ; c'était comme une vertu qui sortait d'elle et qui frappait cet homme. Impossible de prévoir le coup. Les plus innocents propos revêtaient soudain pour Louis une signification qui le déchirait et qui d'ailleurs n'était pas imaginaire : elle-même s'étonnait du venin qu'il savait extraire d'une parole amicale ; elle protestait d'abord, puis devait se rendre à l'évidence. Aucune loi fixe, d'ailleurs, ne lui eût permis d'établir une thérapeutique ; ces rapports de souffrance entre eux ne pouvaient se ramener à aucune règle. Elle avait remarqué seulement que les paroles les moins concertées, les « cris du cœur » étaient presque toujours les plus redoutables. Il lui disait :

— Non, n'ajoute rien : n'essaye pas d'arranger.

Elle savait aussi que la gentillesse irrite les blessures, qu'elle est ce dont l'amour a le moins soif. Tout son effort était tendu contre ce principe de tourment qu'elle ne pouvait pas ne pas être pour un autre.

Non qu'elle eût renoncé, pour rien au monde, à son pouvoir de torturer. Quelquefois il lui semblait que Louis ne saignait plus, ou du moins ne se trouvait plus dans l'état de transes habituel. Elle ne sentait plus entre eux le lien douloureux ; elle craignait qu'il fût hors de prise. Eh quoi ? Il avait la respiration libre ? Il acceptait sans frémir de ne pas la voir demain ni après-demain ? Il faisait des projets pour les vacances d'un air heureux, comme s'il ne s'agissait pas d'une séparation ? Elle s'inquiétait alors, cherchait en tâtonnant le point sensible, jusqu'à ce qu'enfin elle le vît changer de visage. Cela suffit ; inutile d'appuyer encore ; elle arrête les frais.

Quand elle l'interrogeait :

— Avoue que je ne te fais plus souffrir ?

Louis jouissait de cette angoisse ; il était heureux qu'elle eût besoin de sa douleur. Oui, elle en avait besoin plus que d'aucun autre amour. Et ce soir de juin, sur le balcon où le jeune homme, son voisin de table, l'a entraînée, elle écoute à peine des paroles insidieuses ; elle ne sent pas ce souffle sur son épaule ; elle s'oriente, cherche entre les mille toits confus ; celui qui abrite la douleur de Louis est dans cette direction : au plus, un kilomètre à vol d'oiseau. Tout près d'elle, mais si loin, Louis est au commencement d'une nuit de souffrance. Elle ne serait pas surprise qu'une lueur d'incendie éclairât le ciel de ce côté-là. Impossible d'aller le secourir : sa famille est absente, mais les concierges, les domestiques jaseraient.

Cependant, le grand diable sur le balcon, la presse ; il murmure que beaucoup de femmes qui, au fond, sont libres et affranchies, continuent de résister au plaisir par habitude : elles s'y refusent comme leur mère et leur grand'mère ; non qu'elles se fassent encore de l'amour une idée exagérée ; mais elles demeurent fidèles à ce préjugé ancien ; elles feignent de croire que ce qui touche à la chair est important.

La jeune femme écoute à peine : un absent l'occupe, qu'elle torture. La douleur de Louis ressemble à un feu qu'elle entretient, dont elle ne peut s'éloigner et qui écarte les félins, tout ce qui rôde.

Prisonnière de la souffrance qu'elle nourrit dans un autre, elle n'entend plus aucun appel. Elle dit : « Ma vie est vide, il ne m'arrive rien... » sans se douter que souvent toute notre vie est dirigée, infléchie, par une grande passion que nous ne partageons pas.

III

Louis, dans la rue, souhaite de découvrir un refuge immédiat : être assis, invisible ; pouvoir appuyer sa tête ; fermer les yeux. Mais aucun taxi ne rôde à cette heure et dans ce quartier. Il longe les murs, portant sa douleur, étouffé par ce poids. Elle prolifère, siffle de ses têtes multiples qu'il n'est pas temps encore de dénombrer.

Même lorsqu'il a donné son adresse au chauffeur et qu'il roule à travers les quartiers morts, il se refuse encore à établir son bilan. Le vœu qui le possède soudain, c'est au contraire de ne plus rien examiner, de ne plus sentir, de dormir. Il cède à ce mirage baudelairien :

> *Je vais me coucher sur le dos*
> *Et me rouler dans vos rideaux,*
> *Ô rafraîchissantes ténèbres !*

Il marmonne ces vers. Cette illusion, mille fois recréée de la nuit consolatrice et de la douleur prise, roulée, perdue dans une vague de sommeil, il y cède encore, aspire à ce mensonge. Après tant d'insomnies, son tourment l'oblige à imaginer qu'il entrera dans la nuit comme dans l'oubli ; dans l'immobilité du sommeil comme dans celle de la mort. Il croit que les ténèbres composent une eau docile qui s'ouvre et se referme sur les cœurs exténués. Ah ! qu'il a d'impatience de se plonger dans ce néant !

Il n'attend pas que le chauffeur lui rende la monnaie ; se précipite dans l'ascenseur. En cette veille de la Pentecôte, l'appartement est vide. Personne entre lui et ce refuge profond de la nuit. Il ne s'attarde à aucun soin de toilette, et, comme brûlé, arrache de son corps les vêtements. Le voici nu, embrassé par le froid des draps, la figure enfouie, les yeux et la bouche obstrués, — perdu dans les choses, mêlé à elles, insecte que le péril immobilise, décolore, confond avec l'herbe.

Et d'abord il n'entend rien que son cœur patient et sourd. Il baigne dans l'inconscience ; des images passent et meurent ; le sommeil est là, comme l'Océan qui gronde et qu'on ne voit pas encore. Mais le bras sur lequel il est couché souffre et veut se désengourdir. Louis s'étend sur le dos ; son corps lui paraît moins défendu, plus vulnérable.

A-t-il dormi déjà ? S'il n'a pas dormi, d'où vient qu'il croit se réveiller ? Il a plongé quelques secondes ; il remonte ; et maintenant le voici lucide ; plus lucide qu'il ne fut jamais. Le serpent bouge, il ne se presse pas ; il a des heures et des heures devant lui pour se gorger. Louis le voit, et alors seulement se souvient de tant d'autres nuits. Toujours il retombera dans le même piège ; toujours, croyant échapper à sa douleur par le sommeil, il entendra soudain

comblé. La bien-aimée soudain était là, non plus extérieure à lui et le couvant d'un œil compatissant et désarmé, — non plus au-dehors mais au-dedans de lui ; elle emplissait tout entière cet abîme béant ; elle était là ; c'était déjà miraculeux que cette sensation de ne plus souffrir par elle. Mais il y avait plus : Louis était heureux, débordait de joie. « Il fallait, songe-t-il, que j'aie connu cette plénitude. Si je ne l'avais connue, si je n'avais eu ce repère, je n'aurais pu ensuite souffrir aussi parfaitement que je souffre. »

Brèves joies, durs réveils. Une voix affairée au téléphone, des prétextes misérables pour éluder un rendez-vous : la jeune femme interposait entre elle et sa victime la médiocre agitation d'une vie. La veille, cette âme toujours bondissante avait paru faire halte enfin ; elle s'était couchée contre celui qu'elle aimait, avait appuyé sa tête sur son sein ; ses yeux ne cherchaient rien au-delà de cette minute et se reposaient avec amour sur ce visage qui n'était plus torturé. Elle consentait au repos, elle ne ressemblait plus à cette bête chasseresse dont le museau frémit, dont les oreilles droites captent le moindre murmure ; mais voici que de nouveau elle court, se dépense sur mille pistes.

Aussi loin que sa course l'emporte, elle revient toujours. La fréquence et la brièveté de ces retours, c'est cela qui assure sa puissance. Un instinct la ramène auprès de son ami, alors que peut-être le temps commençait d'agir, qu'un autre visage intéressait Louis, et qu'il entrevoyait déjà de pouvoir vivre plusieurs jours sans revoir celle qu'il aimait. Avant qu'il ait rencontré cette femme, il n'avait jamais, même de très loin, subi une « préparation » si savante. C'est que presque toujours l'inconstance des femmes, leur indifférence, laisse les plaies se cicatriser. On souffre, on souffre moins, on ne souffre plus ; la plupart sont impuissantes à intervenir dans cette évolution régulière. Mais elle avait toujours su revenir à temps pour raviver le feu qui commençait de mourir. C'était lorsque Louis s'étonnait de se réveiller un matin, le cœur libre, possédé comme autrefois par l'impatience joyeuse du travail et qu'il se disait : « Voilà deux jours qu'elle ne m'a pas téléphoné : cela m'est égal... cela vaut mieux. » Alors elle survenait ; il semblait qu'elle dût obéir à une mission urgente. Elle prenait entre ses deux mains le visage de Louis, répétait tristement :

— Non, non : je sens bien que je ne te fais plus souffrir...

Comme si elle eût perdu sa raison d'être au monde. Et lui faisait le brave :

— C'est vrai, mon amour, tu vois ? Je ne souffre plus.

— Promettez-moi, disait-elle, que vous n'allez pas me haïr maintenant pour tout le mal que je vous ai fait en vous adorant.

Elle le pénétrait de son regard attendri, souriait : elle pouvait sourire ; déjà les plaies étaient rouvertes. Elle pouvait prendre le large. Rassurée alors, si elle ne le quittait pas, du moins passait-elle à d'autres sujets, racontait ses soirées depuis qu'ils ne s'étaient pas vus ; elle avait dansé ; elle prononçait des noms inconnus. Il semblait à Louis qu'elle avait vécu mille existences et qu'elle venait entre deux amours s'assurer de cette douleur solitaire qui lui était dédiée, — de ce feu que c'était son bonheur de modérer, d'étouffer à demi, sans l'éteindre pourtant tout à fait.

Elle ne méconnaissait pas un tel amour. Si elle l'avait méconnu, comme tant d'autres naguère,

Louis aurait eu vite fait de guérir. Mais elle ne lui laissait jamais ignorer qu'elle était fière de son hommage. Non qu'elle en tirât bassement vanité ; mais elle en était glorieuse avec pudeur ; jamais elle n'humiliait son amant, et possédait une science souveraine pour relever ce roi vaincu ; elle veillait à ce que dans les abaissements de l'adoration amoureuse, il gardât toujours le sentiment de sa grandeur. Ainsi l'orgueil de Louis qui l'avait sauvé autrefois, ici perdait tout pouvoir. Dans une telle souffrance, il ne se souvenait pas d'avoir été une seule fois abaissé. L'admiration de la jeune femme lui était même un sujet de chagrin lorsqu'il ne la sentait pas assez pénétrée de tendresse. La conscience qu'elle avait de l'enrichir l'irritait aussi. Depuis qu'il la connaissait, il peignait sans joie, mais avec l'acharnement d'un homme que détourne de la mort cette puissance qu'il détient, d'éveiller des êtres sur la toile. Toute la force que dans l'excès de sa douleur il eût retournée contre lui se dépensait ainsi en portraits sombres, tourmentés, humains. Elle lui disait :

— Presque tous les autres sont des tâcherons sans culture, sans vie intérieure : que comprendraient-ils à la face humaine ? Je me demande même s'ils l'ont jamais vue... Mais toi, mais toi !

« Non, non, songe Louis ; même de ce feu créateur je ne lui suis pas redevable. Je doute qu'on crée rien d'éternel dans une telle fièvre ; et je m'épuise ; mes flancs sont déchirés ; je ne fournirai pas toute la course. Dans le bonheur aussi, dans l'harmonie, dans la paix, j'imagine qu'un univers se crée. Une enfant saccage mes richesses dernières, les éparpille sur le monde. Il ne restera bientôt plus rien en moi que la terre nue. »

IV

L'insomnie nous établit hors du temps ; elle nous arrache à la durée, nous jette sur la berge. Louis s'agite, délivre son bras engourdi, cherche les régions fraîches du traversin, s'étend sur le dos. Aucune espérance de sommeil : les idées s'enfantent l'une l'autre. Il se voit lui-même et toute sa vie qu'un être minuscule suffit à couvrir d'ombre. Ceux qu'il aime le mieux, il sait encore qu'il les aime, mais ne le sent plus. Il lui faut imaginer leur disparition, leur mort, pour connaître encore qu'il tient à eux plus qu'à tout au monde — plus même qu'à cette étrangère.

Il n'empêche qu'elle a su rendre insipide le pain de chaque jour. Nuage vivant, elle se glisse entre Louis et chaque être auquel il est lié. Ceux qui l'aiment le croient perdu ; il ne répond plus à aucun appel, aucun signal ; il est là pourtant tout près ; mais cette femme le cache. Elle a détruit les désirs de voyage, d'évasion ; elle a décoloré l'univers. Un tel amour est la plus nue des cellules ; — cellule sans autre crucifié que l'homme lui-même : il s'adore sur la croix, ce Narcisse aux mains clouées.

« Cellule de mon amour... y ai-je jamais goûté le recueillement ? Cette séparation d'avec le monde, en ai-je jamais eu le bénéfice ? Une petite enfant m'arrache au monde, moins encore qu'à moi-même. Ce goût, ce besoin de me replier, cette habitude prise dès la jeunesse de l'examen intérieur, et d'une mise au point fréquente de mes richesses gagnées ou perdues, de tout cela rien ne reste. Cette fiévreuse m'a donné de sa fièvre : il faut que je coure à sa suite, que je m'épuise à isoler la saveur de chaque seconde. Elle m'impose son rythme de l'excitation à la dépression ; elle m'oblige à dépendre du dehors ; elle a comblé tous mes puits secrets. Ce seul corps vivant prête l'aspect de la mort aux œuvres qui naguère m'aidaient à vivre : une vue générale sur l'homme, un système du monde, une métaphysique, tout me paraît irréel qui n'est pas chair et sang, — qui n'est pas ce sang, cette chair.

« Mon esprit est-il capable encore d'une démarche désintéressée ? Nulle question ne prévaut, à mes yeux, contre celle-ci : que suis-je pour cette femme ? Quelle place est la mienne dans sa destinée ? Quel vide y laisserait ma mort ? Rien ne me passionne que de connaître, à chaque intervalle du temps, ma position vis-à-vis de ce cœur ; que de mesurer la distance de son amour au mien, que d'en établir le rapport exact.

« Tu fus autrefois un homme que Dieu tourmentait ; un animal éphémère attire à lui ce tourment ; toute aspiration est détournée, déviée, fixée sur un corps à demi détruit déjà. Je sais que je mets l'infini dans une chair malade. Tout amour humain est désespéré. Je suis établi dans le désespoir. Même fidèle, tu me trahis. Je lie mon sort à ce qui passe, — et m'attache étroitement à ce qui sera anéanti. D'un jour à l'autre, cette destruction se mesure.

Qu'existe-t-il dans cette femme qui doive survivre à sa jeunesse ? Je feins de croire que cette jeunesse, en se retirant, laissera à découvert des gisements inestimables ; non, non : celle que j'aime n'est rien que verdeur, qu'acidité printanière ; elle se gonfle de tous les sucs, mais la vie n'enrichit pas ceux qui l'épuisent : "Tu brûles tout, lui dis-je, et n'engranges rien." Oui, je sais : en quoi suis-je, moins qu'elle, éphémère ? — Ah ! si du moins, entre cette aube et ce soir de nos brèves vies emmêlées, nous demeurions unis ! Mais je ne la vois guère plus qu'il n'est nécessaire pour que l'oubli ne me puisse délivrer. L'oubli ? Je ne sais ce qu'est l'oubli. Mon cœur est établi dans une fixité morne, tourné tout entier vers une créature, — mué en statue.

« A l'heure du premier tramway, et du jour blême au plafond et sur le tapis, je m'assoupirai jusqu'à ce que me réveillent non les rumeurs du matin, mais mon angoisse constante, inchangée. C'est mon corps qui cède au sommeil, écoute une musique, s'abandonne au rire ; mais jamais je ne perds le sentiment d'être enchaîné, — ou plutôt d'être tenu dans une main qui parfois s'entr'ouvre, me laisse aspirer l'air, puis se referme ; alors je perds le souffle, je serre les dents. »

Que ce mois de juin est pluvieux ! L'homme qui n'a pas dormi croirait que l'hiver se lamente encore sur la ville, sans le petit jour si triste, ce jour qui ne s'est pas couché et qui, dès quatre heures, éveille un oiseau transi. Cette aube navrante rend sensible à Louis sa vie ouatée, protégée. D'autres êtres, chargés d'une douleur pareille à la sienne, se lèvent déjà, se hâtent vers l'atelier, vers le bureau. Non, ce n'est pas là une douleur de privilégié. Dans les plus humbles classes, combien se tuent ! Ils ont

moins que nous peur de la mort. Suicide. Suicide.
Louis écoute à travers la pluie un tram grinçant,
une auto brutale. Sortir de la vie. Naguère il cédait
volontiers à l'imagination du suicide, parce qu'il
était sûr de sa lâcheté, — sûr que pour rien au
monde il n'accomplirait le geste. Cela l'intéressait
surtout d'imaginer les commentaires des gens, les
articles des journaux ; de se représenter la douleur
ou l'indifférence de tel ami. Pour la première fois,
Louis se fie moins à ces défenses : les opinions des
autres sur sa vie et sur sa mort ne le retiennent
plus. Rien ne lui paraît meilleur que de ne plus
sentir. Il commence à entrevoir qu'on puisse fermer
les yeux, glisser, perdre pied. Naguère, il appuyait
sur une porte dont la fermeture lui donnait toute
sécurité ; et voici qu'elle cède un peu : sa volonté
de vivre se détend. Il se rappelle cet adolescent, ce
vieil homme qu'il a connus, qui ont choisi de
mourir ; il ne se souvient pas qu'ils fussent exaltés
ni étranges. Mais ils étaient hors des rails, comme
lui-même à cette heure ; il n'existait pas pour eux
de vrai chemin ; et pour Louis non plus, il n'existe
pas de vrai chemin. Sauter dans la mort ? la mort.
Dieu. Et si pourtant, c'était Dieu, si c'était cette
présence formidable qui se tenait à l'affût derrière
le vantail ? *Ce Dieu qui nous aimant d'une amour
infinie...* Louis répète ce vers de *Polyeucte* (ce vers
qui, au collège, emplissait toujours ses yeux de
larmes) ; puis des phrases sans suite : « Je t'aime
plus ardemment que tu n'as aimé tes souillures...
Je te suis plus ami que tel et tel ; car j'ai fait pour
toi plus qu'eux, et ils ne souffriraient pas ce que j'ai
souffert de toi... » Louis songe que le chrétien souillé
par l'amour charnel peut du moins s'élever, mieux
qu'un autre, jusqu'à comprendre le mystère d'un
Dieu immolé pour nous... Qui a osé ce rapproche-

ment ? Ah ! oui : Claudel dans *Partage de Midi*, lorsqu'il crie à l'Être Infini : « *Si vous avez aimé chacun de nous — terriblement comme j'ai aimé cette femme...* »

Louis se soulève sur ses oreillers, cherche à se souvenir d'une prière, n'entend que sa propre voix. La plus misérable créature, si nous l'aimons, comme elle est puissante contre Dieu ! Nos mains la touchent, nos yeux la voient. Mais Lui, il est le Dieu caché, l'Être sans limites et qui possède l'Éternité pour régler avec nous le compte redoutable de son amour. L'éternité ! Alors que la mort habite ce corps chéri. Ah ! courons au plus pressé, songe Louis. A peine quelques jours peut-être, et nos corps ne se confondront plus que dans la pourriture ; et, même avant que la mort ne nous touche, s'étendent les années de décrépitude où nous ne recevrons même plus cette aumône de tendresse qui nous aide aujourd'hui à ne pas mourir.

Comment l'éphémère n'aurait-il le pas sur l'éternel ? Comment l'éternel ne nous pardonnerait-il de nous attacher à ce qui est déjà presque fini ? Que lui importe ce vol fou de moustiques sur une flaque ? Mais non, Louis ne croit pas cela ; il voudrait le croire et ne le peut ; il sait que l'amour charnel est un acte d'une portée inconnue ; en toute caresse, il découvre une puissance qui la dépasse. Non qu'il soit jamais déçu : trop comblé peut-être par ce bonheur qui n'est pas à l'échelle des autres plaisirs humains : satisfaction sans mesure, jouissance qui n'est pas d'ici ; — comme si les voluptueux dussent s'entendre dire au dernier jour : « En vérité, vous avez reçu déjà votre récompense. »

Louis ne redoute pas d'être condamné avec eux,

lui pour qui amour et douleur se confondent. Cette douleur pourtant, une caresse l'endort. Caresse si vite finie et qui nous donne le sentiment de l'éternité ; il faudrait oser parler de l'éternité brève des caresses.

Louis songe que mieux qu'aucune étreinte, l'ont comblé, parfois, de fugitives certitudes : un soir, ce regard de l'aimée, confiant et tendre, arrêté sur lui et où les paroles qu'il prononçait faisaient monter des larmes. « Alors, songe-t-il, je goûtai un instant de repos dans l'amour ; mais le souvenir s'en épuise, à force d'avoir été rappelé, suscité. »

Il ne console plus Louis, sur cette couche où son corps cherche une place froide ; ces philtres ont perdu leur vertu. D'autant que, comme si la jeune femme avait craint que le rappel de telles minutes, en rassurant Louis, le pût libérer de son empire, elle affectait, souvent, de les avoir oubliées, ou elle feignait d'avoir agi par jeu, par coquetterie. Elle disait :

— Ces effusions n'étaient pas très sincères ; je m'amusais à vous renvoyer la balle.

Ainsi empoisonnait-elle les sources où Louis aurait peut-être bu. Mais ne l'eût-elle pas fait, il n'aurait pu longtemps s'y rafraîchir ; car ces pleurs même sincères, ces paroles tendres lui étaient venues d'une autre jeune femme que de celle qui le torture, à cette heure, après l'avoir obligé à fuir et à se jeter, tête basse, dans le piège de l'insomnie.

Seule, celle qui l'a fait souffrir hier soir, pourrait le secourir. Dort-elle déjà ? Il n'a guère de peine à imaginer où elle traîne encore. Les mœurs lui sont connues de cette petite bande d'épuisés, qui, somnolents et languissants tout le jour, recommencent de se sentir vivre au crépuscule. Ces intellectuels

206

prétendus ne sont même plus capables de veiller un instant sous leur lampe, de lire un livre, de demeurer enfin dans une chambre. Insoucieux des autres, ils ne peuvent non plus soutenir leur propre regard ; leur chétive personne, en même temps qu'elle les limite étroitement, leur devient si importune qu'ils s'efforcent de la briser, de la perdre dans le néant de la danse. L'enfant chérie est la plus obstinée à reculer l'heure du retour ; un autre bar, croit-elle, que celui où elle recommence à se sentir triste, lui dispensera un plaisir de vertige.

— Ne rentrons pas encore, gémit-elle. Êtes-vous bien sûr qu'il n'y a plus aucune « boîte » ouverte à cette heure ? N'est-il pas trop tôt pour finir aux Halles ?

Qu'importe à Louis qu'elle tournoie encore dans ce cabaret ou dans un autre ? Est-il même soucieux de connaître à quelle épaule elle s'appuie ? Cela seul lui importe qu'il ne saura jamais : quelle image se crée-t-elle à propos de lui ? Image toujours changeante. Même s'il jouissait de ce regard intérieur, la mise au point serait à refaire sans cesse : il est aussi fou de souhaiter l'immobilité dans la passion que de vouloir suspendre le cours du temps. Telle est l'une des sources les plus abondantes de notre douleur. Et souvent nous nous épuisons à réveiller dans l'aimée cet éclair de passion qu'un jour nous y surprîmes, qui sans doute peut renaître alors que nous n'y compterons plus, mais dont elle se sent aujourd'hui à mille lieues. Discordance irrémédiable que masque l'union brève des corps ; la volupté n'est qu'une parodie, qu'un faux-semblant ; elle est cette frange de chair qui laisse entre nos mains l'être qui nous échappe.

V

C'était l'heure où l'amant qui n'a pu s'endormir puise dans la fatigue même l'illusion que demain, peut-être, il pourra renoncer à son amour. Le contraste, soudain, le stupéfie, entre ce qu'il souffre et ce qui le fait souffrir. Sa douleur démesurée rapetisse l'être qui la suscite. Il s'étonne que ce marécage puisse être la source d'un grand fleuve.

Il imagine qu'en ce moment, un garçon ramène dans son auto la jeune femme un peu ivre, contente de sa nuit parce qu'elle a été épiée, désirée. Mais sans doute songe-t-elle aussi avec une satisfaction inquiète, avec un trouble doux, à l'homme auprès de qui c'est son rôle de rouvrir les plaies qu'elle avait faites, puis à demi guéries ; — impatiente déjà d'intervenir, car elle redoute ces instants de lucidité où Louis, les yeux dessillés, n'en revient pas de ce néant qui le torture. Du haut de la croix, que la terre devait apparaître petite au Christ mourant ! La douleur à son comble nous ouvre les yeux et nous enlève cette consolation dernière de croire qu'une chair si chétive vaille une seule des larmes qu'elle nous a coûtées.

« Ne plus l'appeler, se dit Louis, et si elle me recherche, éluder ses invites. » Mais ce qui excède ses forces, croit-il, c'est bien moins de renoncer à cette femme que de se retrouver dans un univers qu'elle a dévasté. Comme l'ennemi en retraite coupe les arbres à fruits, incendie les récoltes, l'être que nous ne voulons plus aimer et qui se retire, nous nous imaginons qu'il laisse derrière lui un désert. Mais ce n'est là qu'un mirage : si nous n'aimions plus, toutes les nourritures du monde, d'un seul coup, nous seraient rendues ; notre amour seul nous détourne de le croire.

Louis s'interroge : est-ce surhumain d'accepter de vivre sur une terre glacée qu'aucun amour ne réchauffe plus ? Il fut un temps de sa vie où le refus de toute caresse lui apparaissait comme l'état naturel du chrétien. Le secret perdu de cette puissance ne se retrouve jamais (du moins par une voie humaine, et c'est pourquoi le retour d'une âme à Dieu est le plus surprenant miracle). Le corps une fois soumis au dressage de la passion lui obéit comme un chien : quelqu'un lui lance l'objet le plus vil et, avant toute réflexion, il s'y rue ; il rapporte dans sa gueule tout ce que lui jette la vie, le tient entre ses pattes, le mordille, le souille de bave, ne le lâche plus.

Louis, un instant, perd conscience. A-t-il dormi ? Le sommeil va le prendre maintenant que c'est trop tard pour qu'il s'y abandonne. Voici le jour, et la vie, sa vie, cette vie sur laquelle il n'a plus de prise, qu'il juge pourtant, mais dont il n'ose examiner les coins sombres. Louis feint de croire que toute douleur ennoblit, purifie. Il se persuade que son triste amour ne l'abaisse pas. Ignore-t-il ce qui le menace ? Un homme souffrant se croit libre de consentir à tout ce qui apaise, à tout ce qui endort sa souffrance. Il ne refuse jamais l'engourdissement ni le sommeil, d'où qu'il vienne. Il ne s'indigne plus, n'éprouve plus remords, honte ni dégoût : quelles que soient ses fautes, il a l'illusion d'expier à mesure ; il possède un compte ouvert, un compte de douleurs que son amour alimente et qu'il ne redoute pas d'épuiser jamais. A ce nageur demi-mort, une branche pourrie suffit pour qu'il s'accroche quelques secondes, et reprenne souffle.

Notre amour revêt de sa lumière ce qui naguère lui eût donné de l'horreur ; il nous pousse à quelles aventures ! — soit que nous souhaitions de l'oublier par l'excès même du plaisir ; soit qu'au contraire nous cherchions à jouir de lui, en serrant contre nous une chair faite à son image, pétrie à sa ressemblance. Triste uniformité des corps : elle est la même sur tous les visages, cette impassibilité animale et divine de l'âme qui se cache, de la chair qui consent. Les yeux les plus troubles se nettoient, ressemblent à un ciel tourmenté que le vent purifie. Plus rien de sali n'y demeure, — plus rien que ce feu couvant de tendresse et de vie. « Chaque fois que, la tête abandonnée contre une poitrine, j'ai entendu battre un cœur étranger, dit Louis à son amie absente, je me suis rappelé en pleurant ta chaleur, ton odeur, tout le mystère familier de ta vie. »

VI

La nuit se retire, se détourne de sa victime. Est-ce beaucoup mieux qu'un cadavre qu'elle abandonne au petit jour ? Sans doute, puisqu'il peut être secouru. Louis ne sait encore si ce sera un appel au téléphone, une dépêche, une lettre apportée. De cela seulement il ne doute pas : la bien-aimée va se manifester à lui, s'assurer qu'il a souffert, mais non jusqu'au point de crier : assez ! ni jusqu'à l'écarter de son chemin. Comme le patient, au plus fort de la question, était doucement rappelé à la vie, pour qu'il pût épuiser le reste de sa torture, sans doute sera-t-il enveloppé de tendresse, caressé, bercé, endormi.

Mais Louis, à bout de forces, se sent pénétré d'espérance. Est-ce une illusion ? Jamais il ne fut autant que ce matin, détaché ; il croit ne plus tenir à rien de vivant, — plus même à cette jeune femme. Il la mesure en esprit, la soupèse, en fait le tour ; ce n'est donc que cela ! Si cette dernière nuit fut atroce, il sait d'expérience qu'un amour moribond ou même fini nous tourmente longtemps encore : la souffrance est une habitude à perdre.

Encore tout meurtri, il a le sentiment d'être libre : la porte du cachot est entrebâillée et il voit, au-dehors, le soleil brûler une piste à travers le sable. S'y engagera-t-il ? Louis se lève, va droit à la glace, éprouve le même dégoût que chaque matin. Il se rappelle ses réveils d'adolescent, le claquement de ses pieds nus sur les nattes, sa jeune tête embroussaillée, — et que parfois il baisait sur le miroir ses propres lèvres. Honte de l'angoisse que lui donne sa face vieillie : obsession d'efféminé. Une tête passée au feu des passions peut être chérie encore : « Votre chère tête de brûlé vif », lui écrivait un jour son amie. Était-elle sincère ? Mais cela ne lui importe plus. S'il faisait place nette, pourtant ! Peut-être, cette nuit, a-t-il touché le fond. Il ne peut plus que revenir sur ses pas. « Si elle néglige de téléphoner, je ferai le mort. » Comme il jouirait de sentir l'adversaire surpris, inquiet ! « Mais elle téléphonera... Eh bien, ce sera mon tour de répondre d'un ton affairé, ce sera mon tour de ne pas être libre. La vie sans elle ? Pourquoi pas ? Mais il faudrait ne pas rester seul... » Louis sourit à une idée, à un visage : une jeune fille qu'il n'a jamais repoussée qu'à demi, — un cœur mis de côté, mis en réserve, avec l'idée qu'il pourrait servir un jour. Il ne lui a pas fait signe encore sachant d'instinct que c'était trop tôt et qu'il eût gâché cette ressource dernière. L'heure n'est-elle pas venue ? L'autre ne souffrira pas ; elle est incapable de souffrir ; il faudrait la quitter tout à fait pour qu'elle souffrît.

Louis songe qu'elle viendra le relancer jusqu'ici. Qu'il se souvienne de toutes ses ruses pour les éluder. « Ne pas soutenir son regard, ne pas lui abandonner mes mains, demeurer attentif à tous les signes de vieillissement sur ce visage, aux premières défaites d'un corps déjà mûr. Ne pas regarder sa

214

bouche. » Louis s'imagine entendre cette voix trop douce, aux inflexions cherchées. C'est bon signe que tout cet appareil de gentillesse apitoyée d'avance l'exaspère. Il cultive son irritation. Comme il se sent fort, maintenant ! Les moineaux piaillent dans les marronniers mouillés. Il semble à ce captif que quelqu'un lui a ôté les fers, et que son corps libre peut s'étendre enfin. Il imagine, au-delà du repos, un matin frais, une journée de travail, de lecture, de méditation ; et, le soir, un long repas avec des amis, dans une auberge, au bord de la route.

VII

Mais Louis se souvient qu'il a connu déjà cette sensation de délivrance ; il lui est arrivé souvent de croire qu'il n'aimait plus. C'était presque toujours lorsqu'il eût dû se sentir comblé et que son amour, après les gestes du plaisir, reposait entre ses bras. Alors il considérait avec une lucidité glacée cette forme si obsédante lorsqu'elle n'était qu'imaginée, si faible et si réduite lorsqu'elle pesait de tout son poids contre lui. La jeune femme s'appliquait encore à combler les désirs, à ménager les susceptibilités d'une passion dont Louis savait bien qu'il était possédé, mais que pour l'instant il ne ressentait plus.

D'habitude, son amour l'occupait assez pour qu'avec son amie il ne se souciât guère de conversations ; et voici qu'il ne trouvait plus rien à lui dire ; il découvrait avec stupeur qu'auprès de ce qui lui était le plus cher en ce monde, il s'ennuyait.

Cependant elle s'ingéniait à satisfaire ce cœur qui justement n'avait pas faim. Mais la jeune femme eût-elle pu l'imaginer ? Jusqu'alors, ce qu'elle avait donné, Louis l'avait jugé sans proportions avec l'exigence furieuse de son amour ; or elle ne livrait d'elle-même ni plus ni moins qu'aux jours où Louis l'accusait d'indifférence et de sécheresse ; et pourtant il jugeait, soudain, qu'elle en faisait trop ; il avait envie de lui souffler : « C'est assez comme cela ; repose-toi. »

Il observait, à froid, tout l'appareil de ses prévenances, de ses délicates flatteries ; il s'agaçait de ses précautions pour ne pas irriter son orgueil ni désengourdir sa jalousie. Ainsi dans un bois détrempé par la pluie, le Landais, d'instinct, enterre sa cigarette, bien qu'il n'y ait plus aucun danger d'incendie. A maintes reprises, Louis était allé si loin dans le détachement, qu'il avait cru ressentir une sorte de pitié irritée, — celle qui nous vient d'une personne trop sûre de l'amour qu'elle nous inspire au moment où, à ses côtés, rien ne nous tente que de fuir. Nous lui en voulons de s'assigner à elle-même le prix que nous avons, pour un moment, cessé de lui reconnaître.

Mais nous nous gardons de le lui manifester. Il y a tant d'amertume dans cette cessation apparente de l'amour, que nous cherchons en hâte d'autres sentiments qui en puissent combler le vide. Pour Louis, il avait recours à la contemplation du cher visage si jeune et pourtant déjà touché d'usure. Par là, il était assuré d'avoir vite raison de sa sécheresse. Il recomposait la figure de la vierge qu'il n'avait pas possédée ; l'adolescente intacte, ou peut-être déjà impure, avait traversé tant d'autres destinées avant d'atteindre le destin de Louis ! Il voulait qu'elle décrivît les campagnes heureuses de sa naissance, à l'époque où elle était une jeune fille harcelée, dans ces bals charmants de l'été qui se prolongent jusqu'après l'aurore. Elle parlait de ces châteaux dont toutes les chambres demeuraient ouvertes ; où les époux, les fiancés, les amants s'accordaient les uns aux autres quelque relâche. Louis croyait respirer l'odeur des tilleuls, et avant même que les musiciens fissent trêve voyait s'effacer les dernières étoiles. Les autos emportaient sur les routes de l'aube des jeunes filles frissonnantes, les yeux fermés, cherchant à retrouver le goût de leur premier plaisir à peine trouble.

Louis la pressait de questions sur l'adolescent qu'elle aimait à cette époque : « Je le retrouvais, disait-elle, après mes leçons de musique, dans des petits chemins de la banlieue. Nous demeurions silencieux, debout, enlacés étroitement contre une barrière. Parfois les phares d'une auto nous décelaient ; alors nous nous tournions vers la prairie jusqu'à ce que la nuit nous fût rendue. Nous nous séparions un peu avant l'octroi ; il me semblait, pendant le repas du soir, que mes yeux, ma bouche et mes mains attiraient les regards de mes parents. »

Louis se demandait ce qu'il faisait, cette année-là : « Où étais-je à cette époque ? Je me souviens que ce fut un été accablant... » Déjà la douleur de Louis se réveillait ; mais sa tendresse demeurait fixée encore sur l'image de cette adolescente inconnue. Il n'avait pas voyagé dans ces contrées où elle avait grandi et appris l'amour, mais il n'en lisait jamais le nom sans en imaginer les routes, les eaux endormies, et dans les banlieues, autour des prés murmurants, ces barrières contre lesquelles s'appuyaient deux enfants immobiles et ravis.

Alors il pleurait cette part de son amour qui lui avait été enlevée ; il attirait cette tête brillante encore de jeunesse, mais que l'aurore ne baignerait plus jamais de sa rosée ni de ses feux, et en même temps qu'il mesurait avec désespoir le chemin que cette jeune femme, avant de l'atteindre, avait parcouru, il comprenait qu'il ne pouvait être, seul, le but de cette vie, qu'il serait dépassé à son tour et qu'un autre homme, plus tard, serait jaloux de lui qui la possédait, ce soir.

Ce sentiment de l'éphémère et du périssable dans l'amour humain, au lieu de l'en détacher, l'exaltait jusqu'à la folie. Comme ils s'étaient trompés, les maîtres de son enfance, en lui rappelant avec insistance la brièveté et le néant du plaisir ! Louis se rappelle, à l'étude du soir, en été, l'ébranlement délicieux que lui donnait ce passage d'un sermon du Père Lacordaire : « Poursuivant l'amour toute notre vie, nous ne l'obtenons jamais que d'une manière imparfaite et qui fait saigner notre cœur ; et l'eussions-nous obtenu vivant, que nous en restera-t-il après la mort ?... C'est fini ! C'est à jamais fini ! Et telle est l'histoire de l'homme dans l'amour ! » Après un quart de siècle écoulé, et lorsqu'il a vu finir à jamais tant d'amours qu'il croyait éternelles, Louis cède encore à l'attrait du périssable en tant que périssable. L'adolescence, dont n'a pas fini de resplendir ce visage que soutiennent ses bras, n'eût pas suffi peut-être à réveiller sa tendresse ; mais il ne sait résister aux griffes légères dont le marquent, une à une, les années qui suivent la vingtième, ni à cette usure qu'y laissent les plaisirs et les larmes de chaque nuit.

VIII

Mais il existait bien d'autres routes pour ramener Louis à son amour, s'il croyait s'en être éloigné. Il se souvient de son agacement, un matin au réveil, lorsque le domestique l'avertit que la jeune femme l'attendait dans le salon. La veille, elle l'avait fait souffrir, et Louis, en s'habillant, songeait : « Elle a compris qu'un coup de téléphone, qu'une lettre ne suffirait plus ; elle est forte, mais je le serai aussi. »

Il l'avait abordée avec des paroles blessantes :

« Vous venez vous assurer que j'ai souffert cette nuit ? Vous n'en étiez pas très sûre ? Je ne veux pas vous ôter votre joie. Réjouissez-vous : j'ai souffert au-delà de toute espérance. Avouez que vous êtes venue pour vous rendre compte ? Eh bien, voyez : c'est du beau travail. »

Elle avait coutume d'opposer à de telles sorties une défense prudente et de le désarmer par des protestations. Mais ce jour-là, il s'étonna qu'elle fît front. Jamais encore il ne l'avait vue à ce point courroucée, ni surtout indignée. Il ne comprit pas d'abord ce qu'elle disait, — mais cela seulement

qu'elle s'adressait à lui avec inimitié ; et ce lui fut
une telle douleur que déjà il la suppliait :

— Je ne puis souffrir que vous me parliez sur ce
ton...

Elle se méprit, crut découvrir dans cette suppli-
cation l'accent de l'orgueil et redoubla ses coups.
La souffrance de Louis ? Mais elle la jugeait hideuse.
Il fallait qu'elle le lui criât au moins une fois :
hideuse et exigeante comme un vice. Il y tenait plus
qu'à tout au monde ; sa maîtresse ne lui servait qu'à
retrouver un état hors duquel il ne se sentait plus
vivre. Ah ! l'immonde égoïsme de l'homme qui
souffre, grâce à Louis elle en aurait vu le fond.

Louis commençait à pouvoir fixer son esprit sur
ce que signifiaient ces paroles : des paroles de haine
et de mépris, il n'en pouvait plus douter. Et c'était
elle qui les lui adressait ! Il cherchait à l'interrompre ; comment supporter une douleur inconnue, différente de tout ce que son amour lui avait
fait éprouver jusqu'à ce jour ? Cette grâce gentille,
cette tendresse jamais découragée qu'il avait eu la
folie de lui reprocher naguère, que n'eût-il donné
pour en recevoir de nouveau le bienfait ! Mais
comme sa stupeur touchait à l'hébétude, il ne
donnait pas les signes habituels de souffrance qui
eussent réveillé la pitié de la jeune femme, et elle
s'acharnait, toute à la joie d'épandre une colère
longtemps contenue : « L'immonde égoïsme de
l'homme qui souffre. » Ce que Louis appelait son
martyre, disait-elle, lui était une raison de supprimer les autres. Il anéantissait tout ce qui dans sa
maîtresse aurait pu s'épanouir en dehors de lui.
Croyait-il donc être seul à aimer sans être aimé ?
Croyait-il qu'elle ignorât les retours solitaires, les
larmes dans le taxi ?

Ce ton de haine était insupportable ; et elle y

ajoutait l'aveu d'une souffrance qui lui venait d'un autre... Non, ce ne pouvait être vrai ; elle voulait seulement le punir. Il n'eut que la force de la supplier d'avoir pitié de lui. Mais elle ne comprit pas encore. Pourquoi l'eût-elle plaint ? A l'entendre, tout cela n'était qu'un jeu pour lui.

« Vous cherchez à me damer le pion ; lorsque vous avez su extraire quelque chagrin de mes paroles ou de mes gestes les plus innocents, alors vous avez gagné ; si un bref instant je vous console, c'est votre tour d'avoir perdu. »

La douleur de Louis n'allait pas sans une secrète jouissance ; l'être qu'il aimait lui découvrait une face ignorée de lui ; il l'avait chérie prudente, patiente, habile à consoler, à endormir ; elle ne l'avait jamais blessé que malgré elle et toujours avait étanché le sang, dès la première goutte apparue. Mais cette guerrière, mais cette ménade se manifestait à ses yeux pour la première fois ; et en dépit des coups reçus il respirait mieux, ayant enfin dissipé cette atmosphère de respect, de tendre vénération dont elle avait coutume de l'étouffer. Affreux plaisir d'être violenté par l'objet de notre amour ; jouissance insupportable, jouissance, pourtant, de le voir enfin sans calcul, sans ruse ; de sentir qu'on agit sur lui, au point de l'obliger à se livrer jusqu'au fond.

Mais en même temps que la jeune femme lui devenait bien plus précieuse qu'elle ne fut jamais avant cet éclat, il entrevoyait comme possible le malheur inimaginable de la perdre. Alors, il glissa sur les genoux, avec un tel gémissement, qu'elle comprit enfin. Ils demeurèrent longtemps l'un près de l'autre, jusqu'à ce que Louis l'eût de nouveau interrogée au sujet de ce qu'elle avait dit sur ses retours solitaires et ses larmes dans le taxi. Et elle le fit souffrir encore mais, cette fois, selon sa manière connue, par des réticences, des aveux repris, et par les témoignages même d'une évasive tendresse.

IX

De telles violences, qu'elles paraissent douces, songe Louis, au prix de l'indifférence et de l'insensibilité dont la femme aimée, à son insu, nous accable ! A son insu — car ses sentiments pour nous n'ont pas changé, elle nous le jure sans mensonge. Mais ce qu'elle n'avoue pas, c'est qu'un étranger a surgi dans sa vie, qu'il y a conquis d'emblée une telle place que la nôtre, tout en demeurant peut-être la même, semble réduite à presque rien. La tendresse qui nous contentait, nous ne la voyons même plus dans l'ombre de cet amour dont l'objet nous demeure inconnu.

Louis serre les dents, s'efforce de ne pas haïr. Il veut faire mentir celui qui a écrit que l'on n'est jamais bon quand on aime. Son amour, croit-il, est désintéressé, et préfère le bonheur d'autrui au sien propre ; il s'efface, il se tait, il consent à brûler dans l'ombre. Gratuité de l'amour, résignation à ne rien recevoir en échange, abandon sans réciprocité, repos dans le don total : « Ce miracle, qui court les rues, me réconcilie avec les hommes et je n'en connais plus d'infâme », songe Louis.

Il existe une certaine dureté chez les êtres purs (fussent-ils consacrés à Dieu et voués aux œuvres de miséricorde), dureté plus efficace pour le bien d'autrui, sans doute, que cette mollesse des cœurs trop sensibles... « Cela est vrai ; mais, à chacun sa voie : pour moi, se dit-il, il n'en est aucune autre vers la bonté, que l'amour sans espoir ; peut-être même n'est-il aucune autre route pour atteindre Dieu. Impossible de rebrousser chemin ; toute retraite est coupée ; il faut que je traverse cet incendie, coûte que coûte. Je ferai le tour de cet univers désolé jusqu'à ce que j'aie rejoint mon point de départ : mon enfance, la prière du soir le front contre le lit de ma mère, la préparation à la mort. »

Louis doit s'être endormi enfin, car il revoit, sur une terrasse plantée de charmilles, où il passait autrefois les grandes vacances, des personnes mortes depuis des années et d'autres qui n'y sont jamais venues. A l'ombre du chapeau de soleil qui abritait, il y a trente ans, sa figure chétive, n'est-ce pas son propre fils qui le regarde d'un air d'interrogation et d'angoisse ? Il y a toujours eu un jeune prêtre qui lit son bréviaire sous le figuier (celui qu'il ne fallait pas déranger pendant son action de grâces). Les péchés qu'il a commis, Louis, dans son rêve, les sent sur lui comme une lèpre, il voudrait se dérober aux regards de ces vivants et de ces morts. Mais non, tous lui sourient avec la même tendresse sans ombre que dans ces pures années. Il comprend que le plus profond de lui-même n'a pas été atteint. Ce n'est pas si facile de se perdre. Louis voit en songe cet immense réseau de prières, de souffrances, de sacrifices dans lequel il est pris. Il avait fait le bilan de sa vie sans tenir compte d'interventions innombrables. Ses calculs grossiers sont heureusement

226

déjoués. Il va s'asseoir avec un livre au bord de ce ruisseau qui, dans la réalité, arrose un autre domaine que celui où existe une terrasse plantée de charmilles. Louis, réveillé, cherchera en vain quelle vérité il avait découverte à l'ombre épaisse et glacée des aulnes et qui l'avait mis dans un état ineffable de joie. Ce ne pouvait être aussi ordinaire que la formule qui en subsiste dans sa mémoire : « Le vrai nom de la justice est miséricorde. » Son rêve prêtait à ces mots une résonance merveilleuse qu'il ne retrouve plus.

Et maintenant, dans les bruits du matin, il demeure étendu, les yeux clos, exténué, détaché du monde, attentif à cette eau bourbeuse qui sourd et monte lentement du plus profond de son être : une rancune atroce. Il découvre qu'il n'a rien oublié, ni une parole méchante, ni un silence, ni un regard indifférent. Tous les coups ont porté ; il faudra demander des comptes pour chacun d'eux, le jour où il arrachera enfin de son cœur cette tendresse abominable.

Cependant Louis guette l'appel du téléphone. Ce bruit de pas ? C'est peut-être une dépêche qu'on apporte. Il attend la permission de cette femme, il attend que son bourreau lui fasse un signe pour se relever, pour rentrer dans la vie.

1927.

LE RANG

I

— Déjà de retour ? Tu n'es pas allée au cimetière ?

Hortense Bellade ne répondit à son mari que par
un mouvement des épaules. Il l'observait tandis
qu'arrondissant ses gros bras courts, elle se débarrassait d'un chapeau voilé de tulle noir ; et il
comprit qu'elle était furieuse.

— Au cimetière ? Ah ! bien oui, au cimetière !
Quand j'ai vu devant l'église le fourgon des pompes
funèbres, j'ai cru qu'il s'agissait d'un autre enterre-
ment. Mais non, c'était bien pour la pauvre Emma.
Je n'en croyais pas mes yeux ; Auguste fait transporter le corps de sa sœur à Langoiran, dans leur
caveau de famille. Il ne se refuse rien ! C'est tout
de même un peu raide. Des gens qui vivent à nos
crochets depuis des années... On sait ce que ça
coûte aujourd'hui de faire transporter un corps. Tu
ne trouves pas que ça dépasse tout ? ajouta-t-elle
d'un ton plein de menaces.

— Sans doute, c'est un grand luxe... Mais il faut
comprendre Auguste : son père, sa mère, sa sœur
Eudoxie sont enterrés à Langoiran. Emma, la der-

nière de la famille, ne pouvait pas aller seule à la fosse commune...

— C'est très joli de faire du sentiment, mais il ne faut pas que ce soit avec l'argent des autres. Je compte le dire à Auguste : du moment qu'il est assez riche pour faire transporter Emma à Langoiran, nous arrêterons les frais; les temps sont durs pour tout le monde.

Hector Bellade se tint coi, mais Hortense voulait être contredite :

— Tu n'es pas de mon avis ? insista-t-elle. Non, je vois bien que tu ne m'approuves pas.

Une voix conciliante s'éleva de derrière le journal déployé :

— Il ne reste plus qu'Auguste... Je connais exactement son âge, hélas ! Nous sommes de la même année : soixante-six ans... Il ne nous coûtera pas cher...

— Pardon ! Il ne nous coûtera plus rien du moment qu'il a les moyens d'offrir à Emma un transport automobile...

Hector replia le journal. Son crâne était devenu rose : signe chez lui d'une grande angoisse.

— Tu n'as pas fait de remarque à Auguste, au moins, pendant la cérémonie ?

— Pour qui me prends-tu ? J'ai demandé simplement : « Vous faites transporter le corps à Langoiran ? » Il a incliné la tête... Il n'en menait pas large...

— Mais, Hortense, tu n'as rien ajouté ?...

— Non, j'ai simplement fait : « Ah ? » évidemment d'un certain ton...

— Tu m'as excusé ? Tu as dit que j'avais pris rendez-vous avec un courtier ?

Oui, elle l'avait excusé. Mais Auguste Duprouy avait eu l'air surpris que son cousin ne fût pas venu... Il aurait trouvé tout naturel qu'Hector manquât la vente de la récolte :

— Tu sais, de cet air ahuri qu'il a, il répétait : « Il n'est pas venu ? Il n'a pas pu venir ? »

Comme Hector murmurait : « J'aurais dû... », elle protesta :

— Tu es fou ! Puisque j'y étais, moi !

Il ne répondit rien. Sa femme aurait ri s'il lui avait avoué qu'au temps de leur première jeunesse, Auguste et lui étaient inséparables. Elle n'aurait pas voulu le croire, ou bien elle l'aurait méprisé. Il remontait le cours de cinquante années, il revoyait une chambre de campagne chez sa grand'mère Duprouy, un balcon de bois, un garçon, le torse nu, les bras en croix avec une haltère dans chaque main. C'était Auguste, l'été qui suivit leur premier bachot. Cette chambre donnait au midi, sur le massif d'héliotropes et d'œillets de Chine.

— Je tâcherai d'aller voir Auguste à la fin de la journée... Pour tirer au clair cette histoire de transport, ajouta-t-il précipitamment.

— Il aura sans doute emprunté la somme... Mais tant pis pour ceux qui auront risqué leur argent : je ne veux pas en entendre parler. Bien sûr, je ne laisserai pas Auguste sans ressources, mais qu'il ne soit jamais question de cette note des pompes funèbres. Jusqu'à la fin, les Duprouy auront voulu jeter de la poudre aux yeux. Ces dames ne se sont jamais rien refusé : une bonne, un jour de réception, tu te rappelles ?

Hector fit observer que pendant nombre d'années Auguste avait gagné quelque argent lorsqu'il voyageait pour la maison Maucoudinat.

— Oui, mais même durant ces années-là, il fallait leur servir une rente...

— C'était leur droit : ma mère leur avait fait un legs.

— Eh bien ! moi, à leur place, j'aurais eu la délicatesse de refuser ; j'aurais préféré me passer de domestique.

— Voyons, Hortense, tu n'y penses pas ? Nos cousins devaient tenir leur rang avant tout. On nous aurait montré du doigt.

Il avait touché juste. Mme Bellade hocha la tête :

— Je ne dis pas... Mais de là à se payer un transport automobile... Au besoin, nous aurions pu leur prêter notre caveau. C'est vrai qu'il n'y reste plus que deux places.

II

Hector Bellade ne se rendait pas volontiers dans le triste quartier qu'habitait Auguste, du côté des boulevards extérieurs, non loin du cimetière dont les mausolées ne différaient pas beaucoup des maisons sans étages où végétait à l'entour un peuple d'employés et de professeurs. On n'y avait pas changé un pavé depuis son enfance. Il se rappelait les visites du jour de l'an à sa tante Duprouy. Il reconnaissait ce mur, cette plaque de médecin sous une sonnette, l'odeur des jardins pourrissants : quartier si mort que le temps ne l'atteignait plus.

Les draperies noires étaient restées accrochées à la porte. C'était étrange qu'Hortense n'eût rien trouvé à redire aux draperies. Sans doute faisaient-elles partie à ses yeux de l'indispensable, de ce que des gens même très pauvres doivent dépenser pour honorer la famille à laquelle ils appartiennent et qui ne les a jamais reniés.

La sonnette retentit longuement dans la maison aux volets clos. Hector craignait que son cousin ne fût pas revenu de Langoiran. Mais des volets s'entrebâillèrent au rez-de-chaussée. Il entendit une exclamation, le bruit des verrous tirés, et déjà il était dans les bras d'Auguste. Il sentit contre sa joue la barbe dure du petit vieux qui hoquetait et sanglotait sans verser de larmes. La maison était glacée et sentait le chat. Au fond de l'étroit couloir une porte aux vitres bicolores donnait sur le jardin qu'elle teintait de rouge et de bleu. Il crut entendre la tante Duprouy : « Enfants, allez jouer. Ne touchez pas le chien : il pue. »

— Entre dans le salon... Mais si, je vais allumer du feu. Tant pis ! Une fois n'est pas coutume. Si tu savais ce que ça me fait plaisir que tu sois venu ! Si l'on m'avait dit qu'un pareil jour m'apporterait une joie ! Garde ton pardessus en attendant que le feu prenne.

Une lampe à pétrole à pied d'albâtre filait. Elle était coiffée d'un abat-jour vert garni de ruches et de passementeries. Rien n'avait bougé depuis cinquante ans : Henri IV enfant au milieu de la cheminée et, sur une colonne, cet Amour qui serrait un coq dans ses bras. Le guéridon supportait un phénix cravaté de rose, dans une potiche de Vallauris. Le piano était encombré de photographies si pâles qu'on ne distinguait plus les visages dans leurs cadres pyrogravés. L'oncle Duprouy avait toujours aimé les arts, et des tableaux couvraient les murs : « Ils ont un Cabié », disait-on avec envie. « Ils ont un Smith... Puisqu'ils ont tant besoin d'argent, ils pourraient bien vendre leur Cabié. »

Le feu ne prenait pas. Le visiteur suppliait son cousin d'y renoncer ; mais l'autre, à genoux devant le foyer, s'acharnait et Hector voyait les deux minces bottines où la terre du cimetière était encore attachée, et deux os qui pointaient dans le fond de culotte luisant. Une pauvre flamme jaillit enfin. Le petit vieux se releva.

— J'avais peur que ce fût déjà la note des pompes funèbres, figure-toi ! C'est bien d'être venu... C'est une si grande perte... Oui, bien sûr : Emma était très diminuée, mais elle retrouvait souvent toute sa lucidité. Elle s'est confessée... Une confession d'enfant, nous a dit l'abbé Duros qui en avait les larmes aux yeux... Elle était toute ma raison d'être, ajouta-t-il en larmoyant.

— Voyons, Auguste, tu ne me feras pas croire qu'il n'y avait rien d'autre dans ta vie...

Le petit vieux retira sa main qu'Hector serrait dans les siennes :

— J'ai toujours tout fait pour la famille... Alors je croyais, j'espérais que je ne la verrais pas disparaître. Et elles sont parties toutes les trois, l'une après l'autre, Eudoxie, puis maman, et enfin Emma. Bien sûr, j'ai la consolation de me dire qu'elles ont pu grâce à moi tenir leur rang jusqu'au bout. Elles auront eu faim quelquefois, mais elles n'auront jamais dérogé. Oui, c'est une grande satisfaction pour moi... Parce que ça m'a coûté cher... Rappelle-toi, Hector : il n'y a plus que toi qui puisse t'en souvenir... J'étais un bon élève, un élève brillant ! Je puis bien le dire aujourd'hui sans vanité. Tu te rappelles M. Fabre, en rhétorique ? Il voulait que je prépare Normale lettres. J'étais sûr d'arriver... Mais c'eût été trop long : la famille ne pouvait pas tenir ; papa avait laissé des dettes. Et la pension que nous faisaient tes parents nous donnait juste le pain : avec la bonne, ça faisait cinq bouches à nourrir. Maucoudinat m'offrait une place de voyageur, disons de courtier. Je n'ai pas cédé tout de suite. Te rappelles-tu ces vacances, où j'ai dû me décider ? Chez notre grand'mère, la chambre du balcon... (Hector regarde le petit vieux ; il croit sentir l'odeur de cretonne de cette chambre ; le balcon était en bois de pin et la résine y perlait encore.) Tu te rappelles comme j'ai pleuré tout un soir ? Ta mère fut si bonne pour moi ! Tu te souviens de ce qu'elle avait imaginé pour que je puisse poursuivre mes études ?

Non, Hector ne se souvenait de rien. Le feu était retombé, la mèche de la lampe charbonnait. L'ombre d'Henri IV enfant se dessinait sur le papier du mur où se répétaient indéfiniment d'énormes fleurs de datura coupées par des cadres d'or mouchetés de chiures. Tous ces objets avaient contemplé, chaque mardi au long d'un demi-siècle, les vieux chignons qui faisaient l'ornement du « jour » de Mme Duprouy ; et maintenant ils regardaient ce petit vieux qui avait renoncé à l'École normale pour que fût maintenue le plus longtemps possible cette solennité hebdomadaire.

— Je l'entends encore, ta pauvre mère : « Eudoxie a une admirable voix de contralto, une diction parfaite. Emma joue très convenablement du piano. Nous leur trouverons des élèves : tous les enfants de la famille d'abord... Ça les aidera à vivre jusqu'à la fin de tes études... » Je me suis laissé convaincre. Ta pauvre mère n'écoutait que sa tendresse pour moi. Elle ne se rendait pas compte de ce qu'elle me faisait faire en me dictant une lettre pour les miens où je leur exprimais ce beau projet... Quelle réponse j'ai reçue ! Figure-toi que je rangeais des papiers, tout à l'heure, lorsque tu m'as surpris. J'ai retrouvé cette admirable épître de maman ; des femmes de cette trempe, il n'en existe plus. L'espèce en est perdue. Il faut que tu la lises. N'est-ce pas que c'est magnifique ?

*
* *

Il observait Hector qui s'était rapproché de la lampe et déchiffrait une sage écriture de couvent à peine un peu pâlie :

« Après avoir lu ta lettre, mon cher fils, je me suis recueillie devant Dieu en lui demandant de m'inspirer dans des conjonctures aussi graves. Tu connais l'extrême sensibilité de tes sœurs et le souci que j'eus toujours de l'épargner. J'ai cru tout de même qu'il était de mon devoir de leur communiquer le projet si étrange et si inattendu qu'a conçu leur tante Bellade sur laquelle je veux me défendre de porter aucun jugement. Les chères petites ont répandu bien des larmes auxquelles j'ai eu la faiblesse de mêler les miennes. Et tu ne seras pas étonné, mon Auguste, si je te dis que ces âmes généreuses, avec l'élan de cette nature héroïque qui se manifeste dans leurs moindres actions, ont envisagé le sacrifice demandé et l'ont accepté d'un même cœur : oui, elles étaient résolues à travailler. Elles acceptaient joyeusement le sacrifice d'une situation dont nous pouvons dire que dans tout Sainte-Philomène, il n'en est aucune qui l'égale si l'on considère la place qu'elles occupent tant comme présidentes et vice-présidentes que comme membres actifs des diverses œuvres de la paroisse. Et je ne parle pas du nombre ni de la qualité de nos relations. Les chères petites étaient prêtes à sacrifier tout cela, uniquement soucieuses du tort qui en résulterait peut-être pour les âmes qui leur sont confiées, résolues pourtant à faire la volonté de Dieu dès qu'elle leur apparaîtrait clairement. Je suis entrée dans tous leurs sentiments, mon cher fils, influencée comme elles par le souci que j'ai de ton avenir temporel et de ton salut. Je connais l'égoïsme des jeunes gens et n'ai pas songé à m'étonner de celui que tu as manifesté en cette circonstance.

« Mais après une soirée à la fois si triste et si exaltante, où nous avions communié toutes les trois dans la joie du sacrifice, quand je me suis retrouvée seule durant une longue nuit d'insomnie, un autre côté du problème m'est apparu : j'ai pensé au devoir envers la famille, à ce devoir imprescriptible que votre père me rappelait encore à la veille de sa mort : "Quoi qu'il puisse advenir, ma chère femme, et en dépit de toutes les adversités, tenez votre rang, ne dérogez pas ; souvenez-vous de ce que vous devez au nom de Duprouy." La famille ! L'honneur du nom ! nous l'avons maintenu malgré les dettes, malgré une pauvreté dont je ne rougis pas.

« Au lendemain de notre mariage, ton pauvre père m'avait menée en visite chez les John Castaing et chez les Harry Maucoudinat. Seule l'impossibilité où nous nous trouvions de leur rendre leurs politesses nous a mis dans l'obligation de n'en accepter aucune. Bien loin de nous nuire, cette attitude si digne nous a acquis la bienveillance de ces messieurs, dont il ne dépend que de toi de recueillir aujourd'hui le bénéfice. Tu sais qu'Harry Maucoudinat te réserve un poste dans sa Maison, petit sans doute, mais c'est le pied à l'étrier et l'assurance pour nous tous d'une vie conforme à notre rang. Que tu puisses ambitionner une place de fonctionnaire, de pédagogue, lorsque ta carrière est toute tracée dans la plus illustre maison de la ville, où tu recevras tout de suite de quoi dédommager ta famille, dans une très faible mesure, des peines et des dépenses qu'elle a prodiguées en ta faveur, cela me passe, je l'avoue, et si tu n'étais mon Auguste, m'inspirerait des doutes sur la délicatesse de ta conscience et sur la rectitude de ton jugement.

« Mon enfant, que te dirai-je ? Après une nuit d'angoisse durant laquelle je n'avais pas un instant fermé les yeux, j'ai vu clair enfin ; j'ai compris que le plus grand malheur qui pourrait fondre sur toi serait de devenir le frère d'un professeur de chant et d'une maîtresse de piano. Ce serait l'effort de toute ma vie annihilé en pure perte puisque le prétendu bénéficiaire de cette déchéance en deviendrait aussi la victime.

« J'aurais aimé passer sous silence le conseil que j'ai reçu à ce sujet de M. le curé. Mais cet excellent prêtre ne m'ayant pas caché son intention de t'écrire, il vaut mieux que je te tienne au courant de la démarche absurde à laquelle nous a obligées Eudoxie, très entichée de notre vénéré pasteur qui, comme tu le sais, la dirige. Pourquoi, seule de la famille, refuse-t-elle de s'adresser au Père de la Vassellerie ? Encore une manifestation de ce caractère que je ne suis jamais parvenue à briser.

« Je ne me faisais aucune illusion sur les lumières que nous prodiguerait M. le curé. Non que ce ne soit un prêtre plein de zèle. Mais enfin la piété ne tient pas lieu de tout. Tu sais qu'il sort du plus bas peuple : tout un monde de considérations lui demeurent inaccessibles. Je ne cessais de penser à lui, cet hiver, en suivant dans les livraisons de la *Revue* que me prête obligeamment le Père de la Vassellerie, un roman intitulé *L'Étape*, et que tu pourras lire avec profit dans quelques années, lorsque tu seras d'âge à ne plus craindre la vivacité des peintures de mœurs et les scènes cyniques qui s'y trouvent décrites sans complaisance peut-être, mais non sans péril pour la vertu.

« M. le curé te répétera ce qu'il nous a prêché à nous-mêmes, et qui n'a entamé ni ma conviction ni celle d'Emma. Pour Eudoxie, son siège était fait. Ce pauvre prêtre ne comprend pas que le travail déclasse une femme, qu'une femme qui travaille se met au ban de la société. Comment le comprendrait-il, lui dont la mère allait en journée et qui a une sœur couturière ? Je ne saurais lui en vouloir. Ces choses-là ne s'apprennent pas. On les sent quand on est bien né ; et voilà tout !

« Dès ton retour que j'ai fixé à mardi prochain, nous prendrons une décision. Inutile de te dire que pour Harry Maucoudinat, ton entrée chez lui n'est pas mise en doute. Il a le sentiment — justifié — de nous faire un très grand honneur. L'idée que tu pourrais avoir une autre ambition que de faire partie de sa Maison (et surtout celle de devenir professeur de lycée !) ne lui traverserait même pas l'esprit. Je connais ce grand honnête homme, implacable dans ses jugements : tu serais perdu à ses yeux, tu serais jugé... »

III

— Hein ? n'est-ce pas que c'est magnifique ? C'est
grand, tu ne trouves pas ? répétait Auguste en
rangeant la précieuse lettre dans un tiroir.

Le ton était si forcé que pour la première fois,
Hector, soupçonnant son cousin de parler par anti-
phrase, se dit : « Il crève de rancune... » Mais non :
Auguste de nouveau larmoyait :

— J'ai compris, Hector... Je suis entré dans toutes
les raisons de ma mère. Tout de suite j'ai eu la
consolation de gagner quelque argent... Juste de
quoi ne pas mourir, mes trois femmes et moi ! Leurs
gants de fil étaient reprisés, les pauvres ! Mais elles
avaient des gants et elles les mettaient même pour
descendre au jardin. Le piano fut vendu, sans doute
pour écarter la tentation ; et la voix d'Eudoxie, dans
le grand morceau de *La Reine de Saba*, ne fit plus
trembler les vitres. Dames de charité, elles portaient
chez les pauvres des bons de pain et de charbon
dont nous-mêmes aurions eu le plus urgent besoin.
Maman espérait qu'Eudoxie entrerait chez ces Dames
de la Sainte-Famille où on l'aurait prise sans dot, et
je crois qu'elle eût fini par l'en persuader, tant cette

femme admirable avait de force et de puissance pour faire agir les gens selon ce qu'elle jugeait devoir servir à la plus grande gloire de Dieu et à son propre intérêt. Mais là encore elle se heurta à M. le curé qui n'avait peut-être pas fait *L'Étape*, mais qui prétendait avoir reçu quelques lumières pour discerner les signes d'une vocation véritable.

« S'il l'emporta sur ce point, ma mère le battit sur un autre. Vers sa trentième année, Eudoxie traversa une crise d'effrayante mélancolie. Ne crois-tu pas que nous autres hommes, nous ne comprenons rien à la torture des femmes sans mari ? Nous sommes entourés de martyres et nous ne le savons pas. Dans cette petite maison où nous vivions les uns sur les autres, aucune larme, aucun soupir n'était sans témoin. Dans ma jeunesse, que n'ai-je entendu ! Je me rappelle une scène surprise à travers la cloison. "Tu n'as pas honte ! criait ma mère à Eudoxie. Toi, une enfant qui passe pour pieuse ! Tu es pire qu'une bête ! Quand on a de pareils instincts on les cache. Une honnête fille ne se les avoue pas à soi-même. Dans le peuple, ils ont des excuses. Mais toi, une Duprouy ! D'ailleurs, ajoutait-elle d'un autre ton, presque insinuant, je puis bien te le dire, je t'en parle en connaissance de cause : remercie le ciel d'échapper à cet horrible devoir, à cette déchéance, à cette épouvantable punition. Ce n'est pas à moi, humble créature, à juger les desseins de la Providence. Mais faut-il que le péché originel ait été affreux pour condamner des personnes de la meilleure société à ces gestes ignobles."

« A quelques semaines de là, ma mère indignée m'apprit que M. le curé prétendait avoir trouvé un mari pour Eudoxie. Tes parents ne l'ont jamais su ; car ma mère avait le souci de cacher cette honte à la famille : songe donc qu'il s'agissait d'un neveu du curé, fils d'un employé de la poste et lui-même simple comptable chez un marchand de grains. Tu imagines l'indignation de maman. Eudoxie s'obstina. Que de scènes atroces il y eut dans ce salon où nous sommes, jusqu'à ce que le curé mourût ; alors Eudoxie, réduite à se défendre toute seule, peu à peu se résigna. Nous l'avons vue se dessécher lentement ; tu te rappelles ses yeux qui lui mangeaient la figure ? Elle passait sa vie au patronage avec les petites filles ; elle avait des enfants une espèce de faim presque charnelle. Enfin éclata sa maladie : on a dû lui couper un sein, puis l'autre. La femme de journée avait un bébé de quelques mois qu'elle apportait le matin à Eudoxie. Je la vois encore, durant ses derniers jours : elle pressait contre sa poitrine mutilée le petit enfant. Sa chambre était au-dessus de ce salon. Le mardi, en rentrant du bureau, pour fuir les visites, je m'y réfugiais. Nous écoutions, Eudoxie et moi, le caquetage des dames à travers le plancher. »

Auguste Duprouy s'arrêta de parler. Il ne regardait plus son cousin mais le feu, et tendait vers la flamme des mains à demi recouvertes de manchettes élimées — moins pour protéger sa face de l'ardeur des braises, peut-être, que pour échapper à une vision : de ses petites mains tremblantes, il voilait son médiocre enfer, cette vie sacrifiée à du néant.

Tout à coup ses deux bras retombèrent, il s'affaissa dans ce fauteuil de soie noire d'où pendant un demi-siècle, Mme Duprouy avait tenu tête aux visites du mardi. Hector affolé le prit dans ses bras, l'étendit sur le tapis mais ne put arracher un signe de connaissance à cette vieille poupée cassée. Il fureta dans la chambre voisine où régnait une odeur terrible : le lit était défait, un chat de gouttière dormait sur les draps grisâtres. Hector cherchait en vain une bouteille d'alcool ou d'eau de Cologne. Rien non plus dans la cuisine : pas une croûte de pain, pas un morceau de sucre. Au fond de la cafetière, un reste de liquide noirâtre, ce fut tout ce qu'il découvrit.

Quand il revint au salon, le malade avait repris ses sens et s'était redressé sur les coudes. En lui faisant avaler quelques gorgées de café, Hector lui demanda s'il était sujet à des vertiges, s'il souffrait du cœur. Le petit vieux agitait la tête avec une expression têtue et fermée, jusqu'à ce que son regard eût croisé celui d'Hector agenouillé près de lui. Alors ses traits se détendirent :

— Je puis bien te le dire, à toi... à toi seul.

Et dans un souffle :

— J'ai faim.

Oui, dans un souffle. Et pourtant les objets eux-mêmes parurent avoir entendu cet aveu inconvenant, les fauteuils second Empire aux dossiers recouverts de ces voiles que Mme Duprouy appelait des « antimacassars », Henri IV enfant sur la cheminée, les « Cabié » et les « Smith » dans leurs cadres d'or mouchetés de chiures, les lampes coiffées d'abat-jour énormes et, sur le piano, les photographies de personnes mortes considéraient avec scandale, à demi couché sur une carpette dont il ne subsistait plus que la corde, le dernier des Duprouy qui poussait le manque de tenue jusqu'à s'évanouir de faim.

Hector dévorait des yeux cet affamé. Il n'ignorait pas qu'il y eût de par le monde des gens privés de nourriture ; mais il n'en avait encore jamais vu de ses yeux et admirait que sa propre famille pût donner l'exemple d'une infortune si peu bourgeoise.

— Je n'ai pas encore payé les pompes funèbres...
Mais ce qui coûte cher ce sont les à-côtés, les pièces
à distribuer : le fossoyeur a reçu ma dernière monnaie...

Auguste s'était mis debout et il s'appuyait au mur.
Hector eut une idée :

— Tu peux faire quelques pas ? Nous allons
jusqu'à ce café que j'ai aperçu tout à l'heure au
coin du boulevard et de la rue Saint-Genest. Je me
souviens qu'il y a écrit sur la glace : *buffet froid*, tu
pourras te sustenter...

Avant l'heure de son propre repas, Hector avait
le loisir d'assister à ce spectacle ravissant d'un
affamé assis devant des viandes abondantes. Il aida
Auguste à passer son pardessus. Par bonheur, le
boulevard était désert. Dans ce quartier, d'ailleurs,
on ne risquait guère de se heurter à quelqu'un de
« comme il faut ». Et puis, la charité d'Hector était
connue : si on les rencontrait, il aurait une excuse
facile : « Un pauvre vieux dont je m'occupe... »

IV

Dans le café éclairé violemment, Auguste cligne des yeux. Il regarde la tranche de rosbif rose, le petit pain, la demi-bouteille de Médoc, comme ces chats méfiants dans les squares, à qui des vieilles présentent du mou dans du papier jaune et qui n'osent approcher. Enfin, il se décida, et tout à coup se mit à engouffrer. Les employés de tramway, au bar, se passionnaient pour le résultat des courses. Des garçons plus jeunes entouraient un appareil automatique et criaient.

— Du fromage ?

Oui, Auguste voulait bien du fromage, mais en prévision de sa faim future, car pour l'instant il était assouvi. D'une main discrète, il déroba quelques renvois. Débordant d'un haut tabouret, la croupe d'une fille le faisait rêver. Ses pommettes avaient légèrement rougi.

— Moi aussi, dit soudain Auguste, j'ai été fiancé... Ça t'étonne ? Oui, l'année où j'ai fait huit mille francs de courtage et où nous avons pu racheter le piano... Tu ne te rappelles pas Michèle du Mirail ? Pas jolie de figure, bien sûr... Mais un corps de

déesse. Les Maucoudinat cherchaient à la marier...
Elle avait tout de suite consenti... Seulement, il
fallait vivre avec maman et Emma. Maman n'avait
pas dit non, crois-tu ? J'avais espéré d'abord qu'elle
y mettrait du sien. Elle cachait son jeu simplement
et la sagesse eût été d'écourter les fiançailles. Elle
m'avait dit : « Tu ne gagnes pas assez pour nourrir
une bouche de plus, sans compter les enfants qui
viendront... Mais Dieu y pourvoiera. » Je ne sais pas
si Dieu y aurait pourvu... En tout cas, elle a pris les
devants...

Cette fois, Hector ne doutait plus : Auguste, repu
et un peu ivre, ne dissimulait plus une rancune
recuite contre sa mère défunte. La fille descendue
de son tabouret avait rejoint le groupe de garçons
autour de l'appareil automatique ; ils la bothat bouscu-
laient et elle feignait la colère et gloussait. Auguste
ne la perdait pas des yeux ; tout à coup il demanda
à mi-voix :

— Est-ce aussi agréable qu'on le dit ?

— Quoi donc ?

Auguste, l'œil toujours fixé sur la fille, avança un
peu le menton :

— Ça... murmura-t-il.

Et avec angoisse :

— Dis, Hector, est-ce qu'on n'exagère pas beaucoup ?

Le cousin, interloqué, haussa les épaules, les
lèvres épaisses firent une moue. L'autre insistait,
maintenant, avec une sorte de rage :

— Hein ? Avoue-le, avoue que ça n'a rien d'extraordinaire.

Hector fit un signe vague, passa une main sur son
crâne et dit :

— Je ne m'en souviens plus.

Auguste triomphait :

— Si c'était aussi merveilleux qu'on veut nous le faire croire, tu ne l'aurais pas oublié. On en fait des histoires autour de ça ! Et moi j'ai été bien près... J'ai été à deux doigts... (Ses yeux dilatés contemplaient fixement le paradis perdu.) Michèle et moi nous devions occuper la chambre de la pauvre Eudoxie, car Emma depuis la mort de notre sœur couchait auprès de maman. C'est cette histoire de chambre qui a causé mon malheur. Toutes les deux, surtout maman ! étaient très fières de pouvoir dire à leurs relations que nous avions une chambre à donner : "Quand tu seras marié, nous n'aurons plus de chambre à donner...", me répétaient-elles. Et ma mère ajoutait : "Ce n'est pas une maison convenable pour deux ménages, nous allons déroger."

« Les Mirail habitaient la banlieue. En rentrant du bureau, je ne pouvais voir ma fiancée que chez nous. J'avais demandé à maman de nous laisser le salon pour ces entrevues. Mais d'après les règles du savoir-vivre en honneur chez les Duprouy, on ne doit jamais frapper à la porte d'un salon. A chaque instant, Emma ou ma mère tournaient le loquet, entrebâillaient la porte, la refermaient précipitamment avec un "pardon !" horrifié. D'autre part, il est inconvenant chez les Duprouy que les fiancés se voient dans une chambre...

« Un jour que j'étais chaussé de pantoufles, je dus quitter le salon pour aller chercher un mouchoir chez moi : j'y surpris ma mère et Emma, accroupies, l'oreille contre le plancher. Bien que la porte fût entrebâillée, elles ne m'avaient pas entendu.

« — Ce silence ne me dit rien qui vaille. Des fiancés qui ne parlent pas, on se demande à quoi ils s'occupent.

« — Ils s'embrassent ? demandait Emma.

« Je descendis à pas de loup, transporté de colère,

et eus l'imprudence de rapporter cette scène à Michèle, qui me déclara au milieu de sanglots que décidément elle ne se résignerait pas à vivre entre mes deux « saintes » (comme les appelait, paraît-il, Harry Maucoudinat). Elle me traita de lâche, et comme j'étais hors de moi, elle finit par m'arracher un engagement qui me fit frémir, dès que j'eus repris mon sang-froid. Il ne s'agissait de rien moins que d'un coup d'état : l'installation forcée de ma mère et de ma sœur dans la maison de retraite des Dames du Bon Pasteur — maison d'ailleurs assez coûteuse et fort bien fréquentée. Cette mesure paraissait toute simple à Michèle qui avait une grand'tante retirée chez ces Dames. Ce fut elle qui se chargea d'avertir ma mère et ma sœur de cette décision. Bien que je fusse assuré qu'elle userait de tous les ménagements nécessaires, je passai cette journée dans l'angoisse et retardai le plus possible l'heure de mon retour à la maison.

« C'était vers la fin de mai ; il faisait très chaud. Ma mère et Emma, assises dans le jardin, étaient penchées sur leur ouvrage. Depuis le corridor, j'apercevais leurs deux chignons qui, d'une régulière saccade, suivaient le rythme de leurs aiguilles à tricoter. A ma vue, l'éclat que j'attendais ne se produisit pas. Elles me tendirent leur front comme de coutume. La chaleur du jour s'était accumulée entre ces hauts murs revêtus d'un lierre poussiéreux, presque noir. Déjà les moustiques me harcelaient dont, par un singulier privilège, ces dames prétendaient ne pas sentir les piqûres. Ce fut du ton le plus doux, après divers propos, que maman me dit :

« — Michèle m'a parlé, mon enfant.

« Je lui coupai la parole pour protester qu'il ne s'agissait que d'un projet soumis à leur approbation et que seule m'avait décidé la perspective du confort et de la paix dont elles jouiraient au Bon Pasteur. Nous avions été guidés par le désir de leur assurer une vieillesse heureuse...

« Elles ne levaient pas les yeux de leur tricot. Le mouvement régulier des deux chignons m'exaspérait. Parfois elles étouffaient un soupir qui m'impressionnait plus que n'eussent fait des larmes et des cris.

« — Nous nous effacerons, mon enfant, nous saurons disparaître.

« — Mais, maman, il ne s'agit pas de cela !

« — Je vous abandonne les meubles. Comme je le disais tout à l'heure au Père de la Vassellerie aux pieds duquel j'ai été chercher un peu de réconfort et qui a été admirable, oui, vraiment ad-mi-ra-ble, insista-t-elle, c'est l'heure du dépouillement total...

« — Mais non, maman ! protestai-je.

« Mais elle reprit, avec une douceur terrible :

« — L'heure des ténèbres... Je la sentais venir depuis longtemps. Aujourd'hui c'est du fond du cœur que ta sœur et moi nous prononçons notre "fiat"...

« — Je garde ma part de meubles, interrompit Emma.

« — Courage, ma fille : abandonne-leur tout, il le faut.

« J'étais accablé, écrasé par tant de grandeur. Je sentais que je ne m'en relèverais pas. Tout à coup, je dressai l'oreille : dans la voix maternelle, un très léger sifflement, presque imperceptible, mais que je savais reconnaître depuis mon enfance, m'annonçait le péril :

« — J'ai obtenu du Père qu'il tiendrait la nouvelle cachée le plus longtemps possible. Lorsqu'elle éclatera dans la paroisse, il ne faut pas que vous soyez mal jugés, mes pauvres enfants. Non, il ne faut pas qu'on puisse dire qu'une étrangère a chassé de leur maison les dames Duprouy et que celles qui furent le modèle et le guide écouté et respecté de tant d'âmes, sont enfermées par un fils et par un frère qui leur doit tout, dans un asile de vieillards... Ne proteste pas : je sais que telle n'est pas ton intention. Mais c'est ce qui se dira malheureusement. Sois sans inquiétude : je saurai remettre les choses au point...

« Je lui dis que j'en étais assuré, et tout ce que j'attendais de ses bons offices ne tarda pas à se faire sentir. La nouvelle s'était répandue partout et la maison ne désemplissait plus. Il y eut, durant toute la semaine, autant de monde que le mardi. Mes deux victimes, ivres de cette sympathie que la paroisse leur témoignait, me défendaient avec une générosité dont le sublime rendait ma conduite encore plus odieuse. Ma mère elle-même insista pour que je ne parusse pas le dimanche à la grand'messe : c'eût été braver l'opinion. "Malheur à qui scandalise", répétait-elle. Quelques-unes de ces dames avaient résolu de « me dire mon fait entre les quatre-z-yeux ». Il fallait laisser passer le temps nécessaire à l'apaisement des esprits. "Les esprits sont montés", soupirait maman. Pourtant, Michèle prétendait savoir que le clergé de Sainte-Philomène dissimulait sa joie et chantait en secret le *Te Deum* parce que le ciel les débarrassait de la dame catéchiste la plus redoutable. Mais le soir je n'en rôdais pas moins autour de la maison, guettant le départ de la dernière visite et redoutant une avanie. Je donnais rendez-vous à Michèle dans les squares. Sans elle j'aurais fini par céder : c'était une fille volontaire et qui ne voulait pas perdre la partie.

« Maman, inquiète de ma résistance, eut alors

l'idée d'aller verser des larmes chez les Maucoudinat... Tu te rappelles Harry Maucoudinat ? Pour son malheur, il n'était pas né huguenot, ce qui le tenait un peu en dehors de la meilleure société... Mais il avait pris, sur ses vieux jours, une certaine allure prédicante... Il me fit venir dans son cabinet : je me souviens encore de ses considérations sur le commandement : "Tu honoreras ton père et ta mère."

« — Car, me dit-il, mon cher Duprouy, il ne s'agit pas de savoir si votre respectable mère et votre digne sœur jouiront d'un confort suffisant dans la maison où vous avez le triste courage de les enfermer. Non, la question est celle-ci : ce faisant, vous conformez-vous à la volonté de votre père qui était que sa famille ne dérogeât pas ? Croyez-vous que si, du séjour des Justes où il goûte la paix du Seigneur, votre regretté père assiste à cette éviction, il approuve la conduite de son fils ?

« Ce qui ajoutait beaucoup au poids de ces propos si élevés, ce fut certaines allusions touchant l'obligation où il serait de ne plus soutenir la fortune temporelle d'un jeune homme si peu respectueux de la loi tout ensemble divine et humaine qui règle les devoirs des enfants envers les parents.

« Michèle m'attendait à la sortie et nous allâmes tristement nous asseoir dans l'île du jardin public où toutes les chaises de fer de tous les squares du monde semblent avoir cherché un refuge éternel.

« — Écoutez, dit soudain Michèle... j'ai une idée....

« Son idée était que nous abandonnions la maison à mes deux saintes, et que nous allions nous loger n'importe où, en ville : elle n'avait pas peur de la pauvreté, elle m'aiderait dans mon travail. Je fus gagné par sa confiance. Le soir même, à peine entré, je me précipitai au salon et avertis maman de sa victoire. Elle ne fit paraître aucune joie. Au contraire, l'idée que nous habiterions un logis inavouable, peut-être un meublé, et qu'elle serait obligée de cacher notre adresse à ses relations parut d'abord la remplir d'amertume. Puis, dès le lendemain, elle se résigna. Elle embrassait sa future bru, l'appelait : ma fille. J'aurais dû m'effrayer de la voir si calme, si détendue. Depuis l'enfance, pourtant, j'avais appris à me défier d'une certaine expression de son regard qui ne lui était pas habituelle : durant toute cette période, elle ne tricotait plus pour les pauvres ; inoccupée, elle avait cet œil vague, rond, infiniment satisfait de la poule accroupie sur son œuf.

« Je grondais Michèle qui sans cesse me répétait : "Qu'est-ce qu'elle nous prépare ?" Je voulais me croire sauvé. Oui, je goûtai alors quinze jours d'espérance, de bonheur... Harry Maucoudinat parlait de me donner un traitement fixe, modique sans doute, mais qui m'aiderait à supporter la charge d'un double loyer.

« Un soir de juillet, je trouvai ma mère dans une grande agitation. Elle avait reçu, disait-elle, une lettre anonyme que, pour rien au monde, elle ne voulait me montrer. Elle avait beau protester que ces sortes de lettres doivent être brûlées et qu'il ne faut en tenir aucun compte, je n'eus pas à lui faire violence pour arracher celle-là de ses mains... Non, je ne crois pas qu'elle en fût elle-même l'auteur... mais peut-être avait-elle fait le nécessaire pour que cette lettre fût écrite et mise à la poste... Qui le saura jamais ? Sans entrer dans le détail, je puis te dire qu'il s'agissait d'un long rapport sur une intrigue qu'aurait eue ma fiancée, l'année précédente, à

256

Arcachon, avec un homme marié, au vu et au su de toute la ville : d'où son désir d'épouser le premier venu, et à tout prix. Notre correspondant s'engageait à nous communiquer la copie d'une lettre de Michèle qui ne nous laisserait aucun doute...

V

Un air de jazz éclata à la T.S.F. Auguste Duprouy
continuait de parler, l'œil fixe, ses deux petites
mains fripées et sales posées à plat sur le marbre ;
mais à cause du vacarme, Hector ne l'entendait
plus ; il voyait seulement remuer les lèvres minces
du petit vieux. Comme ces feux qui reprennent
soudain et qui, au milieu de la nuit, illuminent
brièvement la chambre, de brusques éclairs de
haine émouvaient cette maigre face avilie. Il avait
baissé la voix. Quelles confidences marmonnait-il ?
Hector l'ignorait toujours, car le jazz faisait rage.
Quelqu'un tourna enfin le bouton de la T.S.F. ;
alors, la voix d'Auguste redevint distincte.

— ... Du jour où elle m'eut surpris dans le petit
escalier qui aboutissait à la soupente de la bonne,
nous n'eûmes plus que des femmes de journée... Et
pourtant, à cette époque, je gagnais largement ma
vie... C'est drôle, hein ? La crise a coïncidé avec la
mort de ma pauvre maman. Dès qu'elle nous eut
quittés, je ne fis plus une seule affaire ; la mévente
du vin me laissa sans ressource... Emma disait que
c'était pour notre plus grand bien que maman nous

avait obtenu cette grâce, que j'aurais peut-être abusé de ma liberté... En tout cas, il ne nous restait même pas celle de manger à notre faim...

Depuis quelques instants, Hector Bellade n'écoutait plus ; il s'agitait en pensant à Hortense qui n'était pas patiente, et il consultait sa montre : l'heure de son dîner approchait, il ne s'amusait plus. Cet Auguste était sinistre ; on les regardait... Après avoir réglé l'addition, il prit son cousin par le bras et l'entraîna dehors. Le vieux maintenant se taisait, paraissait abruti par la nourriture et par l'alcool. Devant la porte encore drapée de noir, Hector lui mit un billet dans la main :

— Tiens, ne le dis pas à Hortense, si tu la rencontres. C'est en dehors de ta mensualité.

Et il s'enfuit ; il courait presque, malgré sa corpulence. Cependant le petit vieux disparut dans la maison glacée où, au long de tant d'années, les dames Duprouy avaient tenu leur rang ; il tira derrière lui la porte de son tombeau.

. . . .

Un matin de février, on téléphona du commissariat à M. Hector Bellade que les voisins du nommé Duprouy (Auguste) ayant entendu miauler le chat et cru sentir une odeur suspecte, avaient alerté la police. Un serrurier avait ouvert la porte. La mort remontait à trois jours. L'examen du cadavre ne permettait de conclure à rien qui parût nécessiter une enquête. Le décès avait dû survenir dans des conditions normales, à la suite de grandes privations.

Hector répétait : « Je viens, je viens tout de suite... » Sa main tremblait un peu. Il avait devant les yeux, comme deux images superposées sur une même plaque : la chambre d'Auguste, ce lit défait où un chat de gouttière était crevé — et puis le balcon de bois dans le soleil des vacances, un garçon, le torse nu, les bras en croix, avec une haltère dans chaque main : le petit Duprouy...

Hortense, qui tenait le récepteur, le raccrocha et dit :

— Nous lui donnions pourtant de quoi ne pas mourir de faim... Ça coûtera ce que ça coûtera, ajouta-t-elle avec énergie, mais nous ferons transporter le corps à Langoiran : d'abord pour clouer le bec aux mauvaises langues, et puis les Duprouy seront de nouveau réunis. Il en aurait eu du plaisir, ce pauvre Auguste, s'il avait pu prévoir qu'il rejoindrait sa mère, Eudoxie, Emma pour l'éternité !

Hector demanda :

— Tu crois ?

CONTE DE NOËL

I

Un maigre platane qui cherchait l'air dominait les hauts murs de la cour où nous venions d'être lâchés. Mais ce jour-là, au coup de sifflet de M. Garouste, nous ne poussâmes pas les piaillements habituels de nos récréations. C'était la veille de la Nativité, on nous avait condamnés à une promenade dans la brume et dans la boue de la banlieue, et nous nous sentions aussi fatigués que peuvent l'être des garçons de sept ans qui ont une quinzaine de kilomètres dans les jambes.

Les pensionnaires mettaient leurs pantoufles. Le troupeau des demi-pensionnaires tournés vers la sortie, attendaient de voir apparaître celui ou celle qui viendrait les chercher, pour les délivrer du bagne quotidien. Je mordais sans grand appétit dans un quignon, absent déjà par le cœur, occupé du mystère de cette soirée où j'allais pénétrer et dont les rites étaient immuables. On nous ferait attendre derrière la porte de la chambre à donner, le temps d'allumer les bougies de la crèche... Maman nous crierait : « Vous pouvez entrer ! » Nous nous précipiterions dans cette pièce qui ne prenait vie que cette nuit-là. Les minuscules flammes nous attireraient vers ce petit monde de bergers et de bêtes pressées autour d'un enfant. La veilleuse allumée à l'intérieur du château crénelé d'Hérode, au sommet d'une montagne faite avec du papier d'emballage froissé, nous donnerait l'illusion d'une fête mystérieuse et défendue. Nous chanterions à genoux le cantique adorable :

> Une étable est son logement,
> Un peu de paille est sa couchette,
> Une étable est son logement,
> Pour un Dieu, quel abaissement !

L'abaissement de Dieu nous pénétrerait le cœur... Derrière la crèche, il y aurait un paquet pour chacun de nous et une lettre où Dieu lui-même aurait écrit notre péché dominant. Déjà j'imaginais, à l'entour, les ténèbres de la chambre inhabitée : aucun voleur ne se retenait plus de respirer derrière les rideaux à grands ramages de l'alcôve et des fenêtres. Aux murs, les portraits des personnes mortes, du fond de leur éternité, écoutaient nos frêles voix. Et puis commencerait la nuit où, avant de s'endormir, l'enfant jette un dernier coup d'œil sur ses souliers à bout ferré, les plus grands qu'il possède, — ceux qui assistent, dans les cendres de la cheminée, au mystère, qu'à chaque Noël, j'essayais vainement de surprendre ; mais le sommeil est un gouffre qu'un enfant n'évite pas.

Ainsi je vivais d'avance cette soirée bénie, la tête tournée vers la porte où allait apparaître bientôt ma bonne. Le jour baissait. Bien qu'il ne fût pas quatre heures, j'attendais, espérant qu'elle serait en avance. Tout à coup une clameur s'éleva dans un angle de la cour. Tous les enfants se précipitèrent en criant : « Oh ! la fille ! Oh ! la fille ! » Les longues boucles du petit Jean de Blaye le vouaient à cette persécution. Ses boucles étaient odieuses à nos crânes tondus. Moi seul je les admirais, mais en secret, beaucoup parce qu'elles me rappelaient celles du petit Lord Fauntleroy dont j'adorais l'histoire telle qu'elle avait paru dans le *Saint-Nicolas* de l'année 1887. Si l'envie me prenait de m'attendrir et de pleurer, il me suffisait de regarder l'image qui représentait le petit Lord dans les bras de sa mère, et de lire au-dessous la légende : « Oui, elle avait toujours été sa meilleure, sa plus tendre amie... » Mais les autres enfants ne possédaient pas le *Saint-Nicolas* de 1887 ; ils ignoraient que Jean de Blaye ressemblait au petit Lord et ils le persécutaient ; et moi, lâche parce que je me sentais si faible, je demeurais un peu à distance.

Pourtant, ce jour-là, je fus étonné de ce que la meute ne criait pas seulement : « La fille ! la fille ! » mais encore d'autres mots que je ne compris pas d'abord. Je m'approchai en longeant le mur, craignant d'attirer sur moi l'attention du chef, le persécuteur, l'ennemi juré de Jean de Blaye. Il s'appelait Campagne, il était en retard de deux ans et nous dépassait tous de la tête, un vrai géant à nos yeux, doué d'une force presque divine. Les enfants entouraient donc Jean de Blaye et criaient :

— Il le croit ! Il le croit ! Il le croit !

— Que croit-il donc ? demandai-je à un camarade.

— Il croit que c'est le petit Jésus qui descend par la cheminée...

Sans comprendre, j'interrogeai : « Eh bien ? » Mais l'autre avait recommencé de hurler avec les loups. Je m'approchai encore : Campagne serrait les poignets du petit de Blaye, après l'avoir poussé contre le mur.

— Le crois-tu, oui ou non.

— Tu me fais mal !

— Avoue et je te lâcherai...

Alors le petit de Blaye prononça d'une voix haute et ferme, comme un martyr qui confesse sa foi :

— Maman me l'a dit, maman ne peut pas mentir.

— Vous entendez ! cria Campagne. La maman de Mademoiselle ne peut pas mentir !

Au milieu de nos rires serviles, Jean de Blaye répétait : « Maman ne ment pas, maman ne m'a pas trompé... » A ce moment il m'aperçut et m'interpella :

— Mais toi, Frontenac, tu sais bien que c'est vrai. Nous en avons parlé tout à l'heure en promenade !

Campagne se tourna vers moi, et sous son œil cruel de chat, je balbutiai : « C'était pour me payer sa tête... » Sept ans : l'âge de la faiblesse, de la lâcheté. M. Garouste s'approcha, à ce moment ; déjà la bande se dispersait. Nous allâmes décrocher nos pardessus et nos gibernes.

Dans la rue, Jean de Blaye me rattrapa. Le valet de chambre qui l'accompagnait faisait route volontier avec ma bonne.

— Tu sais bien que c'est vrai... mais tu as eu peur de Campagne, dis ? C'est parce que tu as eu peur ?

J'éprouvais un grand trouble. Je protestai que je n'avais pas eu peur de Campagne... Non, je ne savais pas si c'était vrai ou faux... Au fond, ça n'avait pas beaucoup d'importance, pourvu que nous recevions le jouet que nous avions demandé... Mais comment le petit Jésus savait-il que Jean avait envie de soldats de plomb, d'une boîte à outils, et moi d'une écurie et d'une ferme ?... Pourquoi les jouets venaient-ils du Magasin Universel ?

— Qui te l'a dit ?

— L'année dernière, j'ai vu les étiquettes...

Jean de Blaye répéta : « En tout cas puisque maman me l'a dit... » et je le sentais troublé.

— Écoute, dis-je, si nous voulions absolument ne pas dormir, il n'y aurait qu'à rallumer la bougie, prendre un livre, ou bien s'installer dans le fauteuil près de la cheminée, pour être sûr d'être réveillé lorsqu'il viendrait...

— Maman dit que si on ne dort pas, on l'empêche de venir...

Les magasins luisaient sur les trottoirs trempés de brume. Des baraques encombraient le Cours des Fossés. Des lampes à acétylène éclairaient des bonbons roses qui nous faisaient envie parce qu'ils étaient de trop mauvaise qualité pour que nous en achetions.

— Nous pourrions faire semblant de dormir...

— Il saura bien que nous faisons semblant, puisqu'il sait tout...

— Oui, mais si c'est maman, elle s'y laissera prendre.

Jean de Blaye répéta : « Ce n'est pas maman ! » Nous avions atteint le coin de la rue où nous devions nous séparer jusqu'à la fin des vacances du jour de l'an, car Jean partait le lendemain pour la campagne. Je le suppliai d'essayer de ne pas dormir ; pour moi j'étais résolu à demeurer les yeux ouverts. Nous nous raconterions ce que nous aurions vu... Il me promit qu'il essaierait. Je le suivis des yeux. Pendant quelques secondes, je vis les longues boucles de fille sauter sur ses épaules ; et puis sa petite ombre s'effaça dans le brouillard du soir.

II

Notre maison était proche de la cathédrale. Le soir de Noël, la grosse cloche de la tour Pey-Berland, le bourdon, emplissait la nuit d'un grondement énorme. Mon lit devenait pour moi la couchette d'un bateau et la tempête de sons me portait, me berçait dans son orage. La veilleuse vacillante peuplait la chambre de fantômes qui m'étaient familiers. Les rideaux de la fenêtre, la table, mes vêtements en désordre sur un fauteuil n'entouraient plus mon lit d'un cercle menaçant : j'avais apprivoisé ces fauves. Ils protégeaient mon sommeil, comme le peuple de la jungle veillait sur celui de l'enfant Mowgli.

Je ne risquais pas de m'endormir : le bourdon m'aidait à me tenir en éveil. Mes doigts s'accrochaient aux barreaux du lit tant j'avais la sensation d'être livré corps et âme à une bonne tempête qui ne me voulait pas de mal. Maman poussa la porte. Mes paupières étaient closes, mais au bruit soyeux de sa robe, je la reconnus. Si c'était elle qui déposait les jouets autour de mes souliers, ce devait être le moment, me disais-je, avant qu'elle partît pour la messe de minuit. Je m'appliquai à respirer comme un enfant endormi. Maman se pencha et je sentis son souffle. Ce fut plus fort que toutes mes résolutions : je jetai brusquement mes bras autour de son cou et me serrai contre elle avec une espèce de fureur. « Oh ! le fou ! le fou ! » répétait-elle à travers ses baisers.

— Comment veux-tu qu'il vienne si tu ne dors pas ? Dors, Yves, mon chéri, dors, mon garçon aimé ; dors, mon petit enfant...

— Maman je voudrais le voir !

— Il veut qu'on l'aime sans l'avoir vu... Tu sais bien qu'à la messe au moment où il descend sur l'autel, tout le monde baisse la tête...

— Maman, tu ne te fâcheras pas, eh bien, une fois, je n'ai pas baissé la tête, j'ai regardé, je l'ai vu...

— Comment ? Tu l'as vu ?

— Oui ! enfin... un petit bout d'aile blanche...

— Ce n'est pas une nuit à garder les yeux ouverts. C'est en dormant que tu le verras le mieux. Quand nous reviendrons de l'église, ne t'avise pas d'être encore éveillé...

Elle referma la porte, son pas s'éloigna. J'allumai la bougie et me tournai vers la cheminée où mourait un dernier tison. Les souliers étaient là entre les chenets, au bord de ce carré ténébreux, de cette trappe ouverte sur de la suie et de la cendre. C'était par là que la grande voix du bourdon s'engouffrait, emplissait ma chambre d'un chant terrible qui, avant de m'atteindre, avait erré au-dessus des toits, dans ces espaces lactés où se confondent, la nuit de Noël, des milliers d'anges et d'étoiles. Ce qui m'aurait surpris, ce n'eût pas été l'apparition d'un enfant dans le fond obscur de l'âtre, mais au contraire qu'il ne se passât rien. Et d'ailleurs il se passait déjà quelque chose : mes deux souliers encore vides, ces pauvres gros souliers mêlés à ma vie quotidienne, prenaient tout à coup un aspect étrange, irréel ; comme s'ils eussent été posés là presque en dehors du temps, comme si les souliers d'un petit garçon pouvaient tout à coup être touchés par une lumière venue du monde qu'on ne voit pas. Si proche était le mystère que je soufflai la bougie pour ne pas effaroucher le peuple invisible de cette nuit entre les nuits.

Si le temps me parut court, ce fut sans doute que j'étais suspendu hors du temps. Quelqu'un poussa la porte et je fermai les yeux. Au bruit soyeux de la robe, au froissement des papiers, je me dis bien que ce devait être maman. C'était elle et ce n'était pas elle ; il me semblait plutôt que quelqu'un avait pris la forme de ma mère. Durant cette inimaginable messe de minuit à laquelle je n'avais pas assisté, je savais que maman et mes frères avaient dû recevoir la petite hostie et qu'ils étaient revenus, comme je les avais vu faire si souvent, les mains jointes et les yeux tellement fermés que je me demandais toujours comment ils pouvaient retrouver leurs chaises. Bien sûr, c'était maman qui, après s'être attardée autour de la cheminée, s'approchait de mon lit. Mais Lui vivait en elle : je ne les séparais pas l'un de l'autre : ce souffle dans mes cheveux venait d'une poitrine où Dieu reposait encore. Ce fut à ce moment précis que je sombrai à la fois dans les bras de ma mère et dans le sommeil.

III

Le matin de la rentrée, je chaussai les souliers
qui avaient participé au miracle et qui n'étaient
plus maintenant que de pauvres petits souliers
ferrés comme les sabots d'un ânon et qui patau-
geaient dans les flaques de la cour, autour du maigre
platane, en attendant que huit heures aient sonné.
Dans la cohue des enfants qui criaient et se pour-
suivaient, je cherchais en vain les boucles de fille
de Jean de Blaye. Il me tardait de pouvoir lui dire
le secret que j'avais surpris... Quel secret ? J'essayais
d'imaginer les mots dont il faudrait me servir pour
qu'il me comprît.

Les boucles de Jean de Blaye demeuraient invisibles. Peut-être était-il malade ? Peut-être ne saurais-je pas de longtemps ce que lui-même avait vu
durant sa nuit de veille ? En entrant dans l'étude,
mes yeux se fixèrent sur la place qu'il occupait
d'habitude. Un enfant étranger y était assis, un
enfant sans boucles. Je ne compris pas d'abord que
c'était lui. Je ne l'aurais pas reconnu sans son œil
bleu qu'il leva vers moi ; ce qui m'étonnait surtout,
c'était son air dégagé, délivré. Il était tondu de

moins près que ses camarades. Le coiffeur lui avait laissé les cheveux assez longs pour qu'il pût se faire une raie sur le côté gauche.

A dix heures, dès que nous fûmes lâchés dans la cour, je partis à sa recherche et le trouvai dressé comme un petit David devant le grand Campagne, comme si c'eût été sa faiblesse et non sa force qu'il eût perdue avec sa chevelure. Campagne déconcerté laissa le champ libre à l'enfant qui s'assit sur une marche du perron pour chausser des patins à roulettes. Je le regardais de loin, n'osant m'approcher, songeant avec une vague détresse que je ne verrais plus jamais luire au soleil ni danser sur les épaules de Jean de Blaye les boucles du petit Lord Fauntleroy ! Je me décidai enfin :

— Eh bien ? Tu as tenu parole ? Tu es resté éveillé ?

Il bougonna, sans relever la tête : « Tu t'es imaginé vraiment que je croyais... que j'étais assez bête ? » Et comme je reprenais : « Mais rappelle-toi... il n'y a pas quinze jours... » il se pencha un peu plus sur ses patins, m'assura qu'il avait fait semblant, qu'il se payait notre tête :

— A huit ans, tout de même ! On n'est plus des gosses.

Comme il parlait toujours sans me regarder, je ne pus plus retenir la question brûlante :

— Mais alors ? Ta maman t'avait trompé ?

Il avait mis un genou à terre pour serrer les courroies des patins. Le sang envahit ses oreilles décollées, en ailes de Zéphyr. J'insistais lourdement :

— Dis, de Blaye, ta maman... Alors ? Elle avait blagué ?

Il se redressa d'un coup et me dévisagea. Je revois encore ce petit visage maussade et rouge, ces lèvres serrées. Il passa la main sur sa tête comme s'il y cherchait les boucles disparues, et souleva une épaule :

— Elle ne me blaguera plus.

Je répondis presque malgré moi que nos mères ne nous avaient pas menti, que tout était vrai, que j'avais vu... Il m'interrompit :

— Tu as vu ? C'est vrai ? Tu as vu ? Eh bien, moi aussi, j'ai vu !

Là-dessus, il fila sur ses patins et jusqu'à la fin de la récréation, ne cessa de rouler autour du platane. Je compris qu'il me fuyait. Depuis ce jour-là, nous ne fûmes plus amis. L'année suivante, ses parents quittèrent Bordeaux, et je ne sus pas ce qu'il était devenu.

IV

Il m'est arrivé une seule fois, dans ma jeunesse, de ne pas vivre la sainte Nuit en province parmi les miens. Une seule fois, ce devait être très peu d'années avant la guerre. Je me laissai entraîner dans les cabarets. J'ai oublié leurs noms, mais je me souviens de mon affreuse tristesse. Dans cette atmosphère de « boîtes », le bourdon de la tour Pey-Berland grondait en moi avec plus de puissance que sur les toits de la ville où je suis né. Il couvrait de sa voix terrible les violons des tziganes. Ce sont de ces moments de la vie, où on a la certitude de trahir. Mes compagnons ne trahissaient pas, parce qu'ils n'avaient pas à choisir. Peut-être quelques-uns avaient-ils eu une enfance pareille à la mienne, mais ils l'avaient oubliée. J'étais le seul dans cette odeur de nourritures et dans le vacarme des refrains idiots à recomposer en imagination, au milieu des ténèbres de la chambre à donner, cet îlot merveilleux de la crèche ; seul à me souvenir du vieux cantique qui exprime l'abaissement, l'humilité de Dieu. Bien que je fusse encore en pleine jeunesse, ces bougies vacillaient dans le lointain d'un passé si reculé que je croyais avoir mille ans. Et pourtant je sentais leur brûlure. Non, je n'avais aucune excuse, parce que j'étais poète et qu'un poète est un cœur en qui rien ne finit. Où avais-je traîné, où avais-je osé traîner, cette nuit-là, mon enfance qui ne m'avait pas quitté ?

Je buvais pour perdre conscience de mon crime. Plus je buvais, plus je m'éloignais de mes camarades. Mais ils me gênaient avec leurs rires. Je quittai la table et me dirigeai vers le bar, dans un retrait où la lumière était plus douce. Je m'y accoudai, on me servit un whisky. A ce moment où je pensais à un petit garçon nommé Jean de Blaye, j'aperçus Jean de Blaye lui-même, juché sur un tabouret à côté de moi. Je ne doutai pas que ce ne fût lui. Le même œil de pervenche que je regardais luire au-dedans de moi éclairait l'usure de cette jeune face que ma main aurait pu toucher. Je lui dis :

— On n'aurait pas dû te couper tes boucles.

Il ne parut pas étonné, mais me demanda d'une voix un peu pâteuse : « Quelles boucles ? »

— Celles qu'on t'a coupées pendant les vacances de Noël, en 1898.

— Tu me prends pour un autre, bien sûr ! mais ça n'a pas d'importance... Je me sens si peu moi-même, ce soir !

— Et moi je sais que tu es de Blaye.

— Comment connais-tu mon nom ?

Je poussai un soupir, je me sentais délivré : c'était lui ! c'était bien lui ! Je lui pris la main :

— Jean, tu te rappelles le platane ?

Il rit :

— Le platane ? quel platane ? Et puis, tu sais, je ne me nomme pas Jean mais Philippe. Mon frère aîné s'appelait Jean... Tu me prends pour lui, peut-être ?

Quelle douleur ! ce n'était donc là que ce petit frère dont Jean de Blaye me parlait autrefois... Comment avais-je pu m'y tromper ? Philippe avait un visage sans lumière. Il me dit tout à coup :

— Ses boucles... les boucles de Jean... Ça me rappelle une histoire...

Il me raconta que dans la chambre de leur mère, sur la commode, il y avait un coffret en argent, fermé à clef. Jean assurait à Philippe qui c'était un trésor. Ils en rêvaient, mais leur mère ne voulait pas le montrer, elle leur interdisait d'ouvrir le coffret. Elle et Jean se heurtaient toujours, toujours dressés l'un contre l'autre. « Elle l'aimait plus que moi, disait Philippe. Et au fond je crois bien qu'elle n'aimait que lui... Mais quelque chose les séparait, je ne sais quoi... Un jour Jean a forcé la serrure du coffret... la première serrure qu'il ait forcée, mais non la dernière, hélas ! Le trésor, c'était ses boucles d'enfant, crois-tu ? On aurait dit des cheveux de mort. Jean eut alors une de ses fureurs... Tu sais ce qu'il pouvait devenir dans ces moments-là. Il cessa d'écumer quand il vit brûler dans la cheminée ses vieilles boucles. Le soir, ma mère... Je ne sais pourquoi je te raconte ces choses... » Il se remit à boire. Je songeais : « Il parle de son frère au passé. » Pourtant je savais d'avance la réponse que recevrait ma question posée d'une voix indifférente : « Il est mort ? »

— L'année dernière, à l'hôpital de Saïgon... Il y a eu un avis dans les journaux, mais on n'a pas envoyé de faire-parts... Tu penses ! après toutes ces histoires, après la vie qu'il avait menée...

J'aurais pu demander : « Quelle vie ? » Je préférai dire : « Oui, oui... je sais... » et je savais en effet que

Jean avait fini comme un mauvais garçon, comme un enfant perdu.

Je me souviens d'être revenu à pied vers mon logis d'étudiant. Des platanes maigres s'étiraient au-dessus de leur grille, au-dessus de l'asphalte souillée et baignaient leurs branches dans le brouillard de l'aube. Beaucoup de monde traînait encore dans les rues. Je revois ce groupe de garçons hissant dans un taxi rouge une femme soûle. Très loin de ce désordre d'une nuit de réveillon, mes yeux cherchaient au-dessus des toits les espaces glacés peuplés d'anges que le bourdon de la tour Pey-Berland avait dû éveiller. Il existe des ivresses lucides. En même temps que je me sentais soulevé, non par les souvenirs de mon enfance, mais par mon enfance elle-même vivante et présente en moi, je reconstituais avec une aisance miraculeuse, l'histoire de Jean de Blaye. Si je suis né poète, c'est cette nuit-là que je devins romancier, ou du moins que j'ai pris conscience de ce don, de ce pouvoir. Je marchais d'un pas rapide, léger, entraîné par la puissance de ma création. Je tenais les deux bouts de ce destin : un petit garçon aux cheveux de fille qui porte dans son cœur une exigence sauvage, une puissance de passion toute concentrée sur sa mère, et puis cet homme presque enfant qui agonise sur un lit d'hôpital, à Saïgon.

Je recréais l'écolier pour qui la parole maternelle avait une valeur sacrée. Je voyais son regard au moment où il découvrit qu'elle était capable de mentir ; je mettais l'accent sur les boucles coupées : leur retranchement avait marqué la fin de sa dévotion filiale... Ici finissait le prologue de mon roman et j'entrais dans le vif du sujet : ce jeune mâle et cette mère dressés l'un contre l'autre. La scène du coffret en devenait le centre : Jean de Blaye haïssait dans celle qui l'avait mis au monde cette obstination à faire revivre l'enfant qu'il n'était plus, à le tenir prisonnier de son enfance pour le garder plus sûrement sous sa coupe. A peine l'homme commençait-il de poindre en lui que déjà la lutte tournait au tragique : la première amitié, le premier amour, la première nuit où il ne rentra pas, les demandes d'argent, les compagnies inavouables, le premier délit grave...

Je me trouvai devant ma porte. Le jour blanchissait mon balcon. Les cloches annonçaient la messe de l'aurore. Malgré mon désir de sommeil, je m'assis à ma table, en habit, la boutonnière encore fleurie, je pris une plume et une page blanche, tant j'avais peur d'oublier les idées qui m'étaient venues ! Un romancier venait de naître et ouvrait les yeux sur ce triste monde.

Table

TROIS RÉCITS

PLONGÉES

DU MÊME AUTEUR

Aux Éditions Bernard Grasset

Romans
LA ROBE PRÉTEXTE.
LE BAISER AU LÉPREUX.
LE FLEUVE DE FEU.
GENITRIX.
LE DÉSERT DE L'AMOUR.
LE NŒUD DE VIPÈRES.
THÉRÈSE DESQUEYROUX.
DESTINS.
TROIS RÉCITS (nouvelles).
CE QUI ÉTAIT PERDU.
LE MYSTÈRE FRONTENAC.
LES ANGES NOIRS.
LES CHEMINS DE LA MER.
LA FIN DE LA NUIT.
LA PHARISIENNE.
LE MAL.

Essais et critiques
LA VIE ET LA MORT D'UN POÈTE.
SOUFFRANCES ET BONHEUR DU CHRÉTIEN.
COMMENCEMENTS D'UNE VIE.
DISCOURS DE RÉCEPTION À L'ACADÉMIE FRANÇAISE.
JOURNAL, tomes I, II, III.
DIEU ET MAMMON.
LE BÂILLON DÉNOUÉ : APRÈS QUATRE ANS DE SILENCE.
LE FILS DE L'HOMME.
CE QUE JE CROIS.
DE GAULLE.
D'AUTRES ET MOI.
MÉMOIRES POLITIQUES.

Théâtre
ASMODÉE.
LES MAL AIMÉS.
LE FEU SUR LA TERRE.

Correspondance
LETTRES D'UNE VIE (1904-1969).
NOUVELLES LETTRES D'UNE VIE.
PAROLES PERDUES ET RETROUVÉES.
LES PAROLES RESTENT.

Poèmes
ORAGES.
LE SANG D'ATYS.

La Pochothèque

*Une série du Livre de Poche
au format 12,5 × 19*

« Les Classiques modernes »

Lawrence Durrell : *Le Quatuor d'Alexandrie*
   Justine, Balthazar, Mountolive, Clea.   1053 pages - 140 F

Jean Giono : *Romans et essais* (1928-1941)
Édition établie par Henri Godard   1312 pages - 140 F
   Colline, Un de Baumugnes, Regain, Présentation de Pan, Le Serpent d'étoiles, Jean le Bleu, Que ma joie demeure, Les Vraies Richesses, Triomphe de la vie.

Jean Giraudoux : *Théâtre complet*
Édition établie, présentée et annotée par Guy Teissier
Préface de Jean-Pierre Giraudoux   1277 pages - 140 F
   Siegfried, Amphitryon 38, Judith, Intermezzo, Tessa, La guerre de Troie n'aura pas lieu, Supplément au voyage de Cook, Electre, L'Impromptu de Paris, Cantique des cantiques, Ondine, Sodome et Gomorrhe, L'Apollon de Bellac, La Folle de Chaillot, Pour Lucrèce.

P.D. James : *Les Enquêtes d'Adam Dalgliesh*
(tome 1)   1152 pages - 140 F
   A visage couvert, Une folie meurtrière, Sans les mains, Meurtres en blouse blanche, Meurtre dans un fauteuil.

(tome 2)   1200 pages - 140 F
   Mort d'un expert, Un certain goût pour la mort, Par action et par omission.

François Mauriac : *Œuvres romanesques*

Édition établie par Jean Touzot   1216 pages - 140 F

 Tante Zulnie, Le Baiser au lépreux, Genitrix, Le Désert de l'amour, Thérèse Desqueyroux, Thérèse à l'hôtel, Destins, Le Nœud de vipères, Le Mystère Frontenac, Les Anges noirs, Le Rang, Conte de Noël, La Pharisienne, Le Sagouin.

Boris Vian : *Romans, nouvelles, œuvres diverses*

Édition établie, annotée et préfacée par Gilbert Pestureau 1340 pages - 140 F

 Les quatre romans essentiels signés Vian, *L'Écume des jours, L'Automne à Pékin, L'Herbe rouge, L'Arrache-cœur,* deux « Vernon Sullivan » : *J'irai cracher sur vos tombes, Et on tuera tous les affreux,* un ensemble de nouvelles, un choix de poèmes et de chansons, des écrits sur le jazz.

Stefan Zweig : *Romans et nouvelles*

Édition établie par Brigitte Vergne-Cain et Gérard Rudent 1220 pages - 140 F

 La Peur, Amok, Vingt-Quatre Heures de la vie d'une femme, La Pitié dangereuse, La Confusion des sentiments, etc. Au total, une vingtaine de romans et de nouvelles.

Composition réalisée par C.M.L., Montrouge

IMPRIMÉ EN FRANCE PAR BRODARD ET TAUPIN
Usine de La Flèche (Sarthe).
LIBRAIRIE GÉNÉRALE FRANÇAISE - 6, rue Pierre-Sarrazin - 75006 Paris.

ISBN : 2 - 253 - 06207 - 3   ⁂ 30/9545/2